"一带一路"大型系列丛书

总策划 戴佩丽
主 编 孙春光

新疆是个好地方

李振翔 ◎ 著

走笔新疆

中央民族大学出版社
China Minzu University Press

图书在版编目（CIP）数据

走笔新疆 / 李振翔著 . —北京：中央民族大学出版社，2021.5（2022.7重印）

（"一带一路"大型系列丛书 . 新疆是个好地方 . 第三辑）

ISBN 978-7-5660-1906-6

Ⅰ.①走… Ⅱ.①李… Ⅲ.①散文集—中国—当代 Ⅳ.①I267

中国版本图书馆 CIP 数据核字（2021）第 025568 号

走笔新疆

著　　者	李振翔
责任编辑	戴佩丽
责任校对	杜星宇
封面设计	舒刚卫
出版发行	中央民族大学出版社

北京市海淀区中关村南大街 27 号　　邮编：100081

电话：（010）68472815（发行部）　传真：（010）68933757（发行部）

　　　（010）68932218（总编室）　　　（010）68932447（办公室）

经 销 者	全国各地新华书店
印 刷 厂	北京鑫宇图源印刷科技有限公司
开　　本	787×1092　1/16　印张：15.5
字　　数	205 千字
版　　次	2021 年 5 月第 1 版　2022 年 7 月第 2 次印刷
书　　号	ISBN 978-7-5660-1906-6
定　　价	62.00 元

目 录

"一带一路"大型系列丛书
——新疆是个好地方

萨吾尔山童话

与阿尔泰庞大的山系相比，萨吾尔山就显得太小了。萨吾尔山东西横跨中哈（中国和哈萨克斯坦）两国，在吉木乃境内绵延100多公里。作为阿尔泰山的一个支脉，它就像牧羊人挥动羊鞭无意中甩出去的一块玉坠，飘落在了额尔齐斯河南岸。它精致小巧、冰清玉洁、玲珑剔透、珍贵无比、令人神往。

萨吾尔山更像是只淘气的小马驹，太贪玩了。在它眼里，世间万物神奇、隐秘，藏匿着无数的秘密。这触发了它的好奇心，它一阵子狂奔，就离开了母亲阿尔泰山的牵扯，在懵懵懂懂的奔走过程中，它由东向西跑去，迷失了方向，就再也没有回头。

萨吾尔山就是那个跑丢了的小马驹。由此，一个童话开始了。

2009年7月28日，在吉木乃县委常委、宣传部部长魏国华的陪同下，我和农七师文联秘书长、作家张新荃，女作家江南，作家二毛和阿勒泰女作家周智慧一行，神游了萨吾尔山的景致，去翻读这本童话，去体味她的神韵。

打开这本童话，往南翻，我们就掀开了和布克赛尔蒙古自治县的一页。在蒙古语里，"和布克"的意思是梅花鹿。"赛尔"是指马的后腰到臀部之间的位置，这只调皮的小马驹被蒙古族人称为赛尔。往北翻，就是边境"神城"——吉木乃了。这里的哈萨克族人则叫这个调皮的小马驹为"萨吾尔"。在哈萨克语里，"萨吾尔"是指马的后腰到臀部之间的位置。

由此可见，不管是蒙古族语言还是哈萨克族语言，"赛尔"和"萨吾尔"的意思都是肥美的草原。

其实，发现这只小马驹的是哈萨克族的先辈阿山·海合。他是一个救世济民的人，为拯救民众于水火之中，他骑着一峰骆驼，除了海洋、湖泊，他的足迹遍布欧亚大陆。在哈萨克族人心目中，阿山·海合的地位仅次于葡萄牙航海家麦哲伦和意大利航海家哥伦布。传说有一天，他来到了木斯岛。

木斯岛——哈萨克语为冰山之意。它东西走向，东与绵延的萨吾尔山相连，木斯岛在吉木乃县境内长12公里，宽5公里，主峰海拔3835米，为冰川覆盖。冰川面积达13平方公里。萨吾尔山东低西高，南陡北缓，形似马的后腿，股在西而蹄在东。木斯岛上的万年冰峰就像那银色的马尾飘扬在蓝天白云之间。木斯岛是萨吾尔山的最高峰，也是哈萨克牧民心中的圣山。高大宏伟的木斯岛主峰，犹如一个巨大的冰雪白蘑菇，雪峰时而云雾缭绕，时而在阳光的照射下光芒四射、灿烂夺目，景色变幻无穷。

那时候的阿山·海合站在冰山上，看到了这一冰上奇观：那冰冠，宽阔平展晶莹剔透，自然形成的冰雕、冰峰、冰洞、冰河、冰凌，奇妙无比，鬼斧神工的造型，令他啧啧称绝。冰川台崖之中的冰雕、冰峰形态各异，玉洁冰清。随处可见的冰凌，在阳光下折射出七彩的光芒，如入梦境；冰水汇成的一条冰河，轰鸣而下；冰山融水在深不可测的冰洞里发出轰鸣，似千军万马奔腾而下，浩浩荡荡向下游流去，仿佛演奏着天籁之音。距峰顶几十米处，有一座冰山湖，这是一片不足3平方公里的冰川湖泊，人们称之为"卧龙湖"。湖水如一枚蓝宝石，嵌在冰川腰部。风一吹，微微涌动，一股奇特的气息便在轻波中弥漫。湖中间歇喷发大量蒸汽，徐徐盘绕，流连于上空，似一条白龙盘旋升腾，弥久不去；湖水底部似有蛟龙兴风作浪，翻滚涨落。湖尾数条溪流喇叭状喷射而下，汇成两条河流：一条为沿中哈边境线流淌的乌勒昆乌拉斯图河，另一条为滋润和养育吉木乃百姓的乌拉斯特河。有山有水，这儿就有了灵气。

临于冰山脚下，冰川直插云霄，洁白而厚重的冰冠覆盖了整座山峰。就是在木斯岛上，阿山·海合看到了这个体形犹如骏马的脊臀一样平坦的小马驹，就说："这儿的地势好，草质好，可惜就是小了点，就像马尾巴上的'萨吾尔'。我能把它带走就好了——肥美的草原！"据说"萨吾尔"就是以此而得名。

人们通常把阿尔泰山称为"金山"，其实是一种错讹。但是人们接受了：谁不愿自己的家乡有个富贵的名字？虽然阿尔泰山确实也产黄金，但是它正确的含义却是"六个月"的意思。是说在这里适合放牧的时间只有"六个月"，那可是牧羊人的"黄金"时间啊！一不小心，萨吾尔山却成了马的后腰到臀部之间的位置：肥美的草原。所以，萨吾尔山就是南部山区著名的冬牧场，面积达1838平方公里。一到冬天，阿勒泰地区二牧场、哈巴河县、布尔津县、福海县、182团等牧场的牲畜都要聚集到萨吾尔山——如同召开一次盛大的宴会，热烈而漫长。它们要在这里居住整整一个冬天。都说阿勒泰的羊"吃的是中草药，喝的是矿泉水，走的是黄金道，穿的是毛革服，拉的是六神丸，尿的是太太口服液"，这都得益于萨吾尔山的滋养。哈萨克牧人将这一切视为恩赐，对它充满无限感激和敬意。吉木乃县域经济以牧为主，农牧结合，草场资源丰富，牛、羊肉质鲜美。

沿一片透出黄色的河谷林逆流而上，落叶层层叠叠，在脚下沙沙作响。似乎一脚踏上去，它们就破碎了。林边，是一条狭小的溪流，暗绿色，上面铺满了金色的落叶。林木错落有致地倒映于溪中，既单纯又丰富。首先映入眼帘的是凌驾于两座山顶峰的瀑布。瀑布薄薄的，飞流直下，迸射出无数细碎的粉末，真是水尘既烟，又化作雨。在瀑布的出口处，有两大束泡沫绽放开来，化作绿色云彩消失了。瀑布跌落的沟谷，形成一个湖泊。湖泊中水草高低不等，招摇游移。登临瀑布，靠在岩石上，听瀑布的声音，轰轰隆隆。再看一眼底部，落水处是一个亮闪闪的深渊，令人胆寒。瀑布分成几条巨大的水帘，跌落而下。具有西域血统、写出过大气磅礴的超现实主义诗作"飞流直下三千尺，疑似银河落九天"的李白不知是否仗剑来过此地？水柱形成一个旋涡，底部就像一个滑轮在旋转。看久了，令人头晕目眩。

离开瀑布，就闯入一片怪石沟。说它怪是因为这里的石头造型独特。这是一片花岗石，这些花岗石似乎从天而降，随意散落着，千姿百态。每一块花岗石上，都盛开着一朵或几朵花儿。是地衣，呈绿色、紫色、黄色，像是石头上开满了荷花，牧人称其为花石头。那花儿一朵挨着一朵，密密匝匝，娇艳茂盛。山坡上，小草和一些叫不上名字的山花，姹紫嫣红，随风摇摆，山岩上，时不时隐现着羚羊、盘羊、马鹿、飞狐、旱獭等野生动物的身影，峭壁间传来阵阵雪鸡、松鸡的鸣叫声；时而有牧人的吆喝声；密林间，散放的骏马飞扬长鬃，发出阵阵欢快的嘶鸣；点点毡房掩映在杉林间或静卧在河涧之畔，平添几分野趣。虽然是夏日，眼前世界依然是雪域茫茫，银装素裹。二十世纪九十年代初，这里曾是国家滑雪队训练基地。2005年，中国滑雪协会田有年秘书长来到冰山考察时对木斯岛大加赞赏，称之为全国罕见的反季节天然滑雪场地。

冰川融化的雪水，形成了乌拉斯特河、拉斯特河、塔斯特河、额尔交河等若干条小溪，呈放射状流向整个萨吾尔山区，同时还零星分布着啃基拜湖、森塔欺湖、萨都湖等天然小湖泊。萨吾尔纯粮系列酒就是汲取了富含多种矿物质的萨吾尔冰山地下水，以吉木乃县优质的玉米、小麦、高粱为主要原料，引进"五粮液"酒厂的先进酿酒工艺，精心酿制，口感浓香。

乌拉斯特河可以说是吉木乃人民的母亲河，乌拉斯特河谷一带分布着5000多亩的落叶天然森林，流向县城的拉斯特河河谷有近万亩的天然胡杨森林，风光秀丽，绿树成荫。登山远眺，壮丽山川，异国风情尽收眼底。

乌拉斯特河流速虽然很快，但是她有平缓而静静流淌的姿态和坐怀不乱的情怀，令我震惊。在这个浮躁的社会里，她是一剂镇静剂，可以使人们平静下来。她是那样明亮，冰川清清楚楚地倒映在湖水里，白茫茫似雾的水汽在你的身边缭绕。她夜晚与星辰对话，清晨向太阳道早安，月亮小姐为她裁制合体的睡衣，银河在看不见的视野里与她暗暗媲美。

在萨吾尔山下，她的存在难道不是上苍的苦心和上帝的安排吗！她是木斯岛喷射出的神圣精液，她是瀑布之母流下来的羊水，她是萨吾尔山子宫产出的一条生命之河。她孕育出金黄的苞谷、麦子，飘香的瓜果，欢叫的牛羊，草原上的盛会，作家和诗人。

我真想纵身跳入你碧波荡漾的怀抱，去感受你的语言，去靠近你的灵魂。我多想成为你岸边的一粒沙，或成为你体内的一滴水啊！

站在她的面前，内心很多卑俗不堪的想法得到涤荡，灵魂得到洗礼。

放眼望去，每一座山的山脚下，都似乎铺了一条五彩斑斓的地毯。在这些植物下面，开满了一大片一大片的小花，矮而密集。这边一大片是白色的，那边一大片是粉红色的，密密麻麻拥挤在一起。尤其是那片粉色的山花，盛开得无边无际，天真烂漫。风携带山花的清香从四面八方拥过来，涌过来，令人心扉洞开，心醉神迷。哪一朵花没有盛开的理由，哪一个生命没有绚丽的权利？也许有些人说："花儿既然要凋谢，那为什么还要经过那么多的周折去努力开放呢？"这是多么低智商的提问啊！就跟人一出生就奔跑在通向死亡的大路上是一样的，她使我想到每个人的生命之灿烂，生活之多彩。在花瓣向四周悄然舒展开来的一瞬间，她已从一个含苞待放的平凡的花蕾，晋升为一个高贵、娇艳的花朵。此时，她心中的成就感，已充满了整个心扉，就在这短暂而平凡的一瞬间，花儿已懂得了在以后为盛开而奋斗的生活中应时常想起 —— 痛苦会过去，而美丽永存！印度著名诗人泰戈尔，在一首诗中这样写道："你知道，你爱惜，花儿努力地开。你不识，你厌恶，花儿同样努力地开。"

得益于萨吾尔山这片肥美的草原，吉木乃这座边境小城有了数不尽的景致：木斯岛毫无疑问是萨吾尔山的迎客佳人；红枫林是萨吾尔山的俏女儿；神石城是萨吾尔山的幼儿园；花石头是新娘的嫁衣；沙漠绿洲是荒漠的新衣 —— 它是这个调皮的小马驹奔跑过程中散落在世间的童话故事。

具有远见卓识的吉木乃县领导，大力开发旅游业，将文化渗透到旅游景区。文化本身就具有时代性和地域性。世界上最强大的东西就是文化，最能影响和改变世界的也是文化。文化如水，润物无声，潜移默化，渗透至深。

在萨吾尔山下，吉木乃县每年6月都会在此举办"冰山艺术节"，借以提高吉木乃县的知名度和各景点的美誉度。在这里可以观看到哈萨克族的赛马、叼羊、姑娘追等传统民族体育活动和丰富多彩的民族歌舞表演，特别是到了盛夏还要举行阿肯弹唱会，来自阿尔泰山的哈萨克说唱诗人，聚集在一起用诗和歌进行表演和较量，这成为最受群众欢迎的一次盛会。"阿肯"是哈萨克群众对民间歌手的称谓。阿肯知识丰富、感情充沛、文思敏捷、即兴弹唱、出口成章，他们除了能弹会唱，还会背诵许多民间传说、诗歌、故事，并能创作，既是民间文学的继承者和整理者，又是艺术表演家。正如哈萨克文学之父阿拜所说，出生时，诗歌为你打开世界大门，你的躯体又随诗歌进入大地怀抱。哈萨克族是一个热爱诗歌，一生与诗歌相伴的民族。孩子出生不久，要举行"齐勒达哈那"，即诗的对唱。从婴儿开始，哈萨克族人就与诗结缘。在后来的成长中，也将遇到无数次的诗歌活动，一直到离世时的吊唁诗。哈萨克族有句谚语："阿肯是世界上的夜莺，冬不拉手是人间的骏马。"

随着歌声响起，人们按捺不住激情，开始翩翩起舞。哈萨克族舞蹈"喀拉骄勒尕"汉语译为"黑走马"，是具有哈萨克族民族特色的传统舞蹈，舞步轻快有力，刚健苍劲，动作潇洒优美，风格粗犷剽悍。

竞技场上还可以看到激动人心的哈萨克传统项目姑娘追和叼羊。姑娘追，哈萨克语称"克孜库娃"，是哈萨克青年男女非常喜爱的一项马上运动。在这项运动中，虽是尘土飞扬，奔跑激烈，充满了阳刚性，但男女双方却各自怀了一份柔情蜜意的心情，这正是他们相互表达爱情的特殊方式。姑娘追一般在节庆时举行，男女骑手配成一对向远方出发。路上，小伙子说俏皮话挑逗姑娘。到达地点后，同时策马往回跑，姑娘扬鞭猛追。

叼羊则是哈萨克族为祈祷祝福而举行的一项马上运动。叼羊通常你争我夺，互不相让，非常激烈。叼羊比的是勇猛、顽强和机智。羊是那种很小的山羊，必须割去头和蹄子，放在场地中央。先是一对一较量，后大家同时扑向羊只。几十匹马，飞奔前进。一名骑手在本组骑手掩护下，夺阵而出，甩开对方骑手，为获胜方。

在7月30日的聚餐会上，我们有幸与当地的十几位老中青文化名人欢聚一堂。别小瞧吉木乃这座边境小城，她已经拥有了8位自治区作家协会会员！我们喝着马奶酒或羊奶酒，听他们弹着冬不拉，唱着赞美萨吾尔山的歌谣，吟诵着歌颂萨吾尔山的诗歌，我们个个微醺啦！

他们这样评说萨吾尔山：每个牧羊人的心中都有一座山。这山也许是有形的，也许是虚幻的，或者只是一种精神所向往与抵达的地方。萨吾尔，就是这样一座山。

他们还说：死在萨吾尔，就好比朝圣者死在通往麦加的路上。就是一头牛，一匹马，死在萨吾尔也值得。

我对萨吾尔山有了深深的敬意！

吉木乃爱情

有人说：两座山永远都不可能相遇，两棵树永远也不可能走到一起。

在吉木乃，这两句话就有点偏颇了，或者说被"颠覆"了！

先说山。有这么一座山，它的南面，是和布克赛尔蒙古自治县，蒙古族人把它叫赛尔山。而地处北面的吉木乃，哈萨克族人则叫它萨吾尔山。

这不是两座山相遇了吗?!

再说树。吉木乃有很多树种。落叶松、胡杨、毛柳、榆树、白桦、白蜡、苦杨、俄罗斯杨、银胡杨等。吉木乃的哈萨克族小伙子、姑娘把相爱、定情、结婚视为两棵树的缠绕，以栽树的形式作为他们白头偕老的永久象征。

这不是两棵树相遇了吗!?

哈萨克族的《迦萨甘创世》里的神话说：创世主迦萨甘在大地上栽了一棵生命树，树上结了许多会飞的灵魂，然后他又用黄泥捏成空心小人，将灵魂从泥人的口中吹入，小泥人便有了生命，他们就是人类的始祖，男的叫阿达姆阿塔，女的叫阿达姆阿娜，他们结为夫妻，繁衍后代。迦萨甘栽的生命树，每一片叶子就是一个人的灵魂。新的生命诞生就会长出一片树叶，同样，有人死去，一片叶子就会枯萎凋落。但是人死后，灵魂是不死的，他会保护自己的子孙后代。

吉木乃哈萨克族人的爱情与树有关。这里有很多的"相亲树""爱情树"，都成为哈萨克族人爱情的象征。

吉木乃是新疆阿勒泰地区的一个县。从地图上看，吉木乃在"雄鸡"的尾巴上。

吉木乃很小。虽然总人口只有39100人，却有哈萨克族、维吾尔族、回族等21个少数民族。

吉木乃也很穷。经济发展同样排在"雄鸡"的尾巴上。

吉木乃还很干旱。境内没有一条河流，地表水年径流量只有0.74亿立方米；随着全球变暖，全县唯一的水源地木斯岛冰山冰雪消融的速度正在加快，亮起了"红灯"。一些在内地看不上眼的小水泡子，在这里就是宝贵的水库，养育着一方土地一方人。吉木乃还有一个新名词——游农，就是今年你在这儿种地，明年你可能就得"搬"到别处去种，因为原来的地没有水了。这叫地随水走，以水定地。

吉木乃很靠边，是"边疆的边疆"，与哈萨克斯坦共和国接壤，有140多公里边境线，县城到边境口岸只有18公里。可以这么说，是吉木乃的人民守卫着祖国的"西北门"。

拿吉木乃镇沙尔梁村来说，离边境线不到一公里，村子不大，人口也不多，只有60余户200多人。村子旁边紧挨着一条河，河对面就是哈萨克斯坦共和国，距中哈边境线不到100米。

村子里有父子俩，都是哈萨克族护边员。

父亲斯拉木和儿子阿尔丁。

他们不是兵，是地地道道的牧民。他们没穿军装，也没有拿军饷，却忠诚履行着卫国戍边的神圣使命。

斯拉木是从部队复员后又回到村里的。虽然他脱了军装，但是担当了义务护边员的责任，守护着15公里长的边境线。那时斯拉木刚刚迎娶了自己心仪已久的姑娘萝珊。哈萨克族人对所生孩子起的名字，都有一种美好的愿望。萝珊就是玫瑰花的意思。斯拉木他们才有了自己小小的爱巢，那时候，萝珊这朵玫瑰花开得正艳呢。

而且他和她一起栽下了象征他们纯洁爱情的一对银胡杨。

1964年，他们的儿子阿尔丁出生了。阿尔丁就是“金子”的意思。

斯拉木与妻子萝珊一边放牧一边守边。他骑着剽悍的大白马，威风凛凛地穿梭在边境线上，巡逻一次要走30公里。在巡逻过程中，他带领本村的牧民参加边境灭火6次，赶返临界牲畜1万余头（只），拦阻临界人员近200人次，提供有价值的线索30余条，5次受到上级的表彰。因为事迹突出，进步也快，他当选了这个村的村主任。

1982年的一天，巡逻回家的斯拉木听到一首歌从自己家的窗户飞出，非常优美的旋律，还带着淡淡的忧伤和思念。

他知道这是一曲哈萨克族民歌《黑眼睛》。而儿子阿尔丁从自己家里飘出来的《黑眼睛》是这样唱的：

“你还在独自徜徉吗，我的红花，你还好吗……你那如月色下湖水般悠悠的眼神，是否仍抛开一切，在独自徜徉……”

艰苦的自然环境，使生活在吉木乃的哈萨克族人们需要寻找一种情感宣泄的方式，而歌声，正是人们表达感情最好的方式。哈萨克族民歌《黑眼睛》是其中最有特色的代表作。在众多的哈萨克族民歌中,《黑眼睛》是传唱最久、最普及的一首歌。《黑眼睛》的节奏，那现实中的朴素爱情故事，那扣人心弦的音符，以及那深沉而炽烈的爱情，正是音乐的魅力所在。

这首《黑眼睛》告诉斯拉木：儿子大了，18岁了，到了该娶媳妇的年龄了。

这也是儿子在变相地告知他呢！

原来儿子阿尔丁看上了邻居奥斯肯的姑娘。邻居奥斯肯的女儿叫麦尔姌，是“珍珠”的意思。那天奥斯肯家要转场了，阿尔丁去帮忙，由于道路泥泞，汽车爬山的时候熄火了，车子就往下滑。一车子的人大呼小叫，这时候是阿尔丁跳下车，跑到车后头，抱起一块大石头掩在了车轮下，才避免了车毁人亡的惨剧。阿尔丁的肩膀被车撞了一下，滚下了山坡。

小伙子嘛，撞破了点皮，又爬了起来，掸了掸身上的灰尘，还傻笑了两声。

大家惊出一身冷汗。

大人们夸阿尔丁是男子汉，是英雄。他赢得了大人的好评，也赢得了邻居奥斯肯的姑娘麦尔姍的心。

斯拉木一提亲，奥斯肯竟然没说二话，还表扬阿尔丁是个男子汉呢。

因此树林的深处又多了一对爱情树 —— 银胡杨。

那是儿子和他心仪的姑娘栽下的。

儿子迎娶了新娘。

他也做了爷爷。

儿孙辈继续着他们守边的事业。

有一天，斯拉木在给树木浇水的时候，发现自己的爱情树有了凋零的迹象。想想，这棵树已经活了50年了！

他知道，这个世界留给他的时间不多了。

时光流逝，岁月无情。由于常年奔波在边境线上，斯拉木的身体每况愈下，得了严重的风湿病，卧病多年。他的妻子萝珊始终不渝地陪伴着他，照料着他。2004年，伴随他52年的"玫瑰花"凋谢了。有些事情到了一定的岁数或者是经历了一些事情之后才会明白。比如有些年轻的男女们往往喜欢一见钟情，当时爱得死去活来，并没有深入地了解对方很快就结婚了。但是不久，不少人又会因为性格不合、彼此无法理解等等理由，很快就分开了。看到这样的事情，斯拉木就会感谢真主保佑了他的爱情！

真的，他感谢真主让他捡到了真主一不小心撒落在地上的一粒种子，仁慈的真主给了他一个美满幸福的家，他的家里充满了欢乐的笑声和相爱的幸福。幸福不是等待可以得来的，而是要努力争取和创造的。当然，只要你有一颗真诚的心，真主就会给你缘分的。对此斯拉木深信不疑。

2005年1月，斯拉木突发脑出血，以72岁的高龄，离开了他守护了一辈子的边境线。

他们的"爱情树"也终于枯萎了。

临终前的斯拉木留下一个心愿，让他三个儿子中的老大阿尔丁继续他护边的使命，并将自己使用了几十年的马鞭子交给了阿尔丁。

父亲没有给他留下万贯家财，只给他了一根马鞭子。

接过马鞭子，就等于接过了父亲的事业。儿子阿尔丁的眼前仿佛叠印出父亲斯拉木扬鞭跃马奔驰在边境线上的情景。

这一年，阿尔丁41岁。

阿尔丁负责巡视的是中哈边境68至71号四个界碑间15公里的边境线。从小跟随父亲巡边的他，对边境线上的每个土坑、每条水沟、甚至每块石头，都——刻在脑海里，记在心里。

巡边时，马鞭子、望远镜、红油漆等都是他随身携带的物品。看到铁丝网破损了，他就会用钳子修一修；发现界碑上的字褪色了，他就会用笔蘸着红油漆，郑重地把"中国"两字和界碑号描了又描；看到界碑脏了，他就会用干净的抹布认真地擦了又擦……

每天巡逻回到家后，阿尔丁并没有马上坐上餐桌，而是走进客厅。客厅桌上摆着父亲斯拉木身穿解放军军装的照片，照片上方挂着一条马鞭子。他默默地看着父亲，又轻轻抚摸着挂在墙上的马鞭子，用哈萨克语轻声呢喃着，向父亲汇报一天的巡边情况。然后，阿尔丁又拿出巡边日记，坐在房门口写了起来。

父子两人的巡边日记已经记了200多本了。

因长期受父亲的熏陶，阿尔丁在边境线上对外来人员有一种天生的警觉。2006年10月的一天，阿尔丁在村子附近遇到了一位自称是从南疆来阿勒泰收羊的商人，于是走上前去询问，那人答非所问，很是可疑。阿尔丁先稳住对方，请他到家吃饭，又机智地用眼神示意一位过路牧民迅速向边防派出所报了案。经审查，这是一名企图越境的监狱逃犯。

有一次发生了火灾。那天晚上，阿尔丁看到离边境线三四公里处隐隐约约有火光和烟雾，于是就迅速骑马报告了边防连、边防派出所和当地政府。因为风大，风助火势，火借风力，在天刚蒙蒙亮时，火势已蔓延到边境线上。经过数百名军民的奋力扑救，大火才得以扑灭。若不是阿尔丁及时报案，大火不仅会烧掉整个沙尔梁村，而且会蔓延到哈萨克斯坦境内，后果将不堪设想。

记得有一年，阿勒泰落下一场大雪，几十厘米厚的积雪使牧民出门都十分困难，巡逻护边更是难上加难。为了履行自己的职责，阿尔丁硬是忍着多年的关节炎骑马去执勤。过一条水渠时因为路滑，阿尔丁从马背上摔了下来，把他摔得头昏眼花、浑身疼痛，右腿的裤子也破了。他费尽力气骑上马，向家赶。当他一瘸一拐回到家时，他的"珍珠"喜极而泣。

多少年来，妻子麦尔姆这颗"珍珠"跟着阿尔丁这块"金子"，苦也苦过，累也累过，日子虽然贫穷，但她毫无怨言。总有欢乐的笑声是最真诚的，发自内心的。上级给护边员每月只发150元的补助，但麦尔姆从没有过要丈夫离开这儿的念头，也没有让阿尔丁不当守边员的念头！

阿尔丁受了伤，麦尔姆也是无微不至地关心他，爱护他，精心服侍。

看着自己的"珍珠"，阿尔丁想到了母亲对于父亲的那份感情，阿尔丁感到了幸福。什么是幸福？恩爱就是幸福。他在心里默默祈祷：感谢真主给了我一个善良、美丽、勤劳的妻子。

没事的时候，他也会转到他和麦尔姆合栽的爱情树跟前看看，松松土，浇浇水，打打杈。

这两年阿尔丁家住进了新居，和他一个村子的人都住上了新房。党和政府兴边富民，为每户投入10.8万元。新房、暖圈、草料棚、环保厕所和围墙，一应俱全，不仅水电到户，村里还配备了卫生室、文化室。今年47岁的阿尔丁说从来没住过这么好的房子。

他想：守好边护好边，以报答党的恩情。

几年来，阿尔丁十多次受到上级部门表彰，年年被地、县评为优秀护边员和护林防火先进个人。2007年阿尔丁还荣获了自治区优秀护边员称号。

他们的爱情树至今仍是枝繁叶茂。

这就是吉木乃的爱情。

仰望塔特克什阔腊斯岩画

面对塔特克什阔腊斯岩画，我仿佛来到了青铜时代。

青铜时代（或称青铜器时代或青铜文明）在考古学上是以使用青铜器为标志的人类文化发展的一个阶段。

"人猿相揖别，只几个石头磨过，小儿时节。铜铁炉中翻火焰，为问何时猜得？不过几千寒热。"伟人毛泽东一首《读史》，开篇看似诙谐轻松，轻描淡写的几笔，就把人类从远古时代带入阶级社会时代。

在吉木乃县城南38公里，吉木乃镇托盘村南的数座山包上，在较平的黑色岩石表面上，从山顶至半山腰分布着隐隐约约的岩画460余幅。这就是塔特克什阔腊斯岩画，面积约10万平方米。所以，观塔特克什阔腊斯岩画，须仰视才得见！

它是1999年由自治区人民政府核准公布为自治区重点文物的保护单位。它也是阿勒泰境内分布面积最大、保存数量最多、刻画内容最为丰富的岩画点之一。

观摩岩画不像看美术展览，可以徜徉在展厅里。当我汗流浃背甚至冒着危险才爬上一座山包，映入我眼帘的只不过是那么一点点锈迹斑斑的模糊影像时，难免心中"咯噔"一下。

面对崖壁，在脚下的石头上坐下，久久凝望着它。这时候，有阵阵山风擦着山崖飞过，听到风声里混进了不明来由的乐音或呼叫，感到崖壁上有一股力量在向你挤压；树叶和腐殖土的气息钻进鼻孔，还会嗅到残烛香

烬淡淡的幽息，里面夹着不知是今人还是古人的汗味。木斯岛上的阳光借着冰川上未融的积雪，把我的眼前渲染得五彩缤纷。一片触手可摸到的白云飘过，遮挡住了阳光，屁股底下的石头一下子就有了凉意。

在天和地、阳光和风、石头和云的接触中，我感觉到一种超然的呼吸。有一刹那间，我窒息了。我不知道我是谁，自己身在何处，身在何时。任由那一切生生灭灭，不再用感官去感受。

伸手抚摸石壁，世界再度真实：石头真实地坚硬，阳光真实地温暖。手和石头融为一体，我把玩石头，石头好像也在把玩我；岩石由温暖变成冰凉，从明黄变成橙红、猩红，再变成紫黛和青灰。一种亘古的宁静充满我全身，从身到心，从外到内。

我开始慢慢睁开眼睛，默然，面壁，开始看那些石头上的画……

在塔特克什阔腊斯岩画的300余幅个体画面中，它们以点线凿刻成剪影式图案，其最具特色的画面有：动物和骑手、射手、车辆以及狩猎场面，动物有北山羊、盘羊、马、骆驼、狼、狐狸、蛇等，其中羊的数量最多。比较典型的画面有：一幅为狩猎场面，长1.2米，宽0.4米，刻画有4人分别使用木棍和绳索在捕猎一头体形巨大的牛，绳索已经套中了牛颈，持木棍的人在击打牛的头部，而另一组两人各抓一只北山羊的腿部，表明狩猎已经成功，左边刻画有一幅体形巨大的人物图像，这个巨人比另外6个人物的体形大了近3倍，人物刻画得极为夸张，两条短粗的双腿做奔跑状，一手扬起，另一手握一根粗大的木棍。一幅为步猎和射猎结合的景象，长1.4米，宽1.1米，刻有聚集在画面右上部的马群，中下部的北山羊和盘羊群、狩猎的人物、鹿以及一个四边均呈半圆状凸起的图案，右下角有带有尾饰和头饰的4个人物，可能是伪装狩猎的一种形式，画面上部的马群中，有一名手持弓箭的人物在射杀一匹奔跑的马，手中的巨大弓箭几乎等高于身体，这幅岩画的刻画年代可能晚于早期狩猎岩画。另有一幅，长1.1米，宽0.7米，画面中除刻画数量众多的马和北山羊外，左下部还刻画出两个正在交媾的人物，左边人物为女性，平躺，圆形脸部，双腿弯曲，两臂弯曲，双手握腿，明显可以看出隆起的腹部，右边人物为男性，站立，长圆形头，应该是带有头饰，双腿呈曲状，右手持握阳具，画面的右下角刻画有1人，头细长、双腿弯曲、双臂平伸，刻有细长的尾巴，状如四脚蛇，但其四肢的顶端如同头部一样均刻画成了圆球状。哈哈，我真是无法解开其中的寓意。

这些刻制在石头上的图画，是远古洪荒狩猎时期和原始部落文化的遗存。它表现的是永不重复的远古现实，记录的是先民们悠久的历史、当时的社会形态、宗教信仰、生活和习俗等等，是人类在劳动实践中创造的艺术瑰宝。它那古朴、粗犷、凝练而又独特的文化内涵，是想象宏丽、言情浓烈、造型生动、意境深邃的无声史诗。

看着岩画，思绪飘到了那个远古的莽荒时代，一幅幅岩画犹如一页页历史的记忆，定格着一份份鲜活的生命；一幅幅岩画犹如一个个生命的祭坛，浸透着一种超越历史的生命图腾和崇拜。赤裸而又热烈的生命，在自然的旷野中尽现淳朴之美，让原本沉寂的自然因生命的存在而有了鲜活的色彩。当原始的利器在一片片岩石上划过，人类生命的印迹便被凝结成一幅幅生命的图画。冷冰冰的石头因原始人类的触摸，便具有了无限的温润，因有了生命的刻画便呈现出历史的沉重和艺术的光彩。也许就是那么不经意的一刻一画，却成就了无与伦比的生命杰作，它是生命的崇高之祭，让我们领悟生命的非凡和生生不息。人类用这样最稚拙单纯的手法，表现出最纯粹的生命图画。斑驳的岩画散发着那份无法言喻的原始生命激情。透过岁月和历史的阻隔，我们仿佛听到利箭的呼啸声，仿佛看到无数马、牛、羊在漫无边际的荒野上奔跑，漫长的岁月静静地流淌，当鼓角争鸣离我们渐渐远去时，游戏间，似乎仍依稀可见往昔喧腾的古战场。

面对塔特克什阔腊斯岩画，我们感受到生命激越成长的踪迹和人类文明进步的历程。

　　我忍不住爬上山去，闭上眼睛去抚摸这些岩画，一种很奇妙的感觉直达心底。指尖触碰的，是古人的声息。在宁静的野外，身处大自然之中，突然觉得时空倒流，回到很久很久之前的原始时代。刹那间，感觉自己是如此的渺小。这种感觉，不只是探索岩画才有的，凡是探险者，总会在大自然中感受到大自然的魅力。有时候，就算只是看着自然的美丽景观，也会被其独特的魅力深深地感动。睁开眼睛看这些岩画，简单的线条，单调的色彩，呈现给我们的却是一个远离我们的遥不可及的世界！如果古建筑被誉为"凝固的艺术"，我个人认为岩画亦属此类。

　　古代的人真的很聪明，他们没有那么精湛的技术，却一样能把生活描绘得栩栩如生，真的很佩服他们的才智。相反，我们身处的现代社会，即便拥有技术，却不能把自己的生活如此简单地描绘出来了。

　　吉木乃县的阿尔泰山南麓、萨吾尔山北麓等主要河谷坡地，在裸露的岩石上均有岩画发现。几千年来，草原先民们在此繁衍生息，他们的生活、劳动、爱情和边陲特有的自然风光，形成了自己独有的特色文化。这些民族不但通过诗歌、传说和文字留下了自己的生存痕迹，而且也通过在山崖上刻画的方式，艺术地留下了他们的生活，留下了他们的历史。

　　在吉木乃县，只要有山的地方，几乎都有岩画的存在：别斯铁热克乡萨尔阿根村的吐玉克沟内，有小吐玉克沟岩画；托斯特乡喀拉乔克村、塔斯特河南岸，有克孜勒吐育克文字石刻；托斯特乡喀拉乔克村的山区低山带的山沟中，有唐巴勒岩画；喀尔交乡克孜勒阔拉村的喀拉萨依沟口，有喀拉萨依岩画；喀尔交乡阔克阔拉村的山沟中，有托海阔拉斯岩画；托斯特乡喀拉乔克村克孜勒阔拉冬牧场，有克孜勒阔拉一号岩画和克孜勒阔拉二号岩画；喀尔交乡萨尔布拉克村，有翁格尔阔拉岩画；吉木乃镇托盘村南（县城东南约43千米），有依玛什阔拉斯岩画……

　　专家对吉木乃县分布的这些岩画进行了研究、分类。根据各个不同时期的生活内容和艺术风格，大致可分为四个重要时期：第一时期是青铜时代及以前的岩画，第二时期是早期铁器时代至南北朝的岩画，第三时期是隋唐至五代时期的岩画，第四时期是五代以后的岩画。岩画的形成主要以第一、二时期较为重要。第一时期的岩画数量多、地点集中，所在的自然环境优美，多处在低山依水、傍泉的沟坡地带。这个时期的岩画多属于地表文物，刻痕的颜色呈现出发黑或赭色，且多已风蚀化，明显地出现了画石剥落现象，但就其艺术性来说是阿尔泰岩画中比较精彩动人的部分，所刻动物大多丰满生动，表现形式上较为灵活多样。第二时期所留下的岩画在数量上明显增多，所刻动物的身体开始逐渐变小，种类却在增多，表现形式上运用了粗线条的手法，雕刻简练、动感强，开始运用夸张性的手法。

在了解岩画的过程当中，我也有许多的不解之处。为什么岩画往往要画在人迹罕至的或悬崖、或峭壁的地方？先民最初开始画岩画是为了什么？也许正是岩画的种种不解之谜，才使得人们去探索与追求吧！

这些深藏山中又裸露于山中的岩画大都分布在山沟阳坡裸露的岩石上，有一些很大的岩画群，百余幅图画散见于两三平方公里的山坡石间，气势不凡。也有很小的岩画点，仅雕刻一幅图画，耐人寻味。

尤其是那红色的图式，似乎隐藏在携带着远古祖先信息的血液里，几乎所有的岩画都是红色。血一样，凝固为沉郁的猩红或青紫，被岁月刻蚀在岩石上。

我想：红色，是猎人最想看到的颜色。他们寻来红色的粉末，调和进家畜的血或类似的黏结剂，画出他们希望向山神"交换"的猎物。红色，显然是让猎人最兴奋的颜色。

看到塔特克什阔腊斯岩画，我想，它必定是猎人的艺术。岩画中，狩猎的场面层出不穷，特别是叙述了狩猎的不同方法（如围捕、伏击、弩射、矛刺、叉猎、设栅等）；岩画内容则几乎都与狩猎有关，那些特征明显的野兽，就是猎人所熟知的猎物。它们也是部落狩猎文化的艺术写照，野兽之血激惹着猎人的野性之血，也激起了他们的创作冲动。于是，一幅幅带血的岩画被雕刻在石头上，雕刻进历史里。

之前对于岩画的理解，我总以为是原始人在放牧的时候，实在闲得无聊了，拿起手头的工具，在石头上作画，一不小心成了艺术作品，今天的人就靠它赚门票挣钱了。

当我面对塔特克什阔腊斯岩画时，我明白了：这些在石头上刻凿的图画，是人类早期的造型艺术形式，是人类文化艺术、美术的先河。可以毫不夸张地说，岩画是世界上最普及的文化，是世界性的艺术语言。岩画留下的有效信息是什么？是古人想告诉后来人，还是当时事件的见证？或许原始人的想法很简单，是我们把它复杂化了。可以说岩画是一个神秘与现实、简单与复杂的矛盾结合体。

在文化的长廊中，什么东西会衰落？我想那些虚假的东西，那些造作得无人理会的东西会衰落。那么，什么东西会永存？我想应该是真诚的东西。而岩画给人的感觉，不是绚丽，亦不惊艳，但却就是有种穿越历史的真实感。一瞥不会有涟漪，而一触即会有汹涌的浪涛滚滚而来。仿佛遥远的呼唤，在指导着当世的我们去探索太多生命的符号。

"西北第一国门"——吉木乃口岸

吉木乃口岸是我国西北距哈萨克斯坦东北端最近的口岸,已有150余年的通商史,是我国通往中亚、俄罗斯、欧洲的一条重要的国际贸易通道。口岸区地势平坦,草木茂盛,界河两岸生长着茂密的白杨、絮柳等,景色宜人。吉木乃口岸各景点属于历史人文景观,和喀纳斯、天池等景区有着截然不同的特色。

在这里,我们的视线最先触及的是国门,它的雄伟庄严,令人驻足。它高5米,宽约7米,表面漆深黄色油漆,中心门上高架天安门图案,正面刻有"中华人民共和国"七个大字,背面刻有"哈萨克斯坦共和国"字样,中心门两侧各开一侧门,上嵌红色五角星。

国门在绿树掩映当中巍然屹立,这里不仅要经常处理中哈两国间的边境事务,也成为吉木乃口岸的一大盛景。在我们身前颈后,前来参观者络绎不绝。

在离我们前方不远的地方,我们看到了中哈边界67号界碑。67号界碑建于贸易桥中方一侧,此碑为仿花岗岩材料制成,高1.5米,宽0.5米。67号界碑被称为中哈边界第一碑,它是1997年7月1日香港回归那天正式举行揭碑仪式的,所以就显得有一种特别的意义了。

国门吉木乃口岸可以说是新疆最老的一座国门了,称其为"西北第一国门"一点都不夸张。1931年中苏两国首开吉木乃口岸,在这里通商通邮。1950年7月,吉木乃国门改建,改建后的国门高5米,宽7米,采用

质地上乘的红松木建成，表面漆成黄色。中心门上高架天安门图案，并刻有"中华人民共和国"七个大字，中心门两侧开有侧门，上嵌菱形透刻花纹。1955年国门又进行了改建，成为现在砖混结构的建筑。从此，国门在绿荫之中巍然屹立，不仅成为中苏双方处理边境事务的重要门户，也成为吉木乃口岸观光旅游的主要景观。到了1962年奉中共中央、国务院和新疆军区、新疆维吾尔自治区党委的命令，兵团农十师于1962年5月14日组成以181团2营8连为基础新成立的"001武装值班连"123人在连长白玉书的带领下，根据上级指示，驱车（汽车进入吉木乃县境内必须关闭车灯行驶）进驻吉木乃边防。在边境沿线建立6个值勤点，并在达尔汗和别尔克乌成立两个临时边防检查站。同年8月兵团决定组建边境团场，成立了吉木乃农场（现在的186团的前身），186团民兵积极组织备战工作，在长达141公里的边境线执行"代耕""代牧""代管"的艰巨任务。

当时白玉书带领1个加强连、4个排，住进了地窝子，他们吃的是杂粮就白开水，烧的是柴火和牛粪，生活条件极其艰苦。1963年元月，取暖用的煤烧完了，连长白玉书亲自带领着两个班到30公里外的诺海煤矿拉煤，一人一个爬犁。有一次碰上了"诺海风"裹挟着暴风雨一下子冻死了4个人。由于住房少，转业来边境值勤的民兵都住在哈萨克族老乡遗留的老牛圈里，当时的县委领导带队亲自送来了几头奶牛，每天战士们烧点奶茶就干馍，毅然坚守在边防线上。迫于当时的紧张形势，战士们冬天睡觉不脱衣服，穿着大衣入睡，旁边放着枪支，稍有风吹草动便立刻爬起来，守卫在战壕里，做好应急准备。1963年3月开春后，农场的机车进驻三连北沙窝，拉开了屯垦戍边、开垦荒地，边生产、边站岗的帷幕。从战争动荡年代到和平发展年代，从荒无一亩的土地到如今上万亩良田，从地窝子到如今的高楼林立，英雄连长白玉书自始至终也没有离开边境一步。1969—1970年，挖战壕和清理准备做战壕用的自然沟20余千米。冷战时期，苏联多次派遣直升机和坦克强占我北沙窝别尔克乌草场，在186团团部等地扒开边界铁丝网，并将军车越界停靠，夜晚用车灯、探照灯、信号弹不断照射边界，枪炮声此起彼伏。以戍边为己任的186团广大职工与民兵在捍卫领土主权斗争中英勇顽强，昼夜巡逻在达尔汗 — 别尔克乌141千米的边防线上。说起当年的故事，如今已是白发苍苍的白玉书，如数家珍，豪迈之气依然荡漾心中。

1969年珍宝岛战役后，中苏关系处于严重对峙紧张时期，处在边境最前沿的186团备战的气氛仿佛让空气凝固，戍边的军垦儿女警惕的眼睛几乎没有合上过。根据毛泽东主席"深挖洞、广积粮、不称霸""备战备荒为人民"的指示精神，这年年底，186团男女老少齐动员，在短短一个月的时间里，顶着寒风恶雪，奇迹般地修筑防御工事近10千米，地道2880米。农二连龙珠山地道便是最典型的一个"冷战"遗址代表。在无坚可守、无险可据的褐里格库木沙漠的边缘，为了防止外敌的偷袭和侵犯，一旦开战，既要保存力量，还要有效打击敌人，186团的干部职工在离边境线200米的农二连挖起了家家相连、路路相通的地道。在连队不高的龙珠山和各要道口的房顶上修建了高房工事，在地面修建了地堡，把地道与地面工事有机地结合起来，组成了一个连环的立体作战阵地。来犯之敌虽然进得来，却找不到一个人，必使空旷的边境成为敌人葬身的地方。地道构造复杂，设计巧妙，洞中有洞。在事隔近40年后地道仍然完好如初，完全能与电影《地道战》中的地道相媲美。游人们能亲眼从山头工事的枪眼里看到地面上的老榆树，体会在地道中"一夫当关，万夫莫开"的痛快。触摸着坚实的有些潮润的墙壁，从手掌里你能感觉到这些泥土里浸满了老一辈边境军垦人坚贞的精神和不屈的戍边卫国情怀。在龙珠山地道出口不远的一堵墙上"备战备荒为人民"的字样，至今还依稀能辨。同时在山坡西面四个红色"屯垦戍边"大字，象征着边境军垦人履行职责和使命的豪迈气概。以"屯垦戍边"为己任的边境186团几代军垦战士，像钉子一样牢牢钉在这里，用青春和热血书写了忠诚。

在这里，还有一支驻守吉木乃别尔克乌的部队：新疆军区某边防连，被人们喻为"国门连队"。别尔克乌是这支连队的季节性执勤哨所，地处戈壁沙漠，执勤方式主要以骑马为主。每年进哨所前，连队都要为执勤官兵、军马举行欢送仪式。2004年10月，新上任的连长章守平欢送执勤官兵进哨所。当时，不管锣鼓敲得如何震天响，军马就是不迈步，尤其是领头的军马"古力"，怎么拉怎么打也不走。多次进哨所的翻译艾斯哈尔告诉大家，不给军马戴红花、放鞭炮，它们"不高兴"，所以不走。章连长听罢忙叫人给战马戴上大红花，为它们放起雷鸣般的鞭炮。鞭炮刚放完，"古力"就长嘶一声，带着其他军马欢快地奔向别尔克乌。可见，守护国门，马儿也有了荣誉感。和平的年代，双方人员互相走动再自然不过了，连小动物都想过界走动走动。别尔克乌的执勤哨兵发现，从2003年开始，每天夜幕降临，就会有6只黄羊越过界河，来到连队哨楼下睡觉。天亮时，它们又离开哨楼，前往哈方的丛林里。为了让它们"安居乐业"，官兵们特意为黄羊建起一个小雨篷，还为它们准备一些青菜、干草等。连队还要求战士在哨楼执勤时，说话声音要小，免得打扰它们。时间一长，黄羊和官兵熟了，也不怕官兵了，有几只胆大的黄羊还经常大摇大摆地到营区来"参观"。若有官兵赶它们，它们跑一阵停下来，回头看看，摇头摆尾叫几声，好像在向官兵说"再见"，然后慢慢地消失在丛林中。官兵们亲切地称它们为：中哈"友好使者"。贝虎是连队一只有十多年军龄的棕灰色军犬。在连队官兵每天开饭或列队唱歌时，贝虎就会从犬房里跑出来，端庄地蹲坐在地上，望着官兵，扯直脖子"汪汪"直唱，声音忽高忽低、忽长忽短，错落有致，格外悦耳。官兵唱完，它也自然停下来。在巡逻途中休息，官兵们就让贝虎给大家"来一首"；贝虎也不谦虚，摆开架势就唱起来，笑得官兵们前仰后合，既开心又解乏。

迈出国门，便是会晤桥，1960年，由中苏双方协议修建，又称中苏界桥。它东西横跨乌勒昆乌拉斯图河，位于吉木乃口岸以南600米处，界桥长12米，宽8米，高1.6米，负荷8吨。木石结构，中间有木架支撑，桥身分3孔，每孔跨度约4米，最大过水量为8立方米/秒。1974年，中苏双方协商对会晤桥进行修缮，粉饰一新。会晤桥中间有一条醒目的Z形白线，系中苏两国分界线，沿中苏界河（乌勒昆乌拉斯图河）方向走，所以呈Z形。白线两侧，各有一间俄罗斯风格的木质小屋，则是早期及现今使用的边境会晤室。吉木乃口岸是国家对外开放的一类陆路口岸，也是一个全年开放性的口岸，除了国际性节假日和双休日以外，全都开放。目前每天都有国际联运班车由吉木乃口岸通往哈萨克斯坦共和国东哈州各地。

吉木乃边防站负责边防勤务、边境保护、边防稳定，并会晤处理边防涉外事宜。管理中哈段400千米，中俄段45千米的区域。

边防站庭院内，有一圆形石桌，我们围桌而坐，怀一分好奇，听到了关于中哈双方会晤时的很多奇闻趣事。

站长赵家民，30岁出头，一双小小的眼睛单纯地笑着，他爽朗地说，会晤趣事多得很，只是问得突然，一时间还没蹦进脑子里呢。

据他说，吉木乃边防站和中俄会晤一年一定，通过外交部传递信息，和哈萨克斯坦则升旗以示会晤，随时即可会晤。比如，一个人，一群牲畜，一次外贸，所有边防涉外事件，均可成为会晤的理由。

赵家民认为，对方的外交机构向我方学习了许多。比如饮食方面，他们以欧洲风味为主，但接触多了，对方喜欢上了我国的包子、饺子，尤其喜爱新疆的大盘鸡、大盘肉等。有时，对方会找个借口会晤，以便前来品尝新疆的大盘系列，过一把嘴瘾。

我们没有想到，李鸿章请外国使节吃饺子的趣事又在小小的边境会晤站重新"克隆"了一回：

2000年，那时的赵家民是边防站副站长，中、哈、俄沿边境一线4年一次武器检查。当时，俄罗斯方面来了一位年轻军官，招待他的午饭是热气腾腾的饺子，我们的翻译官夹饺子，一不小心，一个饺子落进茶杯，那年轻的军官以为中国饺子是这么个吃法，也模仿着把自己面前的饺子一个一个极认真地夹进水杯里。大家怀着善意，乐开了怀。

哈萨克斯坦距边境线最近的县城是斋桑县，相距58千米，其村落距边境线40千米。据说现在斋桑县也有一个地方叫作吉木乃。

赵家民去过那个村子，居民住砖混平房，那边地广人稀，农场主很富有，种地全是机械化，中等家庭有汽车，近一半居民看长虹牌电视，日用品、建材、水果从中方进口。中方则进口哈方的废钢、废铜、废铝、废铁，全都是苏联留下的，也进口那边的冻鱼。

乌拉斯特河是一条界河，从兵团186团平静地流过，按规定，界河的水各国取用一半。吉木乃缺水，吉木乃的居民生活饮水、庄稼灌溉，全靠这条河。

无论是擎天矗立的伟岸哨楼，还是古旧的战壕、界桥、会晤室、国门，都充满了不同时期的政治、人文色彩，人们在这方天地怀旧遣思，探寻近代边民史。爬上吉木乃边防连那座擎向蓝天的哨楼，透过40倍的望远镜，目光搜索着跳入视野的事物：哈方铁架制成的岗楼，一间简易木屋；对面是联检厅，门口停着一辆中巴车，一辆卡车，三个等车人蹲在水泥地上，一名红衣中年妇女徘徊在红色砖房门口；远处，三间白色平房静静地坐落在绿树丛中，几头黄牛在山坡上低头觅食，一牧人，手执羊鞭，不停地扬起……

将目光又转到边检大厅外侧，这是吉木乃口岸旅游商贸中心，中心侧墙上，醒目地写着：禁止出售各类假冒、伪劣及"三无"商品，禁止从国外携带精液、胚胎、生肉类、水产、黄油、动物皮张、蹄脚、鬃毛、脏器等动物性产品进入口岸商贸中心销售，禁止从国外携带菌种、毒种、虫种、动物标本以及可能被病原体污染的物品进入口岸商贸中心……然后就是中哈贸易友谊的桥梁——贸易桥，它是中哈两国人流、物流的中转站。吉木乃口岸中哈贸易桥是中哈两国共同投资的，总投资为35万美元。

1992年12月28日，中哈双方通过对吉木乃县——斋桑县友谊桥的验收，1993年5月剪彩通车。

1996年6月，吉木乃口岸被获准建立互市市场。市场占地面积为30000平方米。2006年3月1日，吉木乃口岸互市市场正式向哈方开放，哈方公民一日免签入境，在市场里进行购物，早上10点入境，下午7点返回，通过政府投资和招商引资，设立店铺100家。

进边境线40千米，有一个土耳其老板，办有奶粉加工厂，另一位朝鲜老板将斋桑湖承包了。哈方居民到中方旅游购物者多，旅行者常到吉木乃、乌鲁木齐，着装以运动服、休闲服为主。

目前，吉木乃口岸边贸市场是新疆第二大对哈萨克斯坦边贸市场，贸易额达2716.16万元。经营货物以中方产品居多，占90%多，主要有家用电器、机电产品、建材、服装百货、水果、手工艺品等，哈方多数是食品、工艺品类。

中哈贸易1号大楼共三层，耗资1300万元兴建，建筑总面积为16000平方米，集商贸、仓储、办公、餐饮、娱乐等多功能于一体，现每周二和周四，哈萨克斯坦的客商就来这个市场进行购物，每次成交额都可以达到几十万元，生意非常红火。各种大型运输车辆在商贸中心门口并排停放，在这条国际贸易的黄金通道等待着贸易交流。随着口岸的开放，吉木乃口岸工业园区内各企业纷纷落户，竞相兴建，为吉木乃带来生机勃勃的外贸环境。

我祝愿吉木乃国门永远为和平而开放！

哦，可可托海

位于富蕴县城东北48千米的小镇可可托海，立足于阿尔泰山间。有一条河——额尔齐斯河，河的源头不经意间从镇中穿流而过。有了旖旎灵动的水，这个小镇就活灵活现了。当年伟大的草原帝国之王成吉思汗率领蒙古大军挥师欧亚大陆路经此地时，赐名"可可托海"，意为"蓝色河湾"。河两岸山清水秀，苍松、翠柳、白桦交错葱郁，为此，久居此地的哈萨克族牧民称可可托海为"绿色丛林"。

关于富蕴的由来，据民间流传的说法有二：一是，1937年，新疆军阀盛世才的弟弟到可可托海镇压牧人的暴动，对可可托海的矿产大加称赞，出口曰：真乃"天富（赋）蕴藏"。二是，1941年，可可托海设为三等县，由沙湾县副县长王保乾就任第一任县长，"富蕴"由他提出。

但是，从逻辑上和时间上来说，此两种说法均站不住脚！

不容置疑的是，让可可托海名声大噪的还是它的矿业。

这要追溯到200多年前，当时的沙俄居然根据对下游泥沙成分的分析做出这样的判断：中国的阿勒泰地区存在一个宝石大矿。1792年，俄国一个名叫西丝尔丝的学者进入阿勒泰，从那以后一直到1910年，不断有俄国人来到可可托海旅游考察，俄国显然知道了阿勒泰有丰富的矿物。

矿区的发现是在1930年，当地一些少数民族采挖露出地表的矿物，那些六方柱形状、或绿或蓝或白的漂亮石头被用来制作装饰品。晚些时候，漂亮石头被确认是由多种稀有金属构成的绿柱石，极有工业价值。

1935年，苏联得到"新疆当局"许可后，派出两支考察队在中国阿尔泰山区找矿。考察队随身带着很多种有色金属和稀有金属矿物标本，他们采用高价收购的办法鼓动当地农牧民帮助找矿。

考察队很容易就找到八处绿柱石矿点，并认定可可托海的最好。它的发现者是一个名叫阿牙阔孜拜的人，但没有人知道他的国籍和族别。那里出产平常人一辈子都可能接触不到的矿物：铍、锂、钽、铌、钛、锆、钒、铷、铯、铯。这些稀贵金属通常被首先用于军事工业，铝锂合金用来制造超音速飞机，铍、锂、钽、钨、是制造原子弹、氢弹、航天火箭必需的高级原料。以钽为例来说，它的熔点是3000摄氏度，经得起火箭与大气剧烈摩擦产生的极度高温。从此可可托海让世界为之惊诧兴叹。

苏联人的热情迅速集中到寒冷的可可托海，集中到日后闻名全世界的三号矿脉周围。三号矿脉是基本由绿柱石组成的矿区，它与世界最著名的加拿大贝尔尼克湖矿齐名，是全球地质专家公认的天然地质博物馆。这里常常提到一个名词——伟晶岩，伟就是大的意思，就是大的结晶体。稀有的宝石还是大的，可见可可托海的珍贵了。苏联人从试采中得到了巨大收益。1940年，苏联政府派遣阿勒泰特别地质考察团进入可可托海，绘制详细矿图并继续开采，人员超过200人。

那是个风云变幻的年代。1940年，第二次世界大战升级，德国军队进逼苏联和其他东欧地区，当时新疆的匪首盛世才变脸，由亲苏转为仇苏，把可可托海的苏联人尽数驱逐。次年，苏联人复回，尽管特别团团长巴涅科被匪帮枪杀，但其余人坚持下来。他们做得最多的事情就是摸清可可托海和整个阿勒泰的矿产"家底"。

实际上，从1940年起，苏联人就开始在可可托海的美丽躯体上打下不能磨灭的烙印，这深深地影响了可可托海的未来。

在地质陈列馆馆长杨勇的带领下，我们对可可托海的矿物有了了解：可可托海的稀有金属无论是储量、质量还是种类，都是中国第一，世界少

有。多少国家的地质学家、军事专家和情报人员梦寐以求进入的这间陈列馆设在紧挨街道一处墙皮脱落、年久失修、丝毫不能引人注意的平房里，这使我们吃了一大惊。

从接待第一位参观者起到现在，馆里留言登记本积累了厚厚的一摞。参观者中有1984年8月为陈列馆题名的方毅，那时他是中央政治局委员和国务委员；有已故的王震，国家原副主席；有铁木尔·达瓦买提，全国人大常委会原副委员长；有王恩茂，全国政协原副主席；有宋健，全国政协原副主席；还有已经辞世的全国政协常委会委员宋汉良，这位地质专家曾经担任新疆维吾尔自治区党委书记10年；还有从可可托海矿务局走出去的中科院院士孙传尧。

他们视察的照片挂满了墙壁，音容笑貌一如当年俯视着满屋凝聚了他们心血的宝石。

在杨勇的带领下，我们来到了额尔齐斯河废旧的木桥上。二十世纪五十年代，可可托海达到了历史的辉煌鼎盛，被称为"西部小上海"，人口达到了4万之多。苏联人在此兴建了许多俄式建筑，并在流经于此的额尔齐斯河上建造了5座木桥。这些木桥设计精美，圆木巧妙地重叠、搭建在一起，桥身是用条钢及螺栓固定方木拼装而成，桥面为厚木板铺设，用料均为当地优质松树。这些桥梁和一部分建筑至今仍在，依稀折射着历史的辉煌。那些俄式建筑散布在小镇的各个角落，杨勇带着我们参观了当年苏联专家的"处长楼"和"科长楼"——只不过现在都住进了平民百姓！这些俄式建筑错落有致，耐人寻味。山下、湍流、木桥、桦林、俄式建筑被街道分割得井井有条，虽经风霜却风貌犹存，还是可以看出往日的模样。

我们从高处看到的可可托海更像绿树浓荫中的一座古堡，三面环山，西面环水，溯源额尔齐斯河的脚步就是从可可托海开始的。溯河而上，便进入了当地人所说的大东沟，这才是溯源上行额尔齐斯大峡谷的真正开端。大东沟，又叫神钟山峡谷，呈U形，全长8千米，底宽10—40米，额尔齐斯河从中奔流而过。两岸裸露的全是花岗岩石壁，有神钟山、飞来峰、骆驼峰、神像峰、神鹰峰、馕、云霄峰、小石门、人头马面等无数象形石景。

更奇特的是，那些奇异多姿的山峰多呈钟状、穹状、锥状，石峰裸露，绝壁千仞。山峰表面，多有呈密集蜂窝状的凹坑，以及好似凝固的巨瀑一样的竖直沟槽。这些独特的花岗岩石峰和围绕它的以杉树、松树、桦树和杨树为主的寒温带森林，以及叠石湍流的额尔齐斯河，组成了具有鲜明地域气候特点和地质背景特点的阿尔泰花岗岩地貌景观，勾勒出一幅粗朴、苍凉、幽静的独特的山水画。初入峡谷，景色便已震撼人心。这一带的额尔齐斯河，河谷宽阔平坦，轻柔的河水形成几支岔流在一片桦林间缓缓而淌。飞来峰顶，当傍晚的阳光投进阿尔泰山的万条褶皱，额尔齐斯河就如一道银水，直泻而下。

在开阔的河谷中，零星散落着几个哈萨克族人的村落，这是额河最深处的哈萨克牧民住地。哈萨克族的房子一般都建在路边，用篱笆围起一片草地形成一个院落。篱笆建得形形色色，有圆润的鹅卵石，有锋利的片石，有粗壮的白桦木，有纤细而错综的荆棘枝。夕阳西下，形态各异的篱笆拖着长长的影子，与远山、河谷、小路、村舍、牛羊构成了一幅极具色彩的乡村油画。额尔齐斯河是哈萨克族人的母亲河，人们吃水、饮马、牧羊无不与之有着割不断的血肉联系。千百年来，他们逐草而牧，临水而居，就地挖土、取石、造房，围篱圈地、养马牧羊，繁衍生息，过着简朴而实在的生活。如果说额尔齐斯河是一河一天地，滋养创造了一方生机勃勃、姿态万千的河谷气象，那么神钟山便是一石一世界。它独石成山的自然奇观，让我更多了一份对大自然的敬畏。

哦，这就是可可托海！这个地图上毫不起眼的小镇几乎同二十世纪中国影响最大的事件都紧密相关：苏联航天、中苏交恶、中国核爆、中国

飞天。

当加加林在太空飞翔的时候，他的心中一定装满了骄傲；但是，他看到了可可托海这块巨大的坑吗？那是苏联人在中国土地上留下的一块疤痕！

当中国航天员翟志刚实现中国人第一次太空行走的时候，他的心中也一定装满了作为中国人的自豪。当2012年6月18日，神舟九号与天宫一号实现对接遨游宇宙的时候，他们一定看到了可可托海那块巨大的"地质圣坑"！

我想起了南斯拉夫电影《瓦尔特保卫萨拉热窝》里最后的台词：这座城市就是瓦尔特！

我要对你说：这个小镇就是可可托海。

哦，可可托海！蓝色的河湾！绿色的丛林！

麋鹿之乡的楚吾尔王子

在阿勒泰市的汗德尕特蒙古族乡，很久很久以前，这里奔跑着成群结队的麋鹿。汗德尕特就是蒙古语"麋鹿之乡"的意思。如今居住在汗德尕特乡的村民以蒙古族为主，他们属于历史久远的乌梁海蒙古族部落的后裔。乌梁海蒙古族是蒙古族的古老部落之一，被称为"森林中的百姓"，在通古斯语中有"饲养驯鹿的人"之意。

今年夏日的一天，我来到了"麋鹿之乡"，却没有见到麋鹿的身影。

但是在"麋鹿之乡"，我认识了一位穿着蒙古族服饰的青年。他的手上握着一支像笛子一样的乐器。

听江南介绍说，这就是自治区非物质文化遗产楚吾尔的传承人乔龙·巴特。

我一看那截"木棍"，心想：楚吾尔？翻译成汉语不就是笛子吗？

结果是我的思维出现严重的偏差。

当听完乔龙·巴特的一曲《可爱的枣骝马》，彻底颠覆了我的"妄断"，而且强烈地震撼了我的心灵！

可爱的粉嘴唇枣骝马，
你如今在哪一个马群之中？
美丽的姑娘呀，
你此刻在哪一个人身旁？

楚吾尔"呜呜呜"怅然凄婉的音调一下子撞击了我"玩世不恭"的心灵。

于是，我对"楚吾尔"特别关注起来，乔龙·巴特告诉我：

这种神秘的乐器——楚吾尔，是新疆蒙古族特有的一种乐器，它是用阿尔泰山下的扎拉特草制作的。扎拉特草每年6月开花，到了9月底，1米多高的草茎就成熟了。扎拉特草由于生长在山的阳面和阴面的不同，成熟后的扎拉特草颜色也会不一样，而向阳的草做出来的楚吾尔就非常好。牧人们揪下它们的茎秆，随意地在末梢扎上几个洞，嘴巴吻住扎拉特草的根端，开始和扎拉特草共同演奏他们的歌声："五彩的花朵绚丽的花朵，芳香四溢引来蜂蝶。初升的太阳明媚可爱，我的家乡百花盛开……"

楚吾尔是一支上下直通的管子，拇指粗细，60厘米左右的管身上，开出了三个间距基本平均的音孔。乔龙·巴特说，楚吾尔的粗细、管壁厚薄视制作材料而定，有时在第一音孔的上方，管身反面还可以再开一个孔，管上端无哨片或者山口吹空，全靠舌尖控制风门的大小发出声音。

乔龙·巴特还告诉我一个传说：在很久以前，阿尔泰山下住着一户贫穷的人家。有一天，他们在荒凉的戈壁上救回一只生病的白色母驼。善良的主人每天到山上采草药，救活了母驼的性命。可是，母驼产下的驼羔没多久就死了，母驼一天到晚淌着伤心的泪水，痛苦地哀鸣着，不吃也不喝。正当郁闷的主人坐在草滩上，看着痛苦的母驼束手无策的时候，看见了旁边的一棵扎拉特草，便顺手采下一支扎拉特草茎，吹奏了起来，一个美好的乐器和一支无限凄哀的曲子就这样诞生了。乔龙·巴特说，这个神奇的乐器就是楚吾尔，楚吾尔可以说是所有乐器的祖先了。这个牧人吹奏的曲子就是《白色的母驼》，如今，《白色的母驼》成为楚吾尔的代表曲目之一。

楚吾尔虽然结构简单，但它可以发出所有大自然的声音，风声、雨声、水流的声音、树叶摇曳的声音，这迎合了蒙古族人以山为家、与草共存的生活习惯。在古代，蒙古族人在狩猎时都会带上一支楚吾尔，远远地看到野马、鹿便吹奏，当野马、鹿沉浸在音乐中时，猎人便趁机捕获。羊、骆驼要是生下小崽，有的不愿承认自己的孩子而拒绝喂奶，牧人便吹楚吾尔，直到唤起它们的母性。

乔龙·巴特是秉承了爷爷玛音达尔的爱好。他的爷爷擅长楚吾尔，敖包节、春节及村里的大型活动上，爷爷都会被奉为座上客，为大家吹奏楚吾尔。就是平时，爷爷也会在放牧或休息的时候拿起楚吾尔自我陶醉。乔龙·巴特的父亲并不擅长楚吾尔，但很支持儿子学吹楚吾尔。

今年35岁的乔龙·巴特从小就开始吹楚吾尔。那时，他才五六岁，每当爷爷讲起楚吾尔的传说时，他都会流下眼泪。常常是，爷爷一边流泪一边吹。后来，他跟着爷爷学了十几年，总算学会了。制作一个楚吾尔只需要五分钟，但要学会吹奏它，五年恐怕都不行。吹奏楚吾尔难度非常大，需要充足的气息，长时间吹奏楚吾尔会使大脑缺氧，手指变形，心情忧郁。加之，楚吾尔的发音往往都是一气呵成的长句或即兴变化、多次反复，要求演奏者喉声、舌尖声、胸腔气管声与鼻音、齿调、唇哨、气息一起控制混合运用，所以，即便是在当地，真正能学会吹楚吾尔的人也没有几个。爷爷玛音达尔活了84岁，去世后，乔龙·巴特打开爷爷留下的录音带，听着，每一首古曲都使他泪流满面，可不知为什么里面的许多古曲，每听一次，都像新曲谱；当他学着吹时，总找不到那个最标准的音，不是吹不出它的节奏和旋律，就是摸不到它的原始味……虽说在整个阿勒泰地区，乔龙·巴特的演技属于最娴熟的了，但，据他自己讲，比起爷爷来，那可是差远了！气没有爷爷吹得长，听起来也没有他那么舒服。

多年的练习，使乔龙·巴特在领悟到它的美妙的同时，也深深感到它几近失传的尴尬境地，于是从2009年开始，他就在人多的场合免费演奏楚吾尔。除此之外，乔龙·巴特还通过参加各类大型活动和收徒弟的方式传承古老的楚吾尔音乐。

为了楚吾尔，乔龙·巴特失去了很多机会：当干部、出国演出、发财甚至爱情。

2004年，当时在部队很有前途的乔龙·巴特回到家乡参加一个庆典，在领略了民间艺术魅力的同时也目睹了它们艰难的处境，他毅然谢绝了部队领导的挽留和乌鲁木齐市的安置，脱下军装转业回来，义务挖掘抢救楚吾尔这个濒临失传的文化遗产。

回到家乡的第二年，他在部队的教导员也转业到了阿勒泰市武装部，他主动给乔龙·巴特安排了工作，可是，当乔龙·巴特听说是在远在30多公里外的市里上班时，他谢绝了 —— 因为离家乡远了，那来自草原的楚吾尔的声音就会变调吧；他非常尊敬的周吉老师也同意他留在家乡，发挥特长。周吉老师一生热爱新疆少数民族传统音乐，尤其迷恋少数民族的乐器和音乐，在收集、整理和研究民间音乐方面做了大量的工作，取得了丰硕的科研成果。他会讲一口流利的维吾尔语、哈萨克语、蒙古语，对新疆的音乐文化了如指掌。周吉老师给他安排了一次出国演出的机会，可惜，其间周吉老师不幸去世，他把楚吾尔宣传到国外的梦想由此中断。

2008年12月底，北疆一个县的文体局领导来到乔龙·巴特家，给了他一个聘书，告诉他只要元旦前在上面签上名字，这个县的文工团就有他一席之地，而且还能有每月的工资加奖金最少5000元。

面对难得的机会，父母都希望乔龙·巴特能够抓住这次机遇。可是，乔龙·巴特却在12月30日做出了一个让家人失望的举动，他把聘书还了回去，说："我不能离开这里，我的艺术只有在这纯净的土地上才有活力，离开了汗德尕特，我艺术的灵魂就会枯萎在金钱和美酒里。"

邻居们看着威武英俊的小伙子放着城市不去，偏要回到这个山村里，不出去挣钱，也不学手艺，整天整天浸泡在楚吾尔里，各种闲言碎语也多了起来。

与他一起长大的伙伴都成了家，孩子"都会给大人打酱油了"，而乔龙·巴特不但对挣钱没兴趣，对婚姻也没有兴趣，父母听着邻居的闲言碎语，常常一言不发地叹气。

而乔龙·巴特的内心却在强烈地抵制着现代文明对传统文明的冲击。独特的民俗文化濒临失传，这需要有人来抢救、来保护，不然，以后就会留下千古遗憾。乔龙·巴特突然感到自己应该负起这个责任。想到这里，他轻松多了，在楚吾尔面前，婚姻、财富都是额外的。

自那以后，乔龙·巴特每年都自费到北京、上海、江苏、内蒙古等地演出，在舞台上，他稳稳地站着，非常严肃地把楚吾尔举在胸前，上端咬在牙齿上，用舌尖顶住，三指按着孔眼，嘴唇颤抖着发出"呜"的吟唱——

所到之处的观众没有想到，这极简的小乐器，看上去那么不起眼，一经吹起，却就惊得他们目瞪口呆！

那声音，不高，不低，却有力度，有涛声隐隐来之感，有万马奔腾之概。那音符分不清是"嘟"还是"喔"，含混着呜咽的哭诉，似喜却悲。长达一分钟后，变音为"哞——"，像牛哞声声呼唤；又一分钟，再听，频率降低了，声音成了"喏嗨……"似喇嘛念经……稍后，凝重的喉音、鼻音、管音混合在一起汇成了多声共鸣器："呃——哦——喂——呦——吔——哈——喂——哒——嗷——"这是来自大自然的共鸣曲，只有在田野里，在小范围内，你才能化境入我。楚吾尔不需要现代的音响设备。它发自内心，来自胸腔，嘴巴仅仅是个发音的通道而已！在那一刻，再迟钝的耳朵也被打动了。一切变得安谧、温和。

乔龙·巴特拿着他的楚吾尔参加过全国农牧民艺术节、国际乡村音乐节、内蒙古春晚、自治区民间艺术节、全疆民间器乐比赛等。他的徒弟遍布内蒙古、新疆的博尔塔拉蒙古自治州、巴音郭楞蒙古自治州、阿勒泰地区的部分县城等。乔龙·巴特现在在汗德尕特蒙古族乡铁木尔特村的培训班当老师，有时也去内蒙古等地授课，特别是在喀纳斯，他的声音经常在

那里回荡，他要让更多的人知道楚吾尔，关注楚吾尔。

　　我的采访即将完成时，乔龙·巴特对我说，他有对象了，是来自和静县的蒙古族姑娘阿里腾。那是在偶然的一次聚会上，姑娘被他那来自大自然的声音所折服。

　　我想，一定是那楚吾尔的声音把姑娘的心给掳走了！

　　我祝福你——"麋鹿之乡"的楚吾尔王子！

巴图巴依尔·阿尔赞的声音

汗德尕特乡的铁木尔牧场，是巴图巴依尔·阿尔赞居住的地方。

巴图巴依尔·阿尔赞有一个绝活，是一种难度很高的从胸腔里往喉咙里发音，而完全不依靠嗓子，同时发出多个声音的艺术。在汗德尕特乡的蒙古族艺人中间，除了乔龙·巴特，能够达到巴图巴依尔这样水平的人几乎没有了。

我想当然地把这种艺术听成了"喉麦"，因为它是从喉咙里发出来的声音，结果，它的准确表述是"呼麦"。巴图巴依尔·阿尔赞是自治区非物质文化遗产"呼麦"的传承人，我把它称为：巴图巴依尔·阿尔赞的声音。

汗德尕特蒙古族乡的人生来就会唱歌，随手捡来的草茎和树叶都可以做成乐器或者吹出声音。"托布秀尔"的琴身是用樟木、榆木或沙枣木为原料，仅仅是在木材上挖个槽就成了乐器，弹奏起来节奏性强、活泼欢快。"楚吾尔"被称为中国音乐的"活化石"，由生长在当地的一种草本植物的空心秆制成，上面只有三个孔，却能吹出五六个音。楚吾尔声音空灵缥缈，仿佛来自天籁；"呼麦"是一种演唱形式，运用特殊的声音技巧，一人同时唱出两个声部，形成罕见的多声部形态。呼麦通过调节口腔共鸣，强化和集中泛音，唱出透明清亮、带有金属声的高音声部，听起来美妙无比。

在巴图巴依尔·阿尔赞的感觉里，表演楚吾尔时，才发现楚吾尔原来并不是单纯的笛声，它的吹奏技巧与呼麦相似，发声原理也是一致的，只不过吹楚吾尔时要加呼音，而唱呼麦则要加高音。楚吾尔与呼麦相比，声音更丰富一些，音质也更为亮丽深沉，辽远空旷，那是喉咙控制的节拍与胸腹涌动的气流共同组成的一种苍茫的声音背景，山呼海啸，有涛声隐隐来之感，仿佛心中埋藏着百万雄兵！

1986年，7岁的巴图巴依尔·阿尔赞跟着爷爷泰宾泰人学习呼麦。那时年纪尚小的巴图巴依尔·阿尔赞已经表现出极高的音乐天赋和音乐兴趣，见爷爷在吹楚吾尔，便好奇地抢来要吹，爷爷见他这样，着实喜爱，便为他制作了一管小小的楚吾尔。巴图巴依尔·阿尔赞与楚吾尔的缘分就此展开。然而，遗憾的是，两年后爷爷就去世了，这时的巴图巴依尔·阿尔赞还在念小学，他对呼麦和楚吾尔的学习也就因此中止。1998年巴图巴依尔·阿尔赞无意间发现了爷爷生前留下的一盘珍贵磁带，欣喜若狂的巴图巴依尔·阿尔赞反复听着磁带，摸索着学习如何发声、如何唱好呼麦，也坚定了年仅19岁的巴图巴依尔·阿尔赞学习呼麦的决心。巴图巴依尔·阿尔赞偶然听到新闻报道说内蒙古的歌手艺人去蒙古国学习呼麦的消息，这个消息让苦苦摸索呼麦唱法和楚吾尔吹法的巴图巴依尔·阿尔赞格外振奋。他也梦想有朝一日，能够走出国门，站在国际舞台上，表演本民族的器乐和原生态唱法。2005年，巴图巴依尔·阿尔赞历经波折来到喀纳斯，拜呼麦老艺人叶尔德西为师。他跟随叶尔德西老人学习楚吾尔，通过不断的练习，他距离自己那个曾经的梦想又近了一步。每天清早，他都会在喀纳斯的湖畔林间练习发声和楚吾尔运气的技巧，从不间断。若遇有游客，他会向他们展示自己民族独特的音乐魅力。这样，既可以招徕些生意，又可以为自己谋得一些收入，更为有利的是，可以借与游客的交流，将呼麦和楚吾尔宣传出去。就在他的技艺精进，需要再努力一把的时候，天不作美，2006年叶尔德西老人离世了，这位音乐长者，巴图巴依尔·阿尔赞的精神导师未能陪着他走得更远，他在世时甚至没能看到自己的这位半路徒弟在全国青年歌手大赛上的出色表现。

此后两年，巴图巴依尔·阿尔赞全靠自己的摸索，继续自己的音乐生涯。终于，2008年1月14日，巴图巴依尔·阿尔赞参加了"巴口香杯第七届新疆青年歌手电视大赛"，并取得原生态唱法二等奖的好成绩。在这次大赛上，他用呼麦表演了《阿尔泰颂》《走马》等原创经典曲目。2008年3月15日，"第十三届CCTV青年歌手大赛"在全国拉开帷幕，命运转折的一刻终于来临。4月3日和4月18日这两天是巴图巴依尔·阿尔赞永难忘记的两天，当身着蒙古族传统服饰的巴图巴依尔·阿尔赞出现在舞台前，就像沐浴在一道柔和的晨光里，又像是置身在一片星光下。观众听呆了：那颤抖而连贯的嗓音中竟会有如此多层次分明的声音，当他张嘴吟唱，仿佛百蜂齐鸣在你耳边盘旋不走，又好像一千双蜻蜓的翅膀振动发出的声音，由远而近。呼麦唱起来很费嗓子，它完全靠艺人高超的发声技巧控制音频与旋律，中间几乎不换气。如果说巴图巴依尔·阿尔赞的呼麦声让听众感到如置身旷野之中，在这两天里，这位来自喀纳斯的图瓦艺人将自己民族的原生态唱法以及传统器乐吹奏介绍给了全中国。他的成功，使喀纳斯的湖水沸腾了，整个阿勒泰地区震动了。虽然在这次比赛中，他只取得了一个第17名的成绩，但是，对于一个从未进行过声乐训练，连谱都不识的少数民族歌手而言，已经是奇迹的一步了。关键是他推介了呼麦这种民族艺术——巴图巴依尔距离他的梦想越来越近了。

现在，且不说他在阿勒泰地区的各种比赛中榜上有名，就是在自治区级的比赛中也是收获颇丰。他是第七届新疆"青歌赛"原生态唱法二等奖获得者，获得过自治区首届非物质文化节优秀奖。他还是新疆民间文艺家协会会员。巴图巴依尔·阿尔赞已经不是等闲之辈了。

他虽然还没有爷爷那样出名，但他对民族音乐的热情和才华一点也不比爷爷差，何况他还年轻呢。

现在的巴图巴依尔仍然在朝着自己的梦想努力，作为呼麦非物质文化

的传承人，他招收了12个徒弟，这些都是才上初中，来自自己家乡的蒙古族孩子。

他的目标是：凭着自己的努力，将图瓦人的传统音乐带向全世界，让世界人民听到呼麦的声音。

额河石魂

第一次在富蕴县的"额河源奇石馆"见到那么多的额河奇石，一向爱胡思乱想的我，突然间脑际就闪现出了臧克家的诗句："有些人把名字刻入石头想不朽。"这句诗的意思是说有些人妄想把名字刻在石头上流誉百年。诗人用犀利的笔，对此表达了极大的蔑视与嘲笑。

在富蕴县，额尔齐斯河畔（以下简称"额河"），赵翼光的名字虽然没有被刻在石头上，但是，赵翼光三个字是与额河石并列的。提到额河石，就不能不提到赵翼光。提到赵翼光，就让人想到额河石。

今年72岁，祖籍北京的赵翼光出身名门望族的官宦家庭，父亲承传收藏有大量历代名人字画，自幼赵翼光就经常同兄弟姐妹一起帮父亲晾晒几十箱名字画。耳濡目染，在他脑子中烙下了艺术的印记，这为他后来的奇石收藏奠定了基础。

1965年，赵翼光支边来到新疆，1968年来到富蕴县中学教书。教书之余，平常就是爱看书，在当物理教师的时候，有幸被委派进修过物理知识，从此对无线电有了浓厚的兴趣，他曾经自己试着开办过电台，帮助别人修理过收音机，由此他成了远近闻名的能人。二十世纪八十年代初期，富蕴县要成立电视台，可惜没有人才啊！不要说人才，那个年代见过电视机的人都很少啊！不知道县委哪个领导听说赵翼光爱倒腾无线电，就临时决定将赵翼光调入，筹办电视台。这不是赶鸭子上架吗？何况这时候的赵翼光正在办理调令。这已经是第4份调令了，而且调令上主管部门已经签字了。时任县委书记李维新得知后，立即批示：谁放走赵翼光谁负责！当了15年教师的赵翼光，就又去筹办电视台了。电视塔架要建在山上，在挖管道、埋管道引水的过程中，他第一次发现了奇异的额尔齐斯河石头。电视台建立了，那时候，电视设备还不先进，电压也不稳，发动机老是跳闸。怎么办？赵翼光就守在闸刀跟前，拿根长长的小木棍，闸刀一跳闸，就用木棍再推上去。就在这样的环境下，他在这里扎下根来，就像那电视塔，矗立在高山上。他担任了县广电局局长，让他扎下根来的原因还有一个，那就是额尔齐斯河的石头。

由于流向由东向西，额尔齐斯河成为我国唯一的一条"倒流河"，它也是中国唯一一条流入北冰洋的河流。它发源于新疆富蕴县境内，流经福海、哈巴河县进入哈萨克斯坦、俄罗斯。额河上游河谷深，落差大、流速快、冲刷力强、泥沙积聚少，河水清澈见底，大量河卵石暴露在河床中。

阿勒泰地区矿产种类多，不同的微量元素孕育了这里色彩绚丽的石头。这条河床里的岩石众多，有花岗片麻岩、石英云母岩、石英砂质岩、千权岩、泥灰质岩、卡西岩、各类硅质岩、石英变质岩、蓝晶石变质岩、火山砾岩、火山角砾岩、石灰岩等，众多岩石在地壳内部时就多次被褶皱、挤压、断裂、隆起、破碎，同时又伴随多种矿物岩浆入侵、充填、黏合，包括混融和多种矿物质水溶液浸染、氧化等发生了复杂的地球物理、化学变化，当地壳不断上升，露出地面后风化脱落，又经千百万年湍急河水冲刷、磨砺，从而造就了神采各异的额尔齐斯河奇石。

额尔齐斯河河卵石，石质坚硬、水洗度很高，并天生有光洁的石肤（也称"石皮"），而玛河石、黄河石则缺此特色。额河石纹理色彩丰富，对比度高，奇石种类繁多，已发现20余种，图案构成千姿百态，人物、动物、花草、山水、树木、鱼虫，门类齐全。有些画面意境深远，构图绝妙，堪称上苍造化。

自从发现了第一块奇石，就像勾起喝酒欲望的酒引子，潜藏在赵翼光心里的爱好浮现了出来。工作之余，他常常骑着自行车独自跑到额河沿岸寻找奇石，发现一块好石头，就先把它隐藏起来，等到天黑以后再悄悄把石头驮回家——那时候人们的脑子还不够开放，他怕人家说他不务正业，也怕人笑话。

在捡拾石头的过程中，赵翼光也琢磨出了捡拾、甄别、收藏额河奇石的技术与方法。额河奇石讲究的是形、质、色、纹、意，赵老师玩石头最注重的是石头的意境，也就是石头的灵魂。玩石头靠的是感觉，有了感觉，然后才能悟出其中的意境，石头便有了主题，其价值自然也就体现了出来。

形——额河奇石最多见的是鹅卵状和不规则卵石状，也有象形石和造型石。收藏时要避免顶部平整形、三角形、四边形、正面或背面过于平整形，厚度要合适，不能明显单薄形，观赏面不能有明显裂纹、表面也不能明显凸凹不平，还要避免表面明显破损等。在收藏时不能只考虑图案而忽略了石形。

质——额河奇石石质是公认的优等石质。它结构细腻，水洗度高，石肤浓重光洁，手感质感非常好，在国内纹理画面卵石中不多见，硬度多在5—7度。本身固有的石肤使它非常完美，不需加工处理。

色、纹——额河卵石的欣赏应把色和纹结合起来分析。奇石的底色和纹理的颜色，在构成奇石画面中共同起到了重要作用。通常的图像石中，人们常看到的多是两种色构成的图案，而在额河石的图案中常常见到三色以上的图案，在众多奇石中特别抢眼。国内各类奇石中，色成了奇石的生命线，像黄蜡石、七彩石、鸡血石、雨花石等都有一身好的色，显得高贵华丽。对额河奇石的欣赏不应单纯地去赏色，而要从色纹结合的图案去品味其内涵。

额河奇石的形、质、纹大都很理想，尤其是它们巧妙的组合，形成的图案令人叫绝，飞禽走兽、花草树木、山川河流等无所不包。一个人捡到一块奇石，总是在看这块石头像什么，只停留在表面上。赵翼光则认为，欣赏一块奇石，既要看到实际存在的纹理图案，又要看到抽象的或是并不存在的纹理景象，也就是既要看到实的一面，也要看到虚的一面，有实有虚，以虚代实，从而产生一种新的境界来。赵翼光曾经遇到一块小石头，石面有一条惟妙惟肖的"小鱼"，但是，小鱼的尾巴模糊。有些人可能觉得遗憾，实际上，模糊的尾巴恰恰是这块石头的灵魂所在。尾巴模糊表示鱼尾在摆动，继而，你就会感受到水的存在，此时整块石头就变成了鱼水图。谁看了都会认为小鱼在水中游动，活泼可爱。画面中水并不存在，但赏石者都认为有水，鱼就在水中游，水是想象出来的，这就是以虚代实，实虚结合。在他看来，欣赏奇石就好比玩味绘画，以实带虚才能回味无穷。隐藏得越深，意境也就越远。去年，有个石友捡了一块石头，琢磨了一段时间没有看出名堂，随手送给了赵老师。赵老师感觉石头不错，但是，一时间说不出究竟好在哪里。他抱着石头观看了几天，眼前豁然开朗起来：蝶恋花。一块险些被扔掉的石头，就这样成了稀世奇石。

像他手头的这块名为《竹林》的石头，只有几根竹子，但是要用心看，要张开想象的翅膀，就可以联想到竹林；要用精神看，就要看到它的文化内涵。比如小鸟张着嘴在叫，白的是虚的，是两只鸟缩着头蹲着，仿佛小鸟在游动，此时虚的也是实的了。画比照片值钱，照可以照很多，缺乏艺术含量。藏得越深，价值越高，意境越好，反之，越露越浅。

于是，他对捡拾到的每一块奇石，都要赋予它看不到的意蕴。比如，这块石头上有一只张牙舞爪的老虎，一般人得到后就会很随意地起名为虎或者猛虎，而赵翼光却给它起了个威武的名字：一啸千山静，意境一下子得到了提升。又比如，这块石头上只是一头无腿的牛，一般人会起名为牛，再想想，起名卧牛。赵翼光则起名为：农闲。一下子让人有了想象的空间。

赵翼光收藏的石头，底座多以树根为主，不用木头。他认为有的人把底座做得比石头本身还好看，那是"喧宾夺主"。像额河石中的胎记石、印花石，跟黄河石一样，身价高就高在有一层包浆。有些人不懂行，非要打磨一下，为的是奇石更好看一些。其实，一旦打磨，就会弄巧成拙，成了赝品。奇石不能打磨，才保有它的本真，才更真实。

赵翼光经过一段时间的探索、琢磨，对额河石越玩越有感情，玩出了境界，觉得自己的情操也在升华。他觉得收藏奇石其实是在收藏大自然，寻觅奇石常常跋山涉水，到山上、到水中去寻找，这是一种锻炼身体、强健体魄的活动，投入大自然的怀抱，观赏绿水青山，呼吸新鲜空气，真是一种莫大的享受。

额河奇石过去因地处偏远，地区闭塞，交通不便，加之信息不畅通，所以似待嫁的女子，养在深闺人未识。在他的带动下，紧随其后开始是四五个人，几十个人，后来发展到几百人、几千人。赵翼光在额尔齐斯河捡到的奇石就有2000多块。就是富蕴县放羊的哈萨克牧民、种地的农民、开矿淘金的工人都捡起了石头，几乎家家有奇石。阿勒泰"奇石热"兴起之后，请赵翼光鉴赏石头的人越来越多，他们在一起品石，悟石，养性。他们每天骑上自行车走在陡峭的山路上，行程70千米—100千米路，搭帐篷，在外住上几天，吃鱼、吃野菜。后来合伙搭车，沿额河边一路捡去。别人捡不上，他着急，他怕这些人因此打了退堂鼓；他捡不上，倒是不着急。有一次，他的夫人王舍英也跟着他去捡石头，在河边洗手的时候，无意中竟然捡到一块石头，神似"美人鱼"，此后对捡石头也信心大增！

当年，他有个要求，跟他玩的，石头不能卖，卖了就不和你玩了。后来自己的观点也改变了：为了谋生，就把石头卖了做成了文化。

他曾经从一个老农手里花100元买到一块石头，被太原大学一个教授知道，坐飞机到了新疆，专程找到他，要买这块石头。在他家软磨硬缠了3天，以6.5万元拿走了。现在想想，肠子都悔青了。

2000年，赵翼光从富蕴县旅游局局长的岗位退休。时任县委书记徐成志对他说："你就是退休了，也不要当甩手掌柜啊。县里马上要建奇石馆和景区博物馆，你可不能闲着啊！"领导的重视就是对自己的尊重，恰好这时候的他已经积攒了几百块奇石和矿石标本，自己也有这个想法，于是，县里相关部门提供了一间200多平方米的展厅。石头一经展出，立即掀起了全县的石头收藏热，并且很快波及整个阿勒泰地区。在奇石家族中，额河奇石异军突起，在全国、自治区奇石展览中，崭露头角，有十多次获得金牌、银牌。使沉睡千万年的阿尔泰深山沟壑中的宝物名扬天下。近年额河奇石突然崛起，不少原本很清贫的人，包括哈萨克族牧民如热合曼·赛地克、内地来疆汉族小伙秦治志等都因捡石卖石发了财，一年收入在两三万至五六万元。现在富蕴已开设有几十家奇石市场和专卖店，全疆乃至全国奇石爱好者纷纷到富蕴选择奇石。

由此，赵翼光赢得"额河奇石第一人"的称谓。近年来，额河奇石则成为中国奇石界的明星，受到全国奇石爱好者的推崇。他现在是中国文化信息协会石文化专业委员会理事、新疆宝玉石协会奇石专业委员会副会长、富蕴县奇石协会会长。

赵翼光没有把名字刻入石头，作为发现额河石的第一人，他让额河石有了文化之韵，赋予了石头以灵魂。

金嘴子杨勇

那一年的5月20日，我随野马风流文化工作室采访团在可可托海地质博物馆，聆听到一场精彩的讲解。之前我手头也收集了很多有关可可托海的资料，但都是云山雾罩的，不知道所以然。而在这儿，讲解员寥寥数语，一下子就让我对可可托海有了了解。

他说：可可托海拥有得天独厚的地质矿藏，得益于一场地震；让可可托海名扬四海的是一个"坑"——"三号脉矿"；有一块稀世珍宝——世界唯一的额尔齐斯石。然后围绕着这"三个一"展开他的故事，既言简意赅，又引人入胜！而且他对上百种金属烂熟于心，再晦涩的专业用语从他嘴里说出来，也像那动人的音符，让人一听就明白。他双目炯炯，讲解的过程中透着睿智、傲气乃至霸气——有一种舍我其谁的气概！这个人的口才了得！

事后才知道他是新疆有色金属工业集团稀有金属有限责任公司明珠分公司的总经理、地质陈列馆的馆长杨勇。明珠公司主要负责三产管理、旅游和4万平方千米地的农场。他曾经做客新疆卫视《丝路·发现》栏目的《新疆地名之富蕴》专题。

这个人绝对有故事！

杨勇1967年生于可可托海，父母是可可托海第一代创业者。他从小生活在矿上，对父辈们的业绩耳濡目染。他对可可托海第一代创业者有很深的感情，于是特别想把父辈们的业绩和可可托海镇丰富的矿种对外推介，把这段历史"定格"在陈列馆里，昭示后人。

杨勇对可可托海的历史可以说是了如指掌。

他告诉我们：可可托海位于新疆维吾尔自治区北部富蕴县城东北48千米的阿尔泰山间。额尔齐斯河刚好从镇中穿流而过，镇名也由此而来。可可托海，哈萨克语的意思是"绿色的丛林"，蒙古语的意思是"蓝色的河湾"。这里是全国第二冷极，富蕴的水电部门曾经测出过–60摄氏度的数据，但未被认可。而在此期间，黑龙江的漠河气象站也测出–60摄氏度的低温，于是漠河便被定为中国第一寒冷区，而富蕴就只有屈居第二了。但从1955年到改革开放前的几十年间，由于国防发展的需要，可可托海曾长期隐藏在深山之中。1967年之前，在共和国的地图上，找不到可可托海的名字，它被"111矿"所代表。它是世界第四大稀有金属露天矿，是世界级的大型稀有金属花岗伟晶岩矿脉，它已拥有的稀有金属品种丰富，因储量之大，品位质量较好而名扬中外。其矿种之多，层次分明，开采规模之大，为国内独有、世界罕见，在世界地质界中被称为"稀有金属地质博物馆"。

它盛产着目前世界上已知的170多种有用矿物，其中铍资源居世界首位。铯、锂、钽资源分别居全国第五、六、九位。主要矿产品铍、锂、钽铌等金属，为我国国防尖端工业发展、"两弹一星"研制成功做出了不可磨灭的贡献。

我看到，杨勇在解说这些矿种时，眼睛不用看展板上的说明，而是微闭着双眼给我们解说：主要矿产品有铍、锂、钽、铌、铷、铯等金属，非金属有：云母、石棉、石英等，与世界上同类矿脉比：铍居第一位，钽、锂、铯居第三位。然后来上一句：可可托托海是中华民族的骄傲。

对父辈们的光辉业绩，他也是如数家珍：1960年7月，苏联单方面撕毁对华经济援助协议，撤走专家，逼迫我国限期还债。为争一口气，为了我国的尊严和声誉，尽管面临"三年困难时期"，多少人因饥饿而失去生命，全国人民还是勒紧裤腰带进行还债。

可可托海矿务局领取任务后，立即召开"03号百日会战誓师大会"，提出了"大干苦干四十天，提前完成保出口任务"的响亮口号。

入冬后的可可托海气温降至−40摄氏度左右，滴水成冰，更困难的是粮食供应严重短缺，就是有时运来一些面粉，也是"105号"黑面。何谓"105号"黑面？就是"一箩到底"的麸子面，其中还掺杂着5%的细砂石、泥土、草棒、羊毛等杂物，但就是这样的面粉也供应不足。最困难的时候，矿上临时取消了"定量供应"，实行了"配给制"——矿山工人每天每人六个馒头，车间工人每人每天四个馒头，机关人员只给四碗糊糊。

当时，矿务局领导考虑到工人的劳动非常繁重，决定在加班后发放"加班费"，但这一决定遭到了工人们的坚决反对，大家异口同声地说："国家有困难，我们讲条件还是工人阶级的一分子吗？我们不要加班费，同样也要提前完成任务。"

杨勇的父亲母亲就是这些工人中的一员。

每天天不亮，"采矿营"的工人们就身背两三个牛皮口袋，手拿镐头和铁锨等工具，奔赴了采矿点。

大家用镐头挖，铁锨铲，中午也不休息，就在矿场上吃点冷馍。因为汽车不能开到山坡上，下班前还要把重达百十多公斤、装有锂矿砂的牛皮口袋从山腰沿着乱石成堆的小道上背下来，每天都要背上两三次，有的人要背上四五次甚至更多，因为他们一天能挖一吨左右。当年，用于偿还外债的绝大部分矿石都是手选出来的，选好的矿石被集中在一个库房里。像当年的孔古尔拜老人从11岁就开始在三号脉工作，在这样的环境下一天干15个小时到18个小时是常有的事。

到了1964年，我国提前一年还清了二十世纪五十年代欠苏联的全部贷款和利息。同年12月3日，外交部部长陈毅接见日本记者时宣布："中国已经成为一个没有任何外债的国家。"

　　基于对矿山的感情，对父辈们的感恩情结，"可可托海的儿子"杨勇觉得自己有义务把父辈们的业绩宣传出去，让他们为世人所知！

　　我们站在三号脉上，可可托海矿区尽收眼底，其中最醒目的是1958年兴建的供当时工人们下班后娱乐的俱乐部，也就是现在的地质陈列馆。

　　作为明珠公司的总经理，杨勇顺其自然地成了这座陈列馆的馆长，他对陈列馆的设计和布置提出来很多有见地的建议。可可托海是这两年才开始重视旅游的，在此之前，可可托海地质陈列馆还谈不上名气，因为几乎没有宣传过。在2008 — 2010年，杨勇一上任就着手这一块的工作，他不仅做讲解员，做馆长，而且什么都要干。毫不夸张地讲，他的口才和渊博的专业知识，为地质陈列馆带来了声誉。并且每次国家和自治区领导来陈列馆参观时，都是他担纲主讲，他因此也被县领导称为"杨金嘴"。

　　杨勇的关门弟子付静告诉我这么一件事：一次，陈列馆来了新疆维吾尔自治区经贸委的领导，县领导考虑到付静是个新手，对各种矿种的介绍不一定清楚，就立马打电话让杨勇来担纲讲解。这时候的杨勇正在公司农场的4万平方千米地里查看庄稼长势，接到通知后，他立即赶到了陈列馆。就这样，面孔黝黑、卷着裤腿、两脚沾着泥巴的酷似农民的杨勇在经贸委领导面前完成了这次解说。听完解说，前来的领导和随同人员纷纷竖起了大拇指！

　　杨勇保有一颗20岁的心，爱和年轻人在一起，也很爱跟年轻人沟通，平易近人。他到了哪里，哪里就是笑声一片。幽默是杨勇智慧的体现。有一次，他应邀参加聚会，杨勇到得早，就先坐下了。因为他和地区里的一位领导身高和发型很像，来的好几个年轻人以为他是地区领导呢，就一起冲他说："书记好！"杨勇笑了笑，知道他们搞错了，也不道破，说道："坐吧坐吧，大家好！"后来地区领导来了，几个年轻人才恍然大悟。杨勇幽默地说："都是头发惹的祸！"

　　关门弟子付静说："杨老师很善解人意。只要是我讲解，他从来不在场，怕让我产生压力！杨老师的"光环"太大了，他的讲解风格已经成为一种杨氏经典了，我一直在模仿他，但从未超越过！"

我没有想到，我们聆听的竟是杨勇的最后一次讲解！

不要多想——杨勇讲解完毕后，就要离开可可托海这个地方，到阜康——有色金属总部下属的一个大型企业五鑫公司党群工作部任职去了！杨勇的父亲也在阜康，他可以尽尽孝道了。

一条穿越两国流向北冰洋的河流

有山的地方就会有河流，更何况新疆的地势本身就是"三山夹两盆"，有"三座大山"呢！就拿新疆北部的阿尔泰山来说，则是北亚河流的发源地。在准噶尔盆地的北缘，中国最北的戈壁大漠，一条源自阿勒泰地区富蕴县可可托海的河流——额尔齐斯河给人留下深刻印象。

好地方更是有好听的传说。

相传盘古开天地时，额尔齐斯河所流之处全部变成了寸草不生的沙丘。

多年以后，额尔齐斯河附近逐渐形成一个叫阿克恰普巴的村庄，村里有位哈萨克族小伙子名叫阿尔齐斯，小伙子常年靠打猎为生，由于他身强力壮，心地善良，常常将狩猎获得的猎物分给贫穷的人们，村上的哈萨克人民都叫他"加那西尔，贾阿达尔"，意思是上帝派来拯救贫穷的神仙。

这年冬天，阿尔齐斯救了一只受伤的小鹿，在回家的路上，他看到溪坑旁长着一丛兰花草，郁郁葱葱，十分茂盛。阿尔齐斯小心翼翼地把它挖了出来放在最贴身的衣服里带回了家。

第二天一大早，阿尔齐斯忽然看到放兰花草的盆子闪闪发光，定睛一看，兰花草正中有一块金光闪闪、鸡蛋大小的黄金。阿尔齐斯惊喜万分，无论要什么，兰花草都能够满足他的愿望。阿尔齐斯将好吃的都分给了贫穷的人们，还为穷人们每家要了一头奶牛、一头劳动牛，并嘱咐大家要勤劳致富。

　　但消息传到了一个叫巴依的人那里，他率领家丁、打手，各拿刀枪、棍棒，直扑阿尔齐斯家中。但在阿尔齐斯家什么也没有找到。他将阿尔齐斯的阿帕（母亲）和乡亲们都抓了起来，巴依气急败坏地说："要我放了你们这帮穷人，除非你把这绵绵不断的沙丘挖成一条大河！"

　　阿尔齐斯为了救阿帕和乡亲们，不分白天和黑夜开始挖河。一天、两天、一个月、两个月 …… 当阿尔齐斯浑身瘫软的时候，面前忽然飘来一位美丽的女子。姑娘从嘴里吐出一颗闪闪发光的珠子埋入沙土里，要阿尔齐斯闭上眼睛。

　　等到阿尔齐斯睁眼一看，只见一条大河像蓝色的缎带，沿着阿尔泰山蜿蜒飘然而下，而自己正同那美丽的姑娘坐着一叶小船在河里飘来飘去。

　　原来这女子是东海龙王疼爱的女儿小莲。巴依理亏又无奈，放了阿帕和众乡亲。后来，阿尔齐斯和小莲结成了夫妻，过着幸福的生活。当地的人们总是把这条河叫成阿尔齐斯河，就是现在的这条额尔齐斯河。

　　额尔齐斯河的源头出自我国阿尔泰山西南坡，山间有两支源头：喀依尔特河和库依尔特河，两河汇合后成为奔涌的额尔齐斯河，它自东南向西北奔流出国，一路上将喀拉额尔齐斯河、克兰河、布尔津河、哈巴河、别列则克河等北岸支流聚集起来，流至新疆哈巴河县后，又流入哈萨克斯坦的斋桑泊，再向北汇入俄罗斯的鄂毕河，最终注入北冰洋。额尔齐斯河全长4248千米，在我国境内546千米，流域面积5.7万平方千米，年径流量多达119亿立方米。

　　额尔齐斯河源头主要来自阿尔泰山上的冰雪融水，河水中含有大量的重氢，水中的矿物质元素含量丰富，对受孕体的成长及发育有很好的辅助作用。据说许多外地的不孕不育者来到可可托海定居几年后又恢复了生育能力，因此额尔齐斯河又有了一个新名字：送子河。

　　令人称奇的是，你会发现，额尔齐斯河两岸的很多松树都成对长成了

"双胞胎树"，还有当地人引以为豪的盛产双黄蛋的鸡鸭。

额尔齐斯河河谷宽广，河床中巨石重叠，银波翻腾，河谷次生林生长颇为茂密，宛若一条绿色飘带，镶嵌在荒漠戈壁上，绵延成一片绿色海洋。有水就有绿，当年成吉思汗率领蒙古大军挥师欧亚大陆路经此地时，赐名"可可托海"，意思是"蓝色河湾"。有了这"蓝色河湾"，河两岸山清水秀，苍松、翠柳、白桦交错葱郁，为此，久居此地的哈萨克族牧民称可可托海为"绿色丛林"。

额尔齐斯河还孕育了世界四大杨树派系（白杨、胡杨、青杨、黑杨），于是又有了"杨树基因库"的美称。欧洲黑杨、银灰杨等8种天然林是中国唯一的天然多种类杨树基因库，也是全中国唯一的天然多种杨树林自然景观，还有中国独有的树种盐生桦。

史书记载，成吉思汗曾西征花剌子模国，先后6次往返阿尔泰山，在这里击败过古出鲁黑和太阳汗的大军，兵至额尔齐斯河流域。

清代初期，清政府曾数度在额尔齐斯河进行屯垦。清同治八年，农民起义军曾转战额尔齐斯一带，袭击过非法在我国斋桑泊一带建立哨所的沙俄军队。清末民初时期，沙俄政府又数次窥觑我额尔齐斯河资源和沃土，被我军民一一粉碎……后来，额尔齐斯河通航能力基本丧失，其中原因就是，在清朝签订《勘分西北界约记》之后，额尔齐斯河下游的斋桑泊被割让给俄国，只留下从边界到布尔津约120公里的航道，航运需求大大减少。

额尔齐斯河记载了数不清的战争，数不清的仁人志士在额尔齐斯河写下辉煌篇章。

如今在布尔津县城仍有从前的码头遗址，后来立了个石碑，上书：中俄通航老码头，就是这段水道通航半个多世纪的见证。

中华人民共和国成立后，随着新疆农业建设的不断发展，土地的开发利用，水资源也逐渐被利用起来，人们在额尔齐斯河新疆段修建了数座水库蓄水，以供旱季使用。这使得近些年额尔齐斯河下游淤积较为严重，通航大型船只的能力几乎丧失。

额尔齐斯河沿岸风光壮美，有"银水"之美称。二十世纪五六十年代，额尔齐斯河里的鱼曾经养育了多少人啊。在那个生产力水平落后的时代，又遭遇了三年困难时期，就是这条河，救活了很多人。据当地人说，那时候，河里的鱼在水里穿梭，多为野生鱼：白斑狗鱼（乔尔泰）、东方欧鳊（鳊鱼）、黑鱼（丁鱥）、五道黑（河鲈）、梭鲈（九道黑）、高体雅罗鱼（中白条），还有大红鱼、哲罗鲑等。哈萨克族牧民骑马过河，跳起来吃飞虫的鱼儿竟然可以把马吓惊，把人掀到湍急的河里；有的牧民手拿毡帽，一俯身，就能捞起一帽子的鱼来；有的人下河里摸鱼，被大的鱼用尾巴一扇，抽打到身上，疼痛难耐。有对汉族兄弟，饥饿难耐，就去河边钓鱼，一会儿工夫，就钓了一大堆。钓是钓上了，怎么弄回家啊？俩兄弟就挑些大的，把鱼穿起来，用粗木棍抬着，信心满满往家走。哪承想，走了没有多长时间，就累得气喘吁吁了。无奈，就又撂下几条，抬着继续往家走；再走走，又累了，就又撂下几条鱼；又再走走，又累了，就再撂下几条。这样反复几次，挑回家的鱼就没有剩下几条了。大家打趣地说，这有点像猴子掰苞谷啊！

鱼挑回家，煎、炸、红烧、烧烤、包饺子，吃不完，就晾晒起来。

现在的老年人中年人都喜欢钓鱼，但是他们光钓不吃，钓上来，再把鱼放归河里。问他们为什么不吃，说是当年吃多了，腻住了。他们说，是额尔齐斯河给予了他们第二次生命。

一次地震震出了绝美风光

1931年8月11日凌晨，可可托海以南的卡拉先格尔一带发生了一次大地震。当时一位经历过那场大地震的哈萨克族老者讲述：正在熟睡中的他突然感到大地在震荡，毡房在摇摆。他回忆起当时的情景：我就跟喝醉了酒，不知道出现了什么事情，想坐起来、站起来，但是不能。等到大地停止震动，我爬出毡房，揉揉眼睛，向四野张望。我迷惑了，这是什么地方？熟悉的山坡、树木、小溪流不见了，我的几百只羊也是死伤遍地——这一切仿佛是在梦中。我难道真的喝醉啦？给我最深的印象是地震剧烈，且余震不断，不要说行走，就是几次想爬起来，都被强烈的余震摔倒在地。

这就是史称"富蕴地震"的卡拉先格尔甲氏8.0级大地震，极震区南起青河县的阿尔曼特山，北达可可托海盆地，造成了长达176千米的断层破裂带。强烈的地震波迅速传遍全球，有强烈震感的范围直径达2500千米，北京鹫峰台和上海徐家汇台作为当时中国为数不多的地震台，记录下了这次地震的震波图形。南非开普敦、澳大利亚悉尼、加拿大渥太华、英国牛津在内的全球数百家地震台，包括远离震区达12000千米的南美洲圣安胡地震台也记录到了这次地震。好在当时这一带人烟稀少，牧民几乎都居住在毡房里，所以，虽然位列世界十大地震之一，但死亡人数并不多。

富蕴卡拉先格尔地震断裂带成了世界上罕见的地震断裂带之一，也是世界上最典型，保存最完好的地震遗迹，而且有"地震博物馆"之称，国家地震年会曾经几次在这里举行，同时国内其他地区发生6级以上的地震，也要派人到此进行比照，对研究地震断层、区域构造环境、应力场、动力源及地震所造成的地形、地貌、植被、水文变化有重要的科学意义。对游客来说，在增加科普知识的同时，可目睹大自然给人类留下的这一地质奇观。

这条176千米长、几十米宽的地震断裂带，切山成谷，山石滚落，断裂地貌现象十分醒目，断裂组合形态复杂多样。白杨沟属这次地震的震中，山下形成倒石堆，阻塞沟谷、道路，至今难以通行。山冈上滚石遍布，大者近10米；山头酥裂，山坡上出现阶梯状断裂，最深达10米。这一带的破裂现象宏伟壮观，成为世界上罕见的地震断裂带之一。

地震是可恶的，地震是可怕的。但是，地震有好处吗？

地震，源于地壳运动，往大了讲就是"沧海桑田"。如果没有"天翻地覆"，地下就不会有煤、石油。地震就是"调整姿态"，进行沧桑巨变必须经历的过程。

同时，地震本身也是缓解地球本身的压力，释放它体内过多的能量，保持岩石圈受力平衡的有效而唯一的途径。地震释放了发生地四周蓄积的能量，地震后，这个地区很大程度上因为能量释放而变得地质结构稳定。地震会把地下的矿物带到地表，如果地震足够强烈，可为人类的生产和生活提供新的矿物质。地震引起火山喷发的火山灰使土壤变得肥沃，有利于农业生产。

那么可可托海的这场史无前例的卡拉先格尔大地震，给我们带来了什么呢？也许，地下的龙王觉得这块地方过于贫穷，物产不丰，环境不美，动了恻隐之心，要把自己积蓄的财富和美景搬出地洞，于是，它翻了个大大的身。它翻的这个身，那可是惊天动地啊，世界都为之改变了模样。

由此，一次大地震，给可可托海带来了绝美风景。

可可托海位于中国的西北角，是新疆维吾尔自治区富蕴县的一座小镇。如果你乘飞机而来,透过飞机舷窗,只见连绵起伏的雪山和苍翠松柏将这片土地包围,蜿蜒的额尔齐斯河穿流而过。在此需要提醒的是,可可托海虽然有个"海"字,但它不是海,哈萨克语译为"绿色的丛林",蒙古语译为"蓝色的河湾"。它因卡拉先格尔大地震,地下丰富的稀有矿藏得见天日,被公认为"天然地质矿物博物馆"。

由于特殊的地质构造、风雨侵蚀和流水切割,可可托海形成了许多深沟峡谷,像额尔齐斯大峡谷,拥有着保存完好的树林,如西伯利亚落叶松、云杉、白桦树等。

可可托海世界地质公园面积达788平方公里,额尔齐斯河的源头位于此。这次地震,出现了世界地震博物馆之称的卡拉先格尔地震断裂带,出现了北国江南之脊的可可苏里,出现了中国第二寒极伊雷木湖,出现了额尔齐斯大峡谷景区,出现了"聚宝盆"三号矿坑。同时,由于特殊的地质构造、风雨侵蚀和流水切割,可可托海形成了许多深沟峡谷,成为集山景、水景、草原、奇石、温泉等奇观于一体的自然景观区。这里不仅是新疆的"冷极",也是全国少有的"宝石之乡",还是世界难得一见的"天然矿物陈列馆",是一个集科学研究、科学普及、地学实习、观光游览和休闲度假于一体,科学内涵丰富、地方特色浓郁、文化气息浓厚、极具观赏价值的综合性自然公园,被联合国教科文组织誉为"中国的约塞米蒂"——约塞米蒂国家公园位于美国西部加利福尼亚州,是美国首个国家公园。可可托海国家地质公园是国内第一个以典型矿床和矿山遗址为主体景观的国家地质公园,外加独特的阿尔泰山花岗岩地貌景观和富蕴大地震遗址,使其具有了丰富的科学内涵和美学意义,这些地质遗产具有世界罕见的珍稀价值,构成了新疆环准噶尔神秘旅游线上一道耀眼的风景线。

一位冷艳"女子"下"海"来

我们常说：上天自有安排，一切都是最好的安排。

我们知道，可可托海不是海，但是大自然赐给了可可托海一个恩惠，这就是伊雷木湖。她像一个待字闺中的冷艳少女，深藏于距可可托海镇西南约4千米的断陷洼地内，她站在"金山银水"之称的阿尔泰山和额尔齐斯河上，风姿绰约，仪态万方，真可谓冷艳"女子"下"海"来。据此，可可托海人把伊雷木湖亲切地称为"海子口"。

伊雷木湖呈巨大的"8"字形，是富蕴大地震断裂带上最大的断陷盆地。它的湖面中央被东西两座大山削去大半，近看似长江三峡，登高俯瞰，宛如一颗巨大的海蓝宝石，在水中打着旋，所以，"伊雷木"就被可可托海的哈萨克族人称为"旋涡"。

如果你有闲情逸致，就站在湖边放眼望吧：湖水碧波万顷，看似沉静，但层层荡起的波澜在微微荡漾，恰似冷艳美人在这旋涡中旋转起舞！

好地方自然也伴随着凄美的传说。传说很久很久以前，天宫中的一个侍女不小心打碎了一面宝镜，这面宝镜来自人间，玉帝就惩罚她到人间再找一面同样的镜子，如果找不回来就要处死她。侍女姑娘下到人间，到处找啊找，最后来到一个满是白桦林的地方。由于饥渴，她昏倒在树下，醒来后，发现一个英俊的小伙子正给自己喂水。姑娘很感激，为报答救命之恩，姑娘大胆说出了自己的爱意。两个年轻人沉浸在甜蜜的爱情当中，并积极地筹备婚礼，姑娘甚至忘记了自己来到人间的使命。姑娘的所作所为

被天庭上的玉帝看得真切，大怒，决定要处死她。在姑娘小伙子结婚这天，小伙子身披桦树枝做成的新郎装，姑娘身披红色的枫树叶做成的嫁衣，踏着树林中柔软的草地，走向他们的婚礼小木屋。临近小木屋，地面突然出现了一面闪闪发光的镜子。小伙子上前弯腰就拾，他想，自己的新娘此时确实需要一面镜子，难道这是上天的恩赐？镜子的出现，一下惊醒了姑娘，她恢复了记忆，想起了自己来到人间的使命。姑娘急忙制止自己的新郎，可是已经迟了，只听轰隆一声巨响，山崩地裂，大水从天而降……过了很长时间，一切又恢复了平静，这对恋人不见了，树林消失了，周围化作一片汪洋，水中游弋着一群一群的大红鱼，这就是今天的伊雷木湖。人们还说，湖里的红鱼就是那对恋人的化身。

传说总归是传说，但有时也会巧合。1931年8月11日，在可可托海和青河县二台子之间发生的卡拉先格尔8级强烈地震，给位于震中边缘的可可托海地区留下了地质板块运动的痕迹。这场地震带来的不仅仅是灾难——地震之后，断层鳞次栉比，断裂带上盆地下陷，水流积累成湖，早先的湖面被扩大，水体加深，形成了包括伊雷木湖在内的几大湿地湖泊，孕育了额尔齐斯河上游大峡谷那雄奇、瑰丽的绝世地貌风光，也成就了额尔齐斯河上的第一湖——伊雷木湖。我们不禁喟叹大自然的鬼斧神工就是这样奇妙。

伊雷木湖又被可可托海人称为海子口水库。水库正常蓄水位时，水面海拔1170米（波罗的海高程），对应水面面积21.1平方千米，平均水深9米。依托伊雷木湖得天独厚的水资源优势，在西距湖口5千米处建成了一座地下水电站，是我国海拔最高、隧道最长、最深的地下水电站，也称"海子口水电站"。它深藏在地下136米，水力落差80余米，是典型的小水量高水头的水电站。

说伊雷木湖是位冷艳的美人，也在于她是我国的"第二寒极"。1961年1月，气象部门在此测到的极端最低气温达–56摄氏度，额尔齐斯河河水捎带的阿尔泰山冰川的气息还没有散尽，便注入伊雷木湖，使得湖水一年四季都冰冷刺骨，不适合植物生长，因此伊雷木湖还有个名字叫"冷湖"。

这真是个冷艳的女子：湖面周围的崇山峻岭奇妙地倒映于水中，水面没有植物，天空中甚至连个鸟的影子也没有，一切都显得平静、安详、神秘。

湖周围草地、岬角、湖湾相间，岩岛、沙州散布；湖畔的良田平整肥沃，田间还有拾锄劳作的农夫；远处有冒着炊烟的牧民毡房，悠闲吃草的牛、羊、骆驼、马匹和牧羊犬，嬉戏的小孩，湖水、绿树、田野、村舍、青山，使人仿佛置身于一幅田园诗画中。

我们陶醉于伊雷木湖的冷艳，这一定是上天造物时将最美的色彩和灵性都赐予了她，一山一水、一草一木都那么清新美丽，她踏歌而行，翩翩起舞。

一片"水乡泽国"凸现天鹅的故乡

不论你是乘车从乌鲁木齐到富蕴，还是坐飞机从乌鲁木齐到富蕴，在穿越茫茫戈壁或者穿云破雾后，你会突然发现地面上出现一片蓝色，平静如水，幽蓝幽蓝，格外醒目，一下子让人想到海蓝宝石。

那一片蓝是什么呢？

常来富蕴的热心乘客就会自豪地告诉你，那是野鸭湖，那是天鹅湖，那是鸟类的天堂，那是我们的可可苏里！

在此，还是要提一笔当年那场大地震：1931年8月11日，随着一阵阵开天辟地般的轰然巨响，富蕴县发生了里氏8级大地震。正是这场大地震造就了可可托海风景区第一处景点 —— 可可苏里。

可可苏里位于富蕴县吐尔洪盆地东北方向，由周边高山积雪融水汇集而成，是一处天然形成的沼泽湿地，湖水碧蓝澄清，水生动植物丰富。每年夏秋季节，大量的红雁、白天鹅、灰鹤、沙鸥、野鸭等翔集于此，繁衍生息。秋季湖面芦苇花开，20多座芦苇岛随风飘游，密密匝匝的野鸭嬉戏玩耍。远处肥沃的草原一望无际，牛羊成群，悠闲觅食湖边，恬静安逸。远处山峦叠秀，白云、青山以及繁盛秀美的可可苏里，共同绘就了一幅浓妆淡抹的中国山水画，一派"草原泽国"的迷人美景，是踏青觅春、垂钓赏景、摄影写生的绝佳去处。

精致是伴着凄美故事的。传说在遥远的天际，有一位美丽的少女苏姗，父亲对她疼爱有加。近几日，父亲看她郁郁寡欢，知道女儿大了，就要把她嫁给一个天庭里的武士。可是，苏姗心里对他并没有感觉！有一天黄昏即将来临的时候，她百无聊赖，身穿白色罗衫，斜倚纱帐，昏昏欲睡 —— 天宫里的生活既富贵又寂寥，不愁吃不愁穿，就是天条呆板，循规蹈矩，死气沉沉，让人昏昏欲睡，提不起精神。苏姗在迷迷蒙蒙中，只见一位英俊少年身穿黑袍，披着夕阳的多彩霞光，驰马而来。他的名字叫布勒特尔，他其实是一只黑天鹅，每天会围着天庭飞一圈，他被苏姗的美丽击中了。他知道，如果今天再不向苏姗求爱，她就将成为别人的新娘！他下定决心，策马来到了苏姗跟前，跳下马，跪至帐前，向苏姗倾诉他的爱慕之情：美丽的苏姗，我早就被你的美丽打动心扉。你的容貌能令千山倾倒，万水倒流。可你深藏天闺，天天都有愁绪在你脸上飘过，很难见到你粲然一笑的时候！亲爱的苏姗，这儿虽然富贵，但是你没有快乐，没有自由，更得不到你想要的真正爱情，无法享受青春欢乐，每次见到你不快乐，我的心都在滴血！苏姗看着英俊的布勒特尔，无奈地说：在这天庭里，难道我还有别的活法？布勒特尔说：你可以跟我到人间去，那里有胜过天宫的美景，有热情的民众，你可以去歌唱，去舞蹈 …… 苏姗那颗本来就动摇的心，一下子波澜四起。她抽身而起，睁开双眼，只见布勒特尔纵身上马，冲她喊道：走吧，亲爱的苏姗！苏姗也高喊着布勒特尔的名字，借着祥云，跃上马背。两个年轻人骑着马儿踏云而去，眼看就要到达天门，不料，苏姗的父亲闪了出来，站在天门边，挡住了去路。他满面怒容地说：苏姗，你知道布勒特尔是什么吗？他原本是凡间的一只黑天鹅，你若随他而去，按照天条，你也将变为鸟身。苏姗执拗地说：即便如此，女儿也愿随布勒特尔前去凡间。父亲见爱女心意已决，气哼哼地说：好吧，你自己的路自己走，自己的幸福自己找，我不拦你！父亲遵从了女儿的选择，打开了天门。

　　美丽的苏姗迈出天门的瞬间，果然变成一只翼翅洁白的天鹅，和她前行的布勒特尔变成了一只黑天鹅。两只天鹅，一白一黑，从空中向人间飞去。苏姗俯瞰大地，只见一汪绿水中，景色宜人，赛过天庭百倍。她飘然而至，心中欢喜。黑天鹅布勒特尔说：美丽的苏姗，我只是对你仰慕已久，才贸然闯进天宫，可万万没想到你有如此的勇气，会舍身随我而来。变身白天鹅的苏姗说：能与你在一起，我死而无憾。此后，苏姗与布勒特尔相亲相爱地生活在美丽的可可苏里。

人们发现，可可苏里上空和湖面上，有成千上万只天鹅在飞翔、嬉戏，因此可可苏里有了"天鹅湖"的美誉。每年夏秋季节，成千上万的野鸭、水鸡、红雁云集在此繁衍生息，因此这里也被称为"野鸭湖"。2019年，可可苏里迎来近万只灰鹤栖息做客。2010年前后观测到灰鹤种群以小群为主，今年则以大群为主，属罕见奇观。灰鹤是大型涉禽，属国家二级保护动物，每年由南半球至北半球迁徙停留湿地暂栖。

湖光山色中，田园风光，诗情画意，恰似江南的"水乡泽国"。在被巍巍阿尔泰山包围的这片湿地中，可可苏里湖水就像一汪蓝色的眼睛，而湖中那一丛丛芦苇就如美丽眼睛上忽闪的睫毛。在不过2平方千米的湖面上共有20多个浮岛，这20多个浮岛就这么漂浮着，变幻莫测，每天都会有不一样的绝妙画面。

大山与碧水相逢一见钟情，白天鹅与黑天鹅相爱白头偕老。

朋友，可可苏里美吧？美！那就来吧！

在可可托海当司机跩跩的

那时候，在可可托海能见到汽车就算是开眼了！谁家要是出了个司机，那可真是了不得啦！当个司机可真牛，喇叭一响，油门一踩，缓缓开过，再加一脚油门，绝尘而去！小孩子们就在后面追，让路面上的扬尘把自己弄个满脸花，还觉得自己很有面子呢！等汽车回来，停在门前，就有小孩子跑到排气管和油箱跟前，用鼻子嗅汽油味，真是好闻的味道，这是世界上最好闻的味道呢！更让人羡慕嫉妒恨的是，漂亮的大姑娘嫁人的第一人选就是司机！

可可托海遥远闭塞，出入之困难难以想象。

中华人民共和国成立之前，富蕴县交通运输十分落后，在广袤的大地上没有一条像样的公路。出行、运输全靠牛、马、骆驼。那时只有一些牧业转场用的古老牧道，这些牧道是牧民祖祖辈辈放牧牲畜转场搬家自然形成的。牧道路面狭窄，仅有半米宽，并且常被荒草淹没。茫茫的大戈壁上小道横七竖八，感觉到处是路，又感觉到处没有路。牧民搬家，转场，都是按大致方向走。冬去春来，夏去秋归，来回往返，忘却了时间，也忘却了路程的远近，搬到哪里，住到哪里；放牧到哪里，家就安在哪里。

20世纪30年代以后，为了开发可可托海矿产，将矿石运往布尔津口岸，从可可托海经乌恰沟、萨尔布拉克到多尔勃勒津（北屯）修筑了一条可用于汽车运输的便道，再由水路运往苏联，其中大部分路段是汽车在荒山戈壁碾压而成的。那时候的路啊，夏天是扬灰路，秋天是泥巴路，坑坑洼洼，凹凸不平。由于路况极差，汽车往往要走两天，中途在萨尔布拉克住宿。

那时候，从可可托海到乌鲁木齐，交通运输以驼队为主，出行分东、中、西三条古道，亦称"驼道"。东道：可可托海 — 阿尔格勒泰 — 白杨沟 — 萨尔巴斯陶 — 二台 — 北塔山 — 三个泉 — 哈密 — 迪化（乌鲁木齐），或者二台 — 古城子 — 奇台 — 迪化；中道：可可托海喀拉布勒根 — 可可巴斯陶 — 五彩湾 — 吉木萨尔 — 迪化。西道：可可托海布尔津 — 乌尔禾 — 迪化。从可可托海到迪化往返一趟一般需走两个月，要是在冬天遇到风雪天气，那就更没个准点了。

到了中华人民共和国成立初期，可可托海人长途出行还是十分困难。去乌鲁木齐主要是乘坐一个星期一趟的班车或搭便车。车子不行，道路不平，一路颠簸，头昏眼花，翻肠搅肚，少则一个星期，多则十天半月。1951年，从部队转业到可可托海矿务局当无线电报务员的王瑜和同伴走的就是西路。1000多公里破烂不堪的公路，几乎全是绕着山梁走，车颠得人五脏六腑都挪位了，坐车的人呕吐不止。他搭的是中苏金属公司去可可托海运物资的嘎斯卡车，途经乌苏、奎屯、克拉玛依、和丰，到布尔津转运站，最后才能抵达可可托海。那次，他们路上走了11天。走过戈壁，穿过大草原，钻进大森林，有时一整天难得见到一个人，一路上越走人烟越稀少，偶尔能碰到放牧的牧民。

20世纪60年代，到冬季，到各矿点的道路只有马拉爬犁能通行。

60年代中后期，可可托海突然热闹起来了，人们从河北到河南，从小街到天桥，纷纷走出家门，争先恐后潮水般地涌向一矿，也就是现在的三号矿脉。不知情由的孩童们也急不可耐地随着人流奔跑着，而且速度不亚于大人。到了一矿停车场，只见一排排灰色的庞然大物整齐地摆放在那里，昂首挺胸的样子，仿佛准备接受检阅一般。哇！是一种没有见过的汽车。

无论是大人还是孩童，都围着这新车前瞧瞧、后瞅瞅，好奇地摸摸这儿、动动那儿，甚至有几个胆大的孩童已经爬到了车厢上蹦跳着。这是从法国进口的大吨位的自卸车，车厢又长又宽，轮胎很粗很胖，驾驶室更是又高又大。这个车有个很好听的名字"贝利埃"，可是，不知怎么回事，无论大人还是小孩都不叫它"贝利埃"，而把它称为"大头车"，也许是它的驾驶楼很高大吧！哈哈，驾驶室不叫驾驶室，叫驾驶楼！

行驶在路上的"大头车"更是威风八面，那轰鸣的机器声、那风驰电掣般的速度、那大吨位的载重量，尤其是当它满载矿石从你身边驶过时，你就会觉得大地在颤抖一般，这些都是苏联的"吉斯"翻斗车和国产"解放"翻斗车无可比拟的。

"大头车"的驾驶楼高大宽敞明亮、视野开阔、乘坐舒适，无论大人还是孩童都想乘坐一下，除了领导和工作人员外，如果你真想坐一次"大头车"，首先，你得认识驾驶员，其次，你还得好好巴结一下驾驶员，因为"大头车"驾驶员的选拔是很严格的，能开上"大头车"是一种荣耀，所以被选中开"大头车"的驾驶员很是自豪，走路的架势都像鸭子，拽拽的！有一年，可可托海矿务局有一个矿工在干活的时候，突然肚子绞痛，疼得在地上打滚！他被紧急抬进"大头车"，拉往县城医院。在颠簸中，还没有到医院，这位矿工的肚子就不疼了！到医院一检查，原来这位矿工得的是肠梗阻，在汽车的颠簸中，肠子恢复了原状，就不用住院了。

"大头车"加入生产运输后，三号矿脉的尾矿剥离量和采矿量都有大幅度的提高，生产数量和质量亦有了突飞猛进的发展。由于矿山工作的需要，几年后矿区又进了一批绿色着装的、载重量更大的十轮"大头车"，加快了运输进度。

虽然在以后的岁月里，各种车型多了起来，无论是在国道上，还是在

高速公路上，甚至在乡村的道路上，你都可以看到各种大型载重车在奔驰着，但是"大头车"作为可可托海的一道亮丽风景，永远是人们的一种念想。

一块亟待解密的额尔齐斯石

　　韩凤鸣的心里只有石头，他常说他在野外的时间比在家多，与石头在一起的时间比跟爱人孩子在一起多。所以，他不会与这块被称为稀世之宝的额尔齐斯石失之交臂。他发现它，也就是偶然中的必然了。

　　韩凤鸣的老家在黑龙江省北安市，1959年，他从长春地质学院稀有金属地质专业毕业，这是国家第一次开设此专业。毕业后，为了响应党的号召，韩凤鸣自愿要求到新疆工作，被分配到了可可托海，从事野外地质工作。

　　刚去的时候，可可托海的生活生产条件非常艰苦，连住的地方都没有，他就和一起分配来的大学生们挤在一间大房子里，把铺盖往水泥地一铺，就算是在可可托海安了家。

　　那时候的年轻人都有雄心壮志，青山处处埋忠骨，何须马革裹尸还！从春天雪融开始一直到整个夏天结束，韩凤鸣都在野外。每次出去不是骑马就是徒步，吃的是馒头就咸菜，喝雪水、喝溪水更是家常便饭。

　　他在此结婚生子，3个孩子都是爱人带大的，他几乎没怎么管过家。

　　他是怎样发现额尔齐斯石的呢？

　　1979年夏的一天早晨，韩凤鸣和其他队员带着罗盘、放大镜、地质锤，背着够一天吃的馒头和咸菜，骑马开始对可可托海的一个矿点的矿脉进行检查，对矿石进行判断，看有无深入研究的必要。时间到了下午，在经过一条矿脉时，矿脉中一块无色透明的石头引起了韩凤鸣的注意。这块石头有成人拳头大小，很像石英，但凭感觉，韩凤鸣又感觉不是。

我们平时所说的水晶，其实是一种无色透明的石英结晶体矿物，它的主要化学成分是二氧化硅，跟普通沙子是同一种物质。当二氧化硅结晶完美时就是水晶，二氧化硅胶化脱水后就是玛瑙。

他用地质锤敲下了这块石头，放进背包里带了回去。

工作之余，他不时拿出那块石头端详、琢磨。韩凤鸣通过对它的光学、化学性质的初步测试，首先从折光率这一点排除了它是石英。他又拿出《矿物手册》，将它与以上记载的所有已知矿物进行对比，他初步认为它可能是一种新矿物。

这究竟是一个什么样的新矿物？由于当时可可托海矿务局的测试设备有限，1980年，韩凤鸣将它一分为二，将其中的一半送往当时国内分析设备较为先进的成都地质学院进行进一步研究。

成都地质学院张如柏教授经过X线粉晶分析，初步肯定了韩凤鸣的想法。

新矿物的发现，其新结构、新成分缺一不可。为得到更权威的结论，样品又被送往北京地质科学院做更为精确的分析，最终证实了此前的判断。

有了这些支撑，韩凤鸣写了发现新矿物论文的初稿，并寄给了张如柏教授。

为给这块"石头"起名，曾有人建议韩凤鸣用自己的名字来命名这个新矿物，但他只是一笑而过。韩凤鸣说："按照国际惯例，应当用发现者的名字来命名，但我们所处的年代是一个不讲名利，只讲奉献的时代。发现阿山矿那年，我就领回一张奖状，这是国家对我工作的认可和表彰，是荣誉。将额尔齐斯石献给国家，我从未后悔过，也从未想到自己该从中得到什么名利。"

张教授征求他的意见，他说自己喝着额尔齐斯河水，在额尔齐斯河边工作，它又是在额尔齐斯河流域发现的，就起名叫额尔齐斯石吧。最终，这篇论证额尔齐斯石的论文发表在《矿物学报》上。

但新矿物的发现必须得到国际矿物协会的认可，于是张教授又将论文寄往设在美国的国际矿物协会新矿物命名委员会进行审定。

1983年3月3日，国际矿物协会新矿物命名委员会主席、加拿大安大略博物馆的J. A. Mondarino博士向张如柏、韩凤鸣写来信函，对韩凤鸣的发现予以确认。与此同时签发了文件，确认额尔齐斯石为世界上首次发现的新矿物。

额尔齐斯石的发现，使得世界矿物家族中新增了一名成员，但对普通人来说，它并不值钱，因为至今还没有找到它的工业、商业应用价值，但它的珍贵不在于这些，而在于学术和科研领域。对世界矿物研究者来说，它不像阿山矿可以在可可托海甚至阿尔泰山山脉中较容易找到，目前只有韩凤鸣发现的这一块是已知的，其价值当然无法用金钱来衡量。

韩凤鸣肯定地说："在可可托海、额尔齐斯河流域、阿尔泰山山脉中肯定还有，但是在哪里，目前尚不知道。发现更多的额尔齐斯石还有待进一步的探索和发现。"

1984年，新疆有色局的《新疆有色报》首先刊登了韩凤鸣发现额尔齐斯石的消息，紧接着，中央人民广播电台向全国播报了这一消息。随后，《人民日报》、新疆人民广播电台、《新疆日报》也对此进行了报道。

1985年，中国有色工业总公司在新疆筹建成立新疆有色金属黄金工业学校，46岁的韩凤鸣被抽调到乌鲁木齐参加筹建工作，结束了自己在可可托海的生活。但在可可托海22年的野外地质生活中，他踏遍了那里的山山水水，这也成就了他不少惊人的发现。

1978年，即发现额尔齐斯石的前一年，韩凤鸣和一位同事在可可托海发现了另一种新矿物——以阿尔泰山命名的阿山矿。1984年，他因此获得国家自然科学奖四等奖。除此之外，他还是国内第一个发现石川石的人。

如今，这块拳头大小的额尔齐斯石，由于三次分割，分别存于成都地质学院和北京地质科学研究院。现在剩下指甲盖大小的一块，静静地躺在矿史陈列馆的玻璃柜里，它晶莹剔透，与前来参观的人对视着。好像在说：你们把我研究透了吗？

一座隐身地下 136 米深处的水电站

为什么这座水电站深入地下 136 米？

因为当年美国的钻地炸弹能钻到地下 126 米，所以，这座水电站就多挖了 10 米。

出可可托海镇 10 公里，汽车驶到山口，这里就是伊雷木湖的出水口了。当年，为了修建可可托海水电站，在额尔齐斯河与其支流卡依尔特河交汇处，开始进行道路和水利工程施工，拦河筑坝建起了这座水库，后来人们给它起名叫伊雷木湖，水电站就建在伊雷木湖的湖底。

再通过一公里长的涵洞，颠簸了半个小时后，在山路右侧的一片山间平地上，我们就见到了这座地下水电站。一座淡黄色的小楼就是电站的主控制室，楼顶可以停放直升机。小楼耸立在山顶上，往下俯瞰，一侧是悬崖峭壁，另一侧是悬崖下奔涌的额尔齐斯河。

在这里建一座水电站，目的一是保证可可托海矿区的生产；二是保证国家的国防建设。

1955 年 7 月，国家电力部水力发电建设总局派出勘察组到可可托海对上下游河道和峡谷水利地址进行踏勘，并提交了《新疆可可托海水电站勘察报告》，由此拉开建站帷幕。1956 年，国家燃料工业部水电勘测设计局（后称"电力部水电总局北京水电设计院"，后并入国家水利电力部西北勘测设计院）开始对可可托海水电站进行设计，到 1958 年 4 月基本完成初步设计，工程编号 701-1。1958 年 5 月，新疆兵团建工一师五团进入工地。

整个水电工程的建设顺序为：泄洪洞—拦水坝—引水洞—厂房。

要在这里修建水电站，首先必须把水引干才能施工。当时在对面的山上打了4个导流洞，用导流洞将水引流到山外。大坝修建后，伊雷木湖水位抬高，施工人员开始建设电站引水洞工程。引水洞呈拱形，高不到4米，宽不到5米，打好后先用木头加固再用水泥浇注。洞内铺上钢轨，用矿车将岩渣运出洞外。开始从大坝的一头打，后来二厂房竖井打好之后，实行两头对接。开凿引水洞的生产工具是风钻、钢钎。由于没有任何劳动保护措施，风钻扬起的粉尘呛得人呼吸困难，但参战人员没有怨言，戴上口罩继续干。

可可托海冬季十分寒冷。这里被称为"中国的寒极"——1965年1月，这里曾测得–57摄氏度的最低气温。参战人员身上能穿的都穿上了，只留眼睛和鼻子露在外面。眼睛冻得疼，鼻子呼出来的气都冻成霜挂在帽檐上。建成后的引水洞从引水处到洞压井全长2341米，落差76米。

1963年4月，工五团撤离工地，已经有20多人把生命永远留在这里。此时，拦河围堰已经合龙，泄洪洞已经打通，并开始做第一台水轮发电机组的安装准备工作。

1964年8月，西北勘测设计院完成了可可托海水电站大坝的设计，为突击施工创造了条件。这时，新疆有色局接受可可托海矿务局建议，暂停可可托海三号脉露天矿的生产，调集全部人员和设备到水电站工地，与新疆有色局工程公司参加以大坝建设为主的"大会战"，当时，仅在大坝上干活的就有1000多人。晚上整个工地灯火辉煌，披星星戴月亮，月亮底下摆战场，高峰时劳动力达到2200人，用了近2年的时间，到"文革"前，拦水大坝工程完工。

让我们惊叹的是，地下发电站的电缆能直接横跨整个山谷到达对面的山上。

当初发电用的电路是什么样子呢？最初采用的是木头电线杆，木头电线杆底部是水泥墩子。水泥墩子一头埋在地下，一头露出来，电线杆就在水泥墩子横出来的平台上面。电线杆是由砍伐的松木做成的，十几个人抬一根电线杆，吃力地沿着陡峭的山路往上抬，有时前面几个人拽，后面还有十几个人在推，几天才能将一根电线杆运至山顶。水泥墩子又称"牛腿"，也是在山下预制好之后扛上山的，虽然好抓一点，但是特别重，扛上山也特别困难，特别是冬季，在没膝深的雪路上，那可是一步一步挪出来的，可以用"累得吐血"来形容当时的场景。

之后，木头电线杆换成了钢制电缆支架。从山脚到山顶约有一公里。最早修建钢制电缆支架的时候，参战人员从山脚下出发，将水泥、砂石等物资一点点背上去，打好基础后将钢支架修建在水泥底座上。

从控制室到山头支架铺设电缆十分困难，由于跨度太大，电缆重量太大，最后只能动用直升机将电缆从山头拉到控制室上。布完线后，准备工作就做好了。在支架跟前，施工人员再采用吊葫芦收紧电缆，也就出现了现在能看见的电缆线凌空飞渡深山大壑的壮观景象。

可可托海水电站从1955年7月开始野外勘探，到1975年6月第4台5000千瓦发电机组投入运行，共耗时20年。时至今日，40多年的时光又一闪而过，经受住了多次地震和洪水考验的可可托海水电站仍然年轻，令前来参观的人发出惊叹。

乘坐新安装的电梯，用时2分14秒，就到了水电站地下136米处的主厂房。地下主厂房长36.74米，宽8.95米，高5.48米。

当年最早的小型电梯周围就是拉个铁丝网，直达底部需要3分钟。电梯四周都能看见岩石，坐在上面摇摇晃晃。除了上下行使用的电梯和楼梯，另外还有两条安全交通隧道，可供遇到紧急情况或突发事件时使用，这是当年打竖井时所使用的通风口，开凿厂房的岩石也是从那里运送出去的。

如今，第一、第二台电梯都完成了历史使命，新电梯乘坐起来十分平

稳，而且是"全封闭式"的，现代化气息令电站工作人员欣喜不已。

水电站内的遗迹历历在目——

在水轮机旁的水泥墙面上还留有当年建设者们写下的："下定决心，不怕牺牲，排除万难，去争取胜利"等标语。

最令人难忘的一行是："热烈祝贺今日发电 一九六七年二月五日十七点整普通一兵贺电"。这一天，正是这座水电站第一台机组正式发电的时间。

大地的花篮

是《敖包相会》这首歌，把神秘的敖包刻进了我的脑海。虽然我只是会唱这首歌，并没有亲眼见过什么是敖包，还以为敖包就是蒙古包呢。

后来，有了一次出行博尔塔拉的机会，在温泉县的大草原上，才知道什么是敖包。那些大大小小的"石头堆子"，犹如大地上盛满鲜花的花篮，开在牧区上，开在广袤的草原上，开在高高的山冈上，开在开阔的草滩上。那突然从地下冒出的敖包，就像那雨后冒出的鸡头菇，成为草原的灵魂。它在草原和大山的怀抱里，仰望苍天，述说着草原的历史和那久远的故事。

关于敖包的由来，古往今来演绎着许许多多的传说。敖包是蒙古语，也叫"鄂博"，翻译成汉语，就是"土堆""石堆"之意。它是由石块或者土堆垒成的，通常筑在山顶或者平原的高坡上，呈圆形，顶端插有柳条树枝，上面系着牲畜毛角和经文布条及哈达等，周围供着羊肉、马奶酒、黄油和奶酪等物品。

在博尔塔拉蒙古自治州温泉县的蒙古察哈尔人中间，依然流传着这样一种说法，说古时候，茫茫草原辽阔无边，天地相连，不好辨别方向，道路难以确认，边界容易模糊，于是人们就想了个办法，垒石成堆，当作标志。

不管哪种说法正确，或者是两者兼而有之，蒙古族人似乎与敖包都有过不解之缘，他们走到哪里，就会把敖包堆到哪里，或者说，哪里有蒙古族人居住的地方，哪里就会有敖包。人们每逢外出远行，只要在途中碰上有敖包的地方，都要祭拜一下往敖包上添一些石块，再默默祈祷，祈求这方水土平安吉祥，一切顺利。

奔驰在辽阔的温泉大草原上，我的思绪在飞扬：敖包珍珠般点缀在茫茫的草原上，那第一个石堆出现在哪一个久远的历史时段？那最初的祭祀活动又源自何时何地？石包上为什么要高高矗立着苏鲁木锋？今人所能感受到的，也许只有那些斑驳沉默的"石头堆子"散发出的莫测热度，那是草原民族坚韧不息的虔诚信念。

我仿佛融进了温泉大草原。

祭祀敖包是草原民族最隆重的民间仪式，其实，蒙古族祭敖包的习俗已经很久远了，其所祭祀的内容也在不断地丰富和变化着。由于蒙古族牧民各地区的风俗习惯不同，祭敖包的形式也多多少少有些变化，但大体上的日子会选在农历五月下旬或六月上旬，个别地方在七八月份，因为那时正值水草丰美、牛羊肥壮的季节。祭祀时，场面非常隆重、热闹，牧民们从各自的草场营地，从林间、河谷、草滩，汇聚在敖包跟前，迎着初升的红日涌向山顶，敬献哈达、牺牲、奶酒等，由喇嘛诵经祈祷。喇嘛诵经是大型敖包祭祀活动中的重要内容，有条件的地方，一般还要请喇嘛穿起法衣戴上法帽，焚香点火、诵经。跪拜完的人们开始往敖包上添加石块或以柳条进行修补，并悬挂新的经幡、彩色绸布条等，然后，开始围绕敖包从左向右转三圈，祈求降福，保佑人畜两旺。

祭敖包节，是蒙古族传统的一种祭祀活动，也是蒙古族最隆重而又比较普遍的一种祭祀活动，至今，在新疆的很多地方，都可以看见蒙古族的祭敖包活动。

2011年9月10日，在博尔塔拉蒙古自治州温泉县，我们来到了"阿尔善敖包"，有幸亲历了一次敖包祭祀活动。

"阿尔善"蒙古语意为"温泉"，因位于县境内博格达尔山（蒙古语，有"圣山"之意）下而得名。阿尔善敖包景区位于温泉县赛马场南侧，东部和北部均为原野，南临别珍套山，西接温泉县城，由阿尔善敖包、察哈尔卫士雕塑和3个各具特色的凉亭组成。2003年6月投资新建，占地面积100余亩。

进入景区大门，我们先看了阿尔善敖包景区示意图，对景区内的设施心中有了数。在示意图右侧是一座具有蒙古族风情的凉亭，取名安康亭，是六柱圆顶亭，亭子顶部绘有蒙古族传统的壁画，游人置身其中能感受到浓厚的蒙古族民俗文化。由安康亭信步向南，便来到了阿尔善敖包，先看到的是阿尔善敖包石碑，碑的正面是现新疆维吾尔自治区人大常委会副主任、原任州长乔吉甫亲笔题写的"阿尔善敖包"五个苍劲有力的大字，背面也是乔吉甫州长亲自撰写的题词《千古民俗祭敖包》：祭祀敖包众情，呼唤天地神灵；祈求风调雨顺，人畜免灾兴盛；民愿神意互应，国泰民安福临。碑文以汉文和蒙古文两种文字题写，寄托了温泉县各族人民祈求国富民强、幸福平安，期盼美好未来的心愿。阿尔善敖包是由水泥砌成的一个圆围成，中间种着一棵松树，敖包上挂满了蒙古族同胞来举行礼仪时献上的五彩哈达。在他们心目中，每一种颜色的哈达都代表着一种意思：蓝色代表着蓝天，白色代表着白云，黄色代表着大地，绿色代表着草原，黄色代表着火一样的爱情。蒙古族察哈尔人最喜欢蓝色和白色的哈达了。在他们看来，蓝色是自然界最美好、最永恒的颜色，能够表达出蒙古族察哈尔人豁达的本质和美好的心灵。白色是纯洁、吉祥和幸福的象征，所以，献给尊者和贵宾的哈达莫过于白色的哈达了。

从阿尔善敖包漫步西行，进入视野的是一座两层圆顶的琉璃瓦凉亭，由八根红色的大柱子支撑，四周砌有镂花围栏，亭子的顶端绘着古典的人物壁画，让人在山野中感受到中华民族优秀的传统文化气息。

沿着石阶继续西行，就来到了察哈尔卫士雕像前。整座雕像高约3.5米，是一位身材魁梧的蒙古族察哈尔武士，他身披金甲，腰佩战刀，手持

长矛，双目中透着坚毅的目光，凝视西方，胯下的战马扬蹄嘶鸣，正准备
上沙场冲锋陷阵。雕像两侧各竖立四杆锦旗，迎风飘扬，使人们仿佛又回
到了兵戎相见的古战场，听到了兵刃相接的喊杀声，看到了蒙古族武士奋
勇杀敌，打退侵略者的英勇气势。我们眼前好像浮现出蒙古族察哈尔人先
辈所向披靡的西迁景象。温泉草原是蒙古族察哈尔族人的第二故乡，察哈
尔的前身，是成吉思汗的护卫军，当时这支一万人的军队从蒙古各个部落
中择优挑选混合组成，驻扎在成吉思汗大帐周围，日夜警戒汗帐内外，还
管理汗帐中的兵器、车马、文书、饮食、府库等事务。因勇猛善战和周密
的护卫赢得了成吉思汗的赞颂和喜爱，称赞其为"利剑之锋刃、盔甲之
侧面"。200多年前，在清朝初期，察哈尔部落的蒙古人被朝廷编入八旗，
征战南北，屡建奇功，在朝廷中有很大的影响力。准噶尔叛乱平定之后，
为了阻止沙皇俄国对我国边境垂涎已久的扩张野心，清朝政府从张家口一
带的察哈尔部落中，挑出2000名优秀的官兵来新疆驻守边防。这些察哈
尔蒙古官兵，携带羊群和家眷，经过一年的长途跋涉，才千里迢迢地来到
温泉草原这块多灾多难的土地上。为了减轻后勤的供给压力，清朝政府给
这些前来守边的将士们不一样的供给政策，让他们一边守边，一边屯荒种
粮。当他们的祖先接到朝廷的命令，踏上西行的路途时，他们的命运，就
注定了要和温泉草原这片神奇的土地，紧密地联系在一起，并从此以后，
把异乡当故乡，让他们的后世子孙，世世代代生活在这里，繁衍生息。他
们勤劳朴实，屯垦戍边，守卫着祖国的西北部边境。现在温泉县境内大部
分蒙古族群众为西迁察哈尔卫士的后裔。

　　自阿尔善敖包向南走，就是慈祥亭，慈祥亭是一座具有江南古典建筑
风格的六角凉亭。步入凉亭，可以使人们在大西北享受到江南的建筑风
情，感受江南的风土人情。这5个建筑物设计建设时选在了小山的顶部，
这样能够使游人走进景区，仿佛置身于大自然之中，居高远眺：整个温泉
县犹如一幅泼墨油画尽入眼中，使人有了一种振臂高呼的欲望，让人心情

豁然开朗，心旷神怡。

阿尔善敖包景区的建成是温泉县打造旅游城市的一项重大举措，也是为纪念蒙古族察哈尔人屯边卫疆的伟大爱国主义情怀，反映源远流长、独具特色的蒙古族察哈尔文化，每当温泉县举办"那达慕"盛会或有宾客来访时，这里都是最理想的旅游、娱乐、观光的好场所。

在阿尔善敖包，我们有幸见到了玛德嘎老人——当地唯一的托布秀儿传人。"托布秀儿"是一种为蒙古短调伴奏的二弦弹拨乐器，制作工艺多年前在新疆已失传，近些年由玛德嘎老人钻研制作才得以重现。

为迎接我们这些远客，刚刚迈入 60 岁门槛的玛德嘎老人匆匆从亲戚家赶回，这让我们非常感动。他身材魁伟健朗，非常健谈。他拭去满脸的汗水，从皮套中取出自制的专用托布秀儿，那可是用从伊犁找来的上好黑葡萄木做的，带着天然的花木纹。玛德嘎老人说："对于我们草原上的蒙古人来说，50 多岁就老了，60 多岁就更老了，70 岁人就没了。人的命就那么长，可我的托布秀儿不会老！"他先细细地擦一遍琴身，调了音，用蒙古语开唱了："从前 …… 十二个英雄有十二种本事，第一个智慧过人，像法官一样调解纠纷；第二个骁勇善战，率领大军每战必胜 …… "他演唱的是在蒙古族民间流传甚广的史诗《江格尔》。

这时候的他俨然是一位"江格尔齐"（《江格尔》的说唱者）。

老人唱得陶醉，仰着脖子眯起眼，仿佛他已位列"王"的行列里，准备随时披挂征战了。那双握过皮鞭、锄头、木工工具的粗糙大手，如此灵活；那吃过牛羊、抽莫合烟、饮烈酒的嗓子，这样雄浑，音乐时而激昂，时而沉郁，生活的悲欢都跳在了琴弦上。

我们呢，早已沉浸在歌声里了。

哦，敖包啊，你这大地的花篮，里面盛满了蒙古族察哈尔人的爱情、历史、传奇、祈福和美好的向往，也装满了蒙古族朋友的豪情满天和热情好客的张张笑脸。

我的阿黑哥

　　那一年我参军到了新疆博尔塔拉蒙古自治州。我想，我的阿黑哥如果还在的话，一定会送我一程又一程的。我们那疙瘩，对男人有三种称呼：阿黑哥、阿白哥、阿花哥。

　　阿黑哥代表勤劳勇敢，吃苦耐劳，有责任心，是男子汉；阿白哥则是那种小白脸，不爱劳动，好吃懒做的人；阿花哥代表既好吃懒做，又没有责任心，还是个"花心萝卜"。

　　我的阿黑哥，纯纯的阿黑哥。他比我就大一岁。我的阿黑哥，黑黑的，迟钝，傻气，学习老是跟不上！阿黑哥对我特别好，不让我干活，就让我"好好学习，天天向上！""你的任务就是学习，考上大学我供你！"阿黑哥喜欢捡柴火，喂猪。有同学欺负我了，他气哼哼地一头就顶在同学的肚子上，把人家顶得四仰八叉才罢休！大人开玩笑说要给他娶媳妇，他的手摆得像拨浪鼓，"不要、不要！"后来，我的阿黑哥的脑子越来越萎缩，还没有等到我考大学的前一年，就不在了。我长到18岁考大学的那一年，就差一分让我和大学失之交臂，没有完成阿黑哥的夙愿。我就报名参了军。我想阿黑哥要是还活着的话，看着我穿着绿军装，他也一定会高兴的。我可以想象出他的样子：冲我竖起大拇指说："解放军、解放军！好，好！"

　　我所在的部队叫玉科克边防连。连里有头健壮的黄色的牦牛，我却叫它阿黑哥，我的阿黑哥！我去玉科克边防连服役的时候，它已经服役14

年了，送走了一批又一批边防战士，是个"老兵"啦！在它眼里，我肯定是个新兵蛋子呢！

说起这个阿黑哥，那是有说不完的故事啦。我的阿黑哥是1976年初夏来到连队的。当时，连队到前哨班没有公路，物资给养全靠人背马驮，在山高路险的密林中穿行，有时候军马常常受到惊吓而尥蹶子，有时候物质被损坏不说，还造成军马受伤。于是，连里就选了一头牧民家的黄色的牛犊来代替军马的工作。阿黑哥来到连队担当起为前哨班送物资给养的重任时，一开始还要战士们给当向导，久而久之就能独立完成任务了。只要战士们把要上送的物资往它身上捆扎好，拍拍它的背，它就会向10多公里外、海拔2500多米的前哨班走去。等前哨班的官兵们卸下物资，把需要下送的装具收拾好，它又默默地往下驮，直到回到连队卸下，才到山坡上吃草。

有一年冬季的一天，阿黑哥在为前哨班送给养途中遇到了雪崩，踩出来的小道被如山的冰雪完全阻断。当时我在哨楼上看到了雪崩，我知道老黄牛如果上不了前哨班，新鲜蔬菜就送不上来。我在望远镜中看到阿黑哥躲过了这场劫难，我那纠结的心里有一种说不出的高兴，忙打电话让连队派人去把阿黑哥接回去。等连队的官兵们赶到事发地时，却连阿黑哥的影子也没有见到，他们一边寻找一边呼喊着阿黑哥，终于在雪崩地点左方一公里处找到了阿黑哥在雪地里留下的蹄印。望着深浅不一，左右摇晃通向前哨班的蹄印，官兵们哭了，阿黑哥是下定了决心，一定要完成任务！在生疏的雪海里探路前行，是冒着生命危险往我们的前哨班送给养呀。那天，阿黑哥比平时预计到达前哨班的时间整整推迟了4个小时。等它喘着粗气到达时，我看到的阿黑哥变成了一头白色的牛，身上挂满了雪块、冰条。我抱着阿黑，泪流满面，就像抱着我的另一个阿黑哥！

尽管国境线就近在咫尺，可阿黑从来没有越过一次。

阿黑哥每天必然要路过"夏尔希里"，那是块美丽的坡地。

我的阿黑哥俨然就是军中一员。夏尔希里再美,它却没有去过,但它的眼中无时无刻都装进了夏尔希里的一草一木,山峦叠翠,山花烂漫,绿草连绵,林木葱郁,神秘美丽。

那儿的景致实在是太美了。

而我的阿黑哥却只能远远地欣赏着这远处的美景。

我的阿黑哥背负着重担,一路缓缓行走在被誉为"走不出的阿拉套山"的崎岖小路上。阿拉套山显得雄奇峻伟,气势磅礴,因为是军事争议区,少有人烟。但植被众多,林草茂盛,金黄、水红、纯白和深紫的各色野花,姹紫嫣红,争奇斗艳;挺拔笔直的雪松,亭亭玉立的白桦,和那些恐怕连园艺师都无法修剪成型的各种灌木,一大片一大片的,将每一道山麓都点缀得气势恢宏,美不胜收 …… 白云在山间徘徊,伸手可及;清泉在草丛流响,声声入耳;山鹰在蓝天翱翔,搏击长风;百鸟在林间歌唱,欢快热闹。路旁时见漂亮的小松鼠、旱獭,憨态可掬,与人对望,不禁感叹天堂也不过如此吧。有游人说夏尔希里是"最后的净地",也有游人称它为"上帝的后花园",其实哪个定位都不为过。要说是净土,是游人眼中的净土,对我们这些守边士兵而言这片净土随时可能是战场,他们时刻捍卫的不是"上帝"的花园,而是神圣不可侵犯的国土。

牛羊马知道世界上有什么国界之分吗?它们没有疆界的概念,而疆界和边境线是人划定的,它们只知道哪儿的草丰美、可口,就走过去吃几口。结果不是被对方掳了去,就是要挨主人几鞭子。有时候,还是忍不住,没有长记性,又奔跑过去,偷吃上几口,扭头就跑回来 —— 怕被对方抓走或者挨了主人的牧鞭 —— 条件反射了!

后来有了铁丝网,隔断了一切。

阿黑哥没有越雷池一步。有一天一个风情万种的母牛看上了阿黑哥,冲到铁丝网前,阿黑哥定定神,稳住阵脚,决然离去。

阿黑哥的种种行为,让我觉得它就是我的阿黑哥啊!

可惜，我只陪伴了阿黑哥三年，就复员回到了老家。

但是，我的心中，阿黑哥的形象是一座挥之不去的高山。

我经常与我的战友通信，时不时地还念叨着我的阿黑哥。

铁打的营盘流水的兵，兵员换了一茬又一茬。但是，阿黑哥的消息却没有中断过。

我回来的第三年，接到了战友的来信，说起了阿黑哥，我才知道了他后面的故事：

寒来暑往，阿黑哥送走了一茬一茬的官兵，在山间踩出了一条"小牛道"，往返行程达35000余公里，为前哨班运送各类物资270余吨，大到发电机、床铺，小到米面油盐和饮用水，前哨班官兵执勤、工作、学习、生活所需，全是阿黑哥驮上去的。

1993年5月18日，阿黑哥在又一次从前哨班回到连队卸下装具后，躺在平时出发的地方平静地死了，没有痛苦，没有挣扎，没有长啸，死时头还朝着前哨班的方向。

我默算了一下，我的阿黑哥就是在他17岁的时候去世的。而战士阿黑哥是在边防连服役了17年后溘然长逝的。

我禁不住潸然泪下：我的阿黑哥啊！夏尔希里草原多美啊，你竟然没有踏足一步，它现在是我们中国的啦！你除了背负着沉重的军需品，徐徐前行，甚至没有享受到属于你的爱情的甜蜜！

官兵们深情地把阿黑哥埋在了连队对面它平时最爱吃草的松林里。官兵们还在通往前哨班最险峻的山崖上抬回一块坚硬的山石，立在阿黑哥死亡的地方，上刻"颂牛碑"三个大字。时任军分区政委的王超海除了亲自撰写了碑文《阿黑颂》，还附了一段说明："我站黄牛爱称老黑，一九七六年到站，一九九三年五月十八日无疾而终，共为前哨班驮运货物约二百七十吨，行程三万五千公里，独来独往，不需驭手，寒冬更显其能，不愧为无言战友、有功之臣，特立此碑纪念。"

不久，身为老边防的王超海政委总觉得为老黄牛立碑写传仍意犹未尽，西北万里边防都需要这种老黄牛精神，于是他又特地写了歌词《黄牛颂》：“咱连队有一头老黄牛，自幼入伍进了山沟，天天为前哨班送物资，不用战士跟着走，翻山越岭啊踏出了一条路，狂风暴雨不停留……咱连队有一头老黄牛，自己吃草在坡头，冬天冰雪盖荒野，战士给他送馒头，营长喝过它送的水，连长吃过它送的油，一春春一秋秋，任劳任怨无忧愁……咱连队有一头老黄牛，鞠躬尽瘁命方休，战士为它来送葬，团长说它是老战友，班长为它流热泪呀，咱们的老黄牛，官兵们纷纷表决心，风雪边关写春秋，学习老黄牛，甘当革命的老黄牛……”

这事儿惊动了原北京军区某部的曲作者云华，闻知老黄牛和戍边官兵的感人故事，欣然为《黄牛颂》作了曲。从此，这首歌成了玉科克边防连的连歌，颂牛碑也成了教育戍边官兵扎根边防、默默奉献的基地。每年新兵到连、老兵退伍，都要在颂牛碑前宣誓：“发扬老黄牛精神，立足本职无私奉献。”

2002年夏天，中国联通博州分公司的人员到玉科克边防连慰问，重温了老黄牛的故事，目睹了颂牛碑，感受了戍边官兵发扬老黄牛精神无私奉献的卫国情怀，无不对老黄牛肃然起敬。员工们说，虽然连队到前哨班早修通了公路，但老黄牛精神什么时候也不过时。分公司总经理曹敬华当即代表全体员工表示：出资为老黄牛塑像，让老黄牛重回哨所，让老黄牛精神成为戍边官兵和各族群众的共同财富，让老黄牛精神永存！

新疆美图广告有限公司年轻的设计师裴红玮听完老黄牛的故事，专程到连队体验生活，查看照片，收集故事，广泛听取戍边官兵的意见建议，起早贪黑地投入设计之中，五易其稿才完成设计。乌鲁木齐市巧卓雕塑艺术有限公司接到设计图后，抽出经验丰富的员工组成攻关小组专门负责雕塑。

2003年9月25日11时30分，博尔塔拉军分区玉科克边防连竖立起了一座老黄牛的雕像，这就是阿黑哥了。

阿黑哥矗立在花岗石砌成的底座上，高昂的头深情地望着连队，望着通往前哨班的路，望着雄伟险峻的哈拉吐鲁克山。底座上赫然雕刻着10年前时任军分区政委王超海撰写的碑文《阿黑颂》："老黑通人性，勤边十七冬。峰跋七万里，物运二百吨。界无近而越，寒未惧而停。葬此警世人，同心铸长城。"

哦，我的阿黑哥，你仅仅是一座雕塑吗？你留给我的是一种精神，一种财富！

亦真亦幻公主堡

来到帕米尔高原，我的目光总会穿过思绪被一些灵动的画面所牵引，秋日的塔什库尔干安静、祥和，阳光下空旷的牧场、金色的麦田、寂寥的街巷，一群妙龄的女子穿过巷子，头顶上的花帽犹如皇冠，在帕米尔高原的太阳照射下，熠熠生辉、高贵典雅。

这，就是帕米尔高原上的塔吉克族。

也许是因为饮用了帕米尔高原的雪水，孕育了塔吉克男子的高大威猛、英俊粗犷，似天上翱翔的雄鹰；滋养了塔吉克女子最美丽的容颜。弯弯的月眉、高高的鼻梁，眼角里洋溢着别样的风情，圣洁典雅、丰姿旖旎、姿容美艳，似帕米尔高原上的一朵盛开的雪莲。

在塔什库尔干，女士们是受尊敬的，不管走到哪里，总是昂着高贵的头，像一个高傲的公主，随处都受到空前的礼遇。

这里的女子们为何受到如此尊敬呢？

远去的历史尘烟总会留下一些烟波浩荡的缠绵与缱绻。传说，塔吉克民族是太阳神的子孙，太阳神的妻子是一位公主。因为这位公主，才有了塔吉克族的子子孙孙。而塔什库尔干塔吉克自治县境内的公主堡，就是传说中太阳神的子孙的繁衍地。

到了塔什库尔干没有人不知道公主堡，看到公主堡总会让我观之兴叹。公主堡，又被塔吉克民间称为"姑娘堡"，它亭亭玉立在帕米尔高原的一座险峻的橘红山峰上，沉默而又冷静。它位于塔什库尔干城南的明铁盖峡谷内，而这个峡谷的海拔竟然有4000米。公主堡除南面和北面有可登上堡顶的碎石坡外，其余各面都是陡峭的崖壁，后倚高耸蓝天的皮斯岭达坂，突兀高耸，险峻挺拔，很少能有人一睹它的芳容。现在，城堡已成废墟，但由东向西呈阶梯状建造的房屋遗址和墙迹却依然可见。保留至今的古堡废墟上，南面一条长150米，高约10米的东西向土墙，可以看到是以土石与树枝相间垒筑，所以才会保留至今，堡墙内还有13处居住遗迹。

历史在这片土地上显得格外厚重，亦真亦幻！

当年的公主堡，既有着深刻的政治和经济意义，又有着重要的军事意义，它的战略位置也极为重要，它扼守古代帕米尔丝绸之路的南线和北线，保卫着古代丝绸之路的交通安全。

夕阳下，远远望去塔什库尔干河还依旧肆无忌惮地奔腾咆哮着，俯瞰公主堡，虽然历经了千年，残垣断壁上依然记载着当年浪漫的爱情故事。一场花开，不知错过了多少残梦，不知那一刻公主为谁凝结了千年的回眸，我的目光穿越重峦叠嶂的山脉又回到了远古。

相传很久以前，曾有一位汉朝的公主远嫁他乡。当送亲的队伍行进途中，前方遇到匪乱。使者和卫队为了保护公主，就近找了一个陡峭的山冈，把公主安顿在上面，四周严密把守以保万无一失，每天的饮食专门用一根绳子吊上去。几个月后，匪乱渐渐平息，护亲使者恭请公主重新启程，却发现公主居然已怀有身孕！原来，公主困在山顶的时候，每天会有一个骑着金马从太阳中飞下来的王子和公主幽会。忠心的使者别无选择，只好就地安营扎寨，在山顶上"筑宫起馆"，把公主正式安顿下来。使者和卫兵们则在山冈附近的帕米尔高原上开荒种粮。第二年，公主生下一个相貌伟岸的男孩，自此以后在此繁衍生息。

不知太阳中是否真的飞下过一位骑马王子？这是留给我们的一个千古之谜。

站在这座残缺的古城下，古城庄严、肃穆，那个王子到底从何而来？

公主当年又是如何邂逅？思绪总会随着传说不经意地产生出一个个奇妙的遐想。当黑夜走来时，"公主堡"变得更加神秘和诡秘，透着些许寂寞古意，荒草硬硬地指向天空，有一些已衰败地垂下来，半弯月亮照在城墙上，孤独而又清冷，早已没有了当年的华丽与壮观。

那些曾经的过往，已经成为光阴下的一粒尘埃。这个有着神奇传说的公主堡，成了玄奘东归古道的一个非常重要的证据。因为根据玄奘的《大唐西域记》，他本人曾经到过这个地方。

公主堡起于什么年代？"汉日天种"的传说又蕴藏着几分真实的历史？

浪漫的传说是一个谜，无数的探险家想揭开这个谜底。曾有一个英籍匈牙利人奥雷尔·斯坦因，这位当年足迹踏遍中国西部的探险家说，玄奘就是他的保护神。他拿着玄奘的《大唐西域记》，走遍了从印度到新疆的整个中亚腹地，为我们揭开了一个又一个千古的谜团。当年，斯坦因怀揣《大唐西域记》，来到中国新疆西部的塔什库尔干，登上了一个叫克孜库尔干的山冈，他断定，这里就是浪漫故事发生的地方——公主堡。他说，玄奘的记载没有错，这是一个有着古老历史的古堡，它的时代甚至可以追溯到故事发生的时代——汉。证据就是，他在克孜库尔干的附近发现了大量古代垦殖的遗迹，由此证明，这里曾经是塔什库尔干古代先民居住的地方。斯坦因在公主堡的停留虽然很短，但他画了一个很清楚的地形图。我们今天还可以很清晰地看到地图上的这条古道，这，就是现在的314国道；从314国道登上公主堡的路线，正是1906年5月30日斯坦因攀登公主堡的路线。唯一不同的是，他是从西面的瓦罕走廊方向过来，再经过公主堡北上的。

走在寒冷的帕米尔高原的边缘，穿过淅淅沥沥的思绪，我始终百思不得其解。近10米高的土质城墙赫然肃立，像一个充满杀机的古战场，昂然透着一股不屈的英气。沿着一条狭窄陡峭的小山脊攀缘而上，绕过巨大的山石，看不出来它在军事或建筑上的任何意义，它护佑的到底是什么呢？所有人都渴望知道在它的背后护佑的是一个什么样的地方，但是靠近它似乎是一件不可能的事。

《大唐西域记》卷十二记载了揭盘陀这个名称，意思是山路。同这里地处中西交通枢纽的位置有关系，它是古代中国同中亚、西亚、南亚（印度）、欧洲等地进行经济文化交流的丝绸之路南道。从东晋至唐代许多从中国前往印度巡礼、取经的高僧，如法显、惠生（与敦煌人宋云同行）、玄奘、慧超、悟空等，都曾路过这里，留下了有关当时的揭盘陀的珍贵记载。据研究，玄奘在塔什库尔干停留了20多天。

时光穿梭、四季如风，公主堡静在岁月的屏风里。如今，帕米尔高原被称作"世界屋脊"，这里寒冷的气候，艰苦的自然条件，是其他地方所不能比拟的，在这样的环境中能够生存就是一个奇迹。遥想当年，塔吉克族先民在如此艰苦条件下，筑成了如此宏伟的石头城，而这石头城又堪称城堡建筑史上的奇迹，这不是我们的夸张，而是历史的真实。

帕米尔高原的自然风貌同时也雕琢了塔吉克族人特有的冰之性格。凡到过塔什库尔干的人，都为塔吉克族人路不拾遗、夜不闭户、孝敬长辈、民族和睦的民风而惊叹不已，他们不愧为太阳神的子孙，他们不仅勤劳质朴、勇敢，而且非常热爱自己的祖国。清末时期，沙俄为了殖民主义利益，把魔掌伸向塔什库尔干，塔吉克族人奋起抵抗，打退敌人进攻。等清军增援后，塔吉克族和汉族同胞同仇敌忾，共赴国难。

塔什库尔干的古石头城上的风强劲地吹了起来，战火、刀光剑影、土匪与僧人都成为历史的尘烟。一阵悠扬的鹰笛声里，我看到几个塔吉克族牧人骑着马风一般飞驰而过。太阳神赋予他们勇敢与强悍。公主堡是勤劳的塔吉克人民世世代代生活经历和灿烂文化的见证，它将在人类文化史上永远占有一席之地。

流年的铁蹄里，百年孤独的石头城已历经了沧海桑田，它不仅是拱卫

中国西部边疆的前沿阵地，也是一个先人们驻守了超过千年的军事堡垒。1990年，新疆维吾尔自治区人民政府把塔什库尔干古石头城列为重点保护文物。2001年6月25日，国务院也把它列为第五批全国重点保护文物单位。但愿，这历经了两千多年的石头城，能够在今天的太阳照耀下，永远散发出它神秘的魅力。

摇曳在青涩的梦乡里，月光下，我的脑际幻化出一群塔吉克族人围着篝火，男子们悠闲自得地吹着鹰笛，女人们跳着优美的舞蹈……

但愿这不仅仅是一个梦而已，我更希望太阳神的子孙们，能够世世代代地在这片生育他们的土地上，自由自在、快乐和谐地生活。

草湖恋曲

香草喜欢小湖，只不过是一瞬间的事情。

香草喜欢小湖的时候，才16岁。那时，小湖正在做新郎。

那天，小湖陪媳妇回娘家。路上跑水，那条路就过不去了，小湖和媳妇就准备绕道而行。这时，地里一帮给新育的红富士浇水的小伙子就冲着他俩大喊大叫："抱过去！抱过去！"这些小伙子，浇水浇不好，跑得满地都是，但是起起哄来，却劲头十足。这一下激起了媳妇的小姐脾气，她让小湖弯下腰，脱掉鞋，她掂着，非要让小湖把她背过去。小湖就反挎着媳妇的两条腿，背着媳妇涉过了那条跑水的路。浪漫的媳妇左手搂着小湖的脖子，腾出右手摇晃着鞋子 —— 像一面胜利的旗帜，示威似的向小伙子们扬了扬。

这就叫浪漫，这就是爱情。

这一幕被隐在苹果树荫下薅草的16岁少女香草看到了。她的心一阵战栗，少女的心扉由此打开，随之又有了一丝悲哀：天底下最好的男人没有了。这是她少女时代爱上的第一个男人。

香草和小湖相差5岁。中华人民共和国成立初期，双方的爷爷都是一起剿匪进疆的。剿匪完成后，一手拿枪，一手拿镐，在这个叫草湖的地方安营扎寨，成家立业。

草湖镇原称"马家花园"，是喀什最后一任提督马福兴第四位"河南夫人"的别墅。相传马福兴荒淫成性，霸占了一名鞋匠年轻貌美的妻子。

鞋匠一怒之下乘夜放火，大火烧了三天三夜，院内兵工厂、马厩、作坊等房屋被焚殆尽，"马家花园"成为一片废墟。《四十一团志》记载，1950年1月，中国人民解放军西北野战军一兵团二军军长郭鹏、政委王恩茂踏勘马家花园地区后，下令将二军军直农场建在这里，因这里草多湖多，定名为"草湖"。1950年3月26日，二军政治部教导团1200名官兵徒步进驻草湖地区，响应毛主席"自己动手，丰衣足食"的号召，贯彻王震司令员"不得有一人站在生产战线之外"的指示，干部战士征尘未洗，发扬三五九旅开辟南泥湾的精神，扛起坎土曼开荒种地，向戈壁要地，从龙口夺粮。当时新疆刚解放，生产资料奇缺，没有铁犁和牲畜，战士们白手起家，自制木犁。3月29日，春寒料峭，一轮红日从东方升起，在草湖这块荒原上，年轻的解放军官兵用人拉木犁，拉开了"军垦第一犁"的序幕。二军政治部摄影员袁国祥用一架普通的相机，在大草湖（今四十一团十连21号地）拍下"军垦第一犁"的照片，记录下庄严的瞬间。这就是香草和小湖爷爷们的群雕像。

后来，香草和小湖的爷爷先后娶妻生子，算是在草湖扎下了根。后来，香草和小湖的爸爸在草湖出生，倏忽间，数十年过去，草湖埋下了香草和小湖爷爷的忠骨。后来，小湖5岁的时候，爸爸在一次剿灭残匪的战斗中牺牲，草湖又多了一座烈士墓。生前的战友——香草的爸爸握着小湖爸爸的手说："你放心吧，小湖就是我的儿子！"

这一年，香草出生。小湖就是他的哥哥了。

两家大人的关系很铁。香草爸爸把小湖当儿子，香草的妈妈没少给小湖家帮忙，也可以说是互相帮忙。军垦战士嘛，那时候都很忙，战天斗地的，农业学大寨，有时候，还"披星星戴月亮，月亮底下摆战场"，小湖妈妈为了完成任务，有时候中午不回家，小湖就要到香草家混饭，小湖妈妈就给香草的妈妈说："今天我们家这个小和尚中午就到你家啦！"香草爸爸给香草妈妈说，"给锅里多添一瓢水。"那时候，草湖打下的很多粮食都被调运走了，这是爱国粮、统购粮。雪一样白的面小湖他们吃不上，就吃黄澄澄的苞谷面，仅有的10%的白面还被大人做成了两餐面，吃久了胃里就冒酸水。就那小湖还吃不饱肚子，香草家也是吃不饱，越是吃不饱，越是能吃。所以，香草常常拉着小湖去沙枣林，嘴里还呜里哇啦说些啥，小湖没听明白，但是香草的小手往上一指：面对那一嘟噜一嘟噜令人垂涎欲滴、珍珠般黑黝黝的沙枣，小湖明白了——香草想吃沙枣了。

小湖常常看着一车一车的粮食被拉走，他心里想：为什么我们地里种的那么多粮食，都要拉走啊，听说是给城里人吃的啊，是支援更缺吃的老百姓了，而我们却要饿着肚子。香草为什么那么瘦，是个黄毛丫头子，妈妈说香草缺营养，"底子"没有打好。

小湖就上树给香草折上几枝，撂下来，她就高兴的一只手搦住，用另一只手扯下一串，先把树叶揪掉，然后放到嘴里，抿住沙枣粒，有时是一粒，有时是数粒，手一拉，枝子从嘴里出来了，而沙枣留在了嘴里。她的吃相有点急不可耐，贪婪地咀嚼着，那样子，真像是吃到了世界上最美的食物。

沙枣花并不艳丽，呈杏黄色，花瓣很小，一串串金黄色形似喇叭的小花从密密麻麻的叶丛中挤出来，吐蕊舒瓣，点缀在沙枣树枝头，傲天怒放，散发出浓郁的慑人心扉的芳香。那挂在沙枣树上的沙枣，长圆形，果长约一厘米，呈黑色、黄红色或黄褐色，果皮上有发亮的银色圆点，果肉色白质沙，味甜带酸，犹如万绿丛中的点点红、点点黑、点点黄，气满乾坤。特别是黑沙枣，糖分多得往下流"糖稀"。

那飘着的香气附着在沙枣的叶子上，还有一层花粉。小湖记得清清楚楚，就是这时候，那花粉沁入他的鼻孔，小湖的鼻子从此就不通气了——得下了该死的鼻炎，有时候说话也是鼻子齉齉的。

但是，每次香草拉着小湖的手往沙枣林里拽，他是既痛苦又无奈。但是小湖还是表现出了"男子汉"的气概。

两个小屁孩，脑子还没有那么复杂呢！稍大一些，发育有点早的同学开始说胡话了："瞧，小湖带着香草钻树林了！"他们悄悄尾随其后，待小湖爬上树端，往下扔沙枣枝时，蜂拥而上，抢吃沙枣。小湖就气得在树上大喊大叫，骂那些不劳而获的家伙。有一个家伙没注意，居然把一粒羊屎蛋当作沙枣撂进了嘴里，发觉后一个劲地往外吐唾沫。小湖和香草，一个在树上，一个在树下，笑得上气不接下气。

小湖慢慢大了一些，身体有了异样的感觉，他就慢慢疏远香草。可是香草却浑然不觉，还是拉着她小湖哥哥的手，依然要吃沙枣，话音中还带有沙枣蜜的芳香。

晚上，来看场电影，香草也要挨着小湖坐，看到半中腰，小湖的肚子就开始咕噜咕噜地叫了（不是他一个人的，很多人的肚子都在叫）。这时候，一只小手就伸过来了，在小湖的手心里放上一把温热的、软软的且黏腻的沙枣："小湖哥哥，你吃！"

小湖真是痛苦难耐！不吃吧，饿；吃，他的鼻子就被堵住了。二小就一边吃，一边齉齉着鼻子。

有一次，小湖拉肚子了，香草递给他一个黄灿灿的玉米馍馍，上面麻麻点点的，凑近眼前一看，嗬，原来是玉米沙枣馍馍。"小湖哥哥，你吃，吃了就不拉肚肚了！"由于沙枣经过了加热处理，没有了那花粉的气息，吃下后，鼻子也不齉齉了。

果然，还真灵验，肚子好了。

小时候没有什么好玩的，小湖和香草这些孩子还经常做些扮家家的游戏。

小湖当"爹"了！三娃、四娃给小湖当"儿子"了！香草给小湖当"婆姨"了！因为小湖年龄大，总是有机会给这些小屁孩当"爹"，这是最开心的。而香草呢，给好几个男孩子当过"婆姨"，像毛蛋啊，癞瓜啦，"嫁"的人多啦！癞瓜和香草藏猫猫还一起钻过苞谷地呢。所以小湖对香草的表扬方式是在她那粉嘟嘟的腮上"啵"过一回。同时，香草又给别人当过"婆姨"，小湖心里有点酸，还"制裁"过香草。

那天，香草给他当婆姨。小湖心里头别提多高兴了。香草不是跟癫瓜钻过苞谷地吗？小湖要好好拾掇拾掇她，找她的茬子，找她的别扭。小湖要香草给他端"汤"——一碗土。小湖找茬说：香草走得慢了，"汤"洒了；还说"汤"不好喝，味道不鲜！接下来该怎么做呢？把汤扣香草头上，让汤顺香草的脖子往下淌！要不直接泼香草脸上就是啦！于是那碗"汤"就从香草的头上直接流到了香草的脸上、脖子里，把香草呛得直哭。小湖却心安理得，哈哈大笑，好不快活。

香草的爸爸妈妈晚上找到了小湖的家。香草家跟小湖家就隔着一道墙，晚上有什么响动都听得一清二楚。有什么事了，互相之间拍拍墙就算是通气了。

香草的爸爸妈妈进门的时候裹进来一阵风，差点把家里的煤油灯扑灭。小湖在床上装睡。

小湖妈妈、香草的爸爸妈妈，就着一盏煤油灯，围着家中的吃饭桌，在说着什么话。

小湖好像听出话题与自己有关。

那意思好像是要给香草订下一门娃娃亲。是香草爸爸妈妈提出的。

小湖心里想：哼！我才不会要香草呢——她都跟癫瓜钻过苞谷地了！小湖还想起香草给好几个人当过"媳妇"呢——我不要香草当媳妇！

小湖又翻了一下身，把自己四仰八叉地晾在床上，以示抗议或者反对。

妈妈说：小湖年龄大啊，香草还小呢，不妥啊！还是给香草当哥哥吧！

小湖气呼呼地坐起来——不吭声！意思是：给香草当哥哥，我也不愿意!

香草的爸爸妈妈立马起身,要走了!

临走,香草爸爸还不忘摸摸小湖的头,很慈爱的样子:"小湖,以后多带着香草啊,她是妹妹啊!"

香草还是天天跟着小湖,成了小湖的"尾巴"。

小湖终于考上了大学,草湖镇出了第一个大学生。小湖也终于甩掉了香草这个"尾巴"。香草的妈妈很遗憾,如果小湖和香草年岁相当,以后是多好的姻缘啊!

4年以后,小湖大学毕业,又回到了草湖,在机关做文案工作。他说,草湖埋着爷爷和爸爸,他的根在这里。那个叫香草的黄毛丫头子,他似乎一点印象都没有了。

那时候,小湖经常随着厂领导去连队检查指导工作,深入贫困家庭慰问职工群众,或者去搞调研。第一个下车的是领导,第二个下车的必定是小湖。小湖其实是"狐假虎威"。那时候小湖就在香草所在的这个单位蹲点,小湖的岳父就在这个单位当"头儿"。"头儿"看上了文静、憨厚和有心计的小湖。由"头儿"做主,小湖就看上并娶了"头儿"的任性的、漂亮的"千金"。岳父找了个机关干部做女婿,"千金"嫁给了机关干部做媳妇,双方全都满意,皆大欢喜。这就是"十全十美"的婚姻吧。小湖呢,幸福的甜蜜日子随着时间的推移早已经过去,媳妇的小姐脾气却在与时俱进,时不时地还要逼着小湖对她说:"我爱你!"小湖早就麻木了,就有气无力、假模假式地拖着长腔冲媳妇喊:"我 —— 爱 —— 你!"媳妇就幸福地要晕过去。等到一切复归自然,什么都有了才发现唯独没有爱情。明白了以后,小湖发现自己并不幸福,他顿觉惆怅。

香草的家境不宽裕,她从小面对的就是父亲母亲愁苦的脸,有时候父亲在工作上遇到了不顺心的事情,就会发出暴虐的吼声。这就是她面对的男人 —— 父亲。因此婚姻在她幼小的心灵里是多么的可怕。这就是她一看到小湖背媳妇的时候为什么会一下子爱上小湖 —— 想起小时候的一幕幕，原来怎么就没有这种感觉呢？现在她明白了：那是饿的 —— 从肚子到脑子 —— 从物质到精神。

由此，到了出嫁的年龄，香草很随意很随便很潦草地就把自己给嫁出去了。女大十八变，香草已经出落成一个亭亭玉立的大姑娘，脸皮儿跟这儿的红富士苹果一样艳艳的，一双不大的眼睛里挂着一枚黑色沙枣一样淌着蜜的眼珠子。香草的意思是，反正世界上的好男人小湖已经被别人抢走了，自己嫁给谁已经无所谓了。婚后她生了一个女儿，这让她大哭了一场。其实，草湖的男人们根本就不在乎生男生女的。只不过，香草的心思只有她自己最清楚。丈夫很爱她，而她始终是无所谓的样子。随着岁月流逝，小湖哥哥在香草的潜意识里的形象越来越清晰，越来越根深蒂固。由于自己的无所谓，她又很自足，性格就非常好，对谁都像是老熟人。因此，香草很招大多数男人的青睐，很多男人看香草的眼神都是放着绿绿的光。但是，在这种时刻，香草对他们来说却是一朵带刺的玫瑰。

今年秋天，小湖参加的"访汇聚"工作组又转往香草的单位蹲点，在调研苹果市场行情时，无意中进了她家的苹果地。香草一下就激动起来，很随意地就和小湖哥哥说了好多话。她的语速非常快，搞的小湖都没有机会插嘴。多少年都没有来往了，她怎么和小湖哥哥那么熟呢？怎么能不熟呢？她从少女时代就一直在和她的小湖哥哥说话呀，只不过小湖是听不到的。在香草心中，小湖是老熟人了；而在小湖的心中，他早把她遗忘了。现在香草是个漂亮的陌生女子了，现在，他被她的美貌击倒。香草虽然是草湖的职工，但又是女民兵。

2014年11月8日，草湖镇正式挂牌成立，成为兵团第三师图木舒克市的飞地镇。由此四十一团草湖镇作为兵地融合发展的最新成果，实现了"团镇合一"，成为拥有县级管理权限的建制镇。"军垦第一犁诞生地"如今多了一个新身份：喀什特区跨越式发展的后花园。今年改革，草湖镇围

绕"增果增畜、大力发展绿色城郊区农业"的发展思路，做足"菜篮子、果篮子、肉篮子、粮袋子"的文章，形成了果、蔬、苗、粮、草、牧、园7大特色产业，实现了由传统的单一棉花种植向绿色生态城郊农业转变。香草家也划分了身份地，种了几十亩的红富士苹果。现在的农田劳作，机械化程度比较高。男人下地，女的基本上就是料理家事，农忙时，做做饭，过过秤，记记账。就是下到地里，香草一套合身的迷彩服让她英姿飒爽，脸上用彩色纱巾把自己裹得严严实实，只露两只眼睛，亮得像两盏夜幕里的灯笼。这时候的香草，脸色白皙而红润，小湖就一下喜欢上了她。作为过来人，小湖从香草的眼神里就可以看出她有多么喜欢自己。但他没有想到，香草会亲口说她喜欢他。

那天很晚了，香草家地里的新品种红富士被丈夫用小四轮拉走了一车。草湖职工就这样，家家有个小四轮，专门拉农资的。过完苹果记过账，雇工也走了。香草就一个人在地里守着苹果，等着丈夫下一趟来拉。这时候的香草突发奇想：要是小湖哥哥能来就好了！她有很多话要给小湖哥哥说。

也许是心有灵犀，香草盼到了小湖。晚上回家的小湖开着拉达小卧车正好路过香草家的地（可能是鬼使神差）。香草就挥手喊他，他下了车就进了地里，走到了香草的面前，香草就像面对的是自己的丈夫，她告诉小湖，她冷，她怕。小湖什么也没有说，就把香草揽入怀中："不冷了吧，不怕了吧！"香草就点点头，幸福得直抖，一向口齿伶俐的她，此时迷醉了，喃喃自语："我喜欢你呀！我喜欢你呀！小湖哥哥。"她幸福地靠着小湖，很长时间。她没有什么顾忌呀，在心里香草不知对小湖说了多少遍"我喜欢你呀！我喜欢你呀！"顺理成章啊，就像水渠决口，一下子是挡不住的。小湖就告诉香草，他也喜欢她。看着香草姣好的面容，小湖想：这就是我的那个"小媳妇"吗？是那个脸色蜡黄、瘦弱的黄毛丫头子吗？小湖想用嘴亲香草的嘴，香草就用脑袋抵住小湖的下巴，让他无从下口；小湖想用手触香草的胸部，香草就用双手紧紧地箍住小湖的腰，不让小湖得逞。小湖就只能嗅香草的头发，香草的发丝里散出红富士苹果的馨香，也让他脑子缺氧、迷醉。香草就这样抱着小湖，两人说些不得要领、晕晕乎乎的话，但都没有使用"爱"字。

可惜，时间很短（其实不短了，将近40分钟），香草就听到了自家小四轮的声音。三秋时节，在这草湖的夜晚，虽然机车声不断，但是自己家的车声一听就知道，就像自己的家人，凭借喘个气、打个嗝以及走路的脚步声就能感觉出是谁。

草湖香浓的夜啊，飘荡着香草的气息。

之后，香草再也没有和小湖接触过 —— 她感觉已经很幸福了。

而小湖呢，天天像猫抓似的想着香草。

小湖有时就想：爱情就是天空中飘浮着的气球，多么高啊，可望而不可即。等你抓到了，它就不是爱情了。

吉日尕勒遐思

也许，我是一名穿越千年的驿使。

有驿使，必然有驿道。有驿道必然有驿站。

驿道，古时陆地交通的主通道，同时也是重要的军事设施之一，主要用于转输军用粮草物资、传递军令军情。那可是远通天边的一条路啊。唐诗说："驿道青枫外，人烟绿屿间。"它必须得沿水而延伸。这就要或顺着河、或傍着湖、还可以依着泉，最不济的贫瘠之地，也得能打出眼井来，并取上水来。

此时，我是一个唐朝的驿使，策马前行 —— 有一份紧急塘报要送往前方；此时，也许我是一名清朝的驿使，快马加鞭，赶送一封800里加急件。

今生，我又要前往一座古驿站，我的思绪已经穿越了千年。

驿站就是驿道上的一个个节点。小小的驿站，像点与线的关系一样，布设串联出了长长的驿道。

乘车沿着古驿道 —— 现在的中巴友谊公路向南，离开塔什库尔干塔吉克自治县县城约34公里、向西100米处，就看到了吉日尕勒旧石器遗址 —— 一个古驿站。

此时已进入初冬，冬天的驿道显得有些冷清，没有了绿树如荫的点缀，有点破败，路上很少有人出没，路边的田埂边奔拉着枯了的衰草。这条古时候的丝绸之路、今日的中巴喀喇昆仑友谊公路横穿吉日尕勒。"吉日尕勒"是一个地名，在塔吉克语中的含义是"小站""驿站""旅店"等。

沿着古道行驶，太阳已渐渐升高，不知道这座驿站是唐朝的还是清代的了，据我估计也应该有几百年的历史了。古丝绸之路南北道的汇集之地，驿站四周为河滩环绕，塔什库尔干河沿着山脚缓缓流淌，河边高地有古墓地，东侧有一聚落遗址，我仿佛又找回了我所熟悉的旧址。

我们一群人围着驿站一直翻阅它斑驳的历史，从遗址上看，可以看出这里曾经繁华一时。在吉日尕勒的北面有与其相毗邻的"巴扎尔代西提"，塔吉克人传说中被描述成的繁荣的都市。在"巴扎尔代西提"如今经常可以捡到陶器碎片，见到灰烬的痕迹。在"巴扎尔代西提"的下面与之相连的是一个名叫"托格朗夏"的古村落，"托格朗夏"的意思是"旌旗飘扬的城市"。这座曾经的城在阳光下有点过于安静，山墙根下翻阅阳光的人们，用传统的姿势默默地仰视它，不笑而笑，无语自语。

我的情感随着我的脚步流连其间，每一处都仿佛有我前世留下的足迹，吉日尕勒的西边是奔腾不息的塔什库尔干河，东方是直插青天的乌依曼山。北侧500米处有一排大小不一，排列整齐的唐高僧藏经洞。传说《西游记》中的唐玄奘师徒四人在此休息过，洞穴是猪八戒用耙子挖的藏经洞。考古发掘的火迹、灰烬、动物肢骨和石器，属旧石器时代末期文物，距今最少也有一万年。旧石器时代的文化遗址在"世界屋脊"的吉日尕勒这个小小的地方被发现，是极有意义的，它填补了旧石器时代和新石器时代之间考古的空白，同时也为研究我国古代人类学新疆史前史和本地区第四级地质构造、塔什库尔干历史上古人类活动以及这一地区古代民族的远古历史提供了初步的资料。站在这里，我模糊地看到了远古：一群人赤着上身、扎着麻裙，拿着石器，围火而舞……

目前驿站通过修复，保存完好。1990年被新疆维吾尔自治区人民政府定为旧石器时代文化遗址，并将其列为自治区级文物保护单位。

走进吉日尕勒旧石器遗址，我伫立在古驿站跟前，浮想联翩，心潮逐浪高。古驿站记录着帕米尔高原沧桑的历史，装点古驿站的孤鹜特立独行，但又斑驳、伤痕累累。

抬头仰望，帕尔米高原的天空格外高远，碧蓝如洗。我的思绪波澜起伏，古驿站被铁丝、木板和木根圈围起来。脚下是枯黄的枯草。我迈着敬重的脚步，缓缓行进，怕惊扰了地下先民的酣梦。我细细地寻觅着古驿站周遭的遗迹。没有发现拴马桩，岁月的风沙太粗粝了，它抹平了几乎一切的蛛丝马迹。还好，这座古驿站竟然能够屹立千年而不倒！

看来这座古驿站 —— 吉日尕勒，用处大了吧！

它在丝绸之路繁盛时期是否是被作为一个小站让大批往来的商旅暂时驻足的地方？它在战争频仍的年代就被改造为驿站，传递着军情和塘报？到了和平时期，就又成了人们歇足的旅店？

马可·波罗曾经到此，发现并且记载了关于盘羊的资料，盘羊后被人尊称为马可·波罗羊；唐玄奘在《大唐西域记》中为此处写下关于公主堡浓墨重彩的一笔，给后人留下无限遐想。

像这样的古驿站在塔什库尔干塔吉克自治县境内有六处，目前保存较完善的就是此处的塔什库尔干河畔的吉尔尕勒古驿站，原来连接在一起的有三间石头房子，两间已不见踪迹了。这一间保留尚好，可见原状，我钻进古驿站，想探个究竟。进到里面，见四周是用卵石砌成的圆锥形小屋，有点像牧民的毡房。屋内有石砌的残龛，四壁已经熏得乌黑。屋门朝东，天窗、屋顶有个近一米的圆孔可供通风，帕米尔的阳光从这个圆孔里照射进来，人立马就不感到阴冷了。给人的感觉是：阳光真好！里面可以围坐十几个人，我想象着自己就是一名驿卒，几百年前的一天，我策马扬鞭，去传送塘报。到了这个驿站，已经是人困马乏。我翻身跃下马来，就有接应的驿卒帮我牵过马来，拴好，把我引进驿站里，刚才刺骨的寒气立马就消散了。我喝着同行递过来的一碗热茶，周围涌起兄弟般的热浪。

幻觉。只是幻觉。

　　没有驿马飞奔而来，没有听到马踏石板路的嗒嗒声，只是历史的回声在脑际不停地叩击着我的心灵。我看见我生命的一个缩影，是梦？还是现实？我有些混淆不清。

　　现在虽然已是冬季，但是可以想见这儿四季的景致。北面的空地上，夏日正好纳凉，那高山伴着塔什库尔干河，正好避暑，迎接送往北边的驿使，跑累了的驿马，来到这里，先在湿地草原上打个滚，抖落一路上的疲劳与风尘，掬一把甘洌的河水饮下，疲惫全消，精神陡增。如果在驿站阴凉处安放个凉槽，让驿马一边小憩，一边吃草，一边乘凉，那是何等惬意。驿使或许重任在身，早已换了另一匹驿马上路了；或许任务不太紧急，在这里迎着凉风，解开衣襟，端上水杯，喝杯热茶，稍事休息，再踏上新的征程。透过雾霭，我看到我的前生正在奔跑。那些飘远的记忆，无法消失在晚霞里。

　　时间的扉页逐渐发黄，过往的道路，似乎是从驿站里边通过的，驿站既是换马、住宿的地方，同时也是一个检查站，没有通过检查，休想从此通过。过往的通道就像关口，定时地关闭和开放，而有了军事情报，哪怕半夜三更，也要有人值守，敞开大门。风依旧，人依旧，关口依旧映在阳光的影子里。

　　不知道马可·波罗是否在此歇足？唐玄奘也在此小憩？

　　我想，很有可能！

　　近处的山上升起雾岚，飘过白云，我仿佛看到了昔日驿站的烟火，听到了古时人欢马叫的声音。在这偏僻之所，驿卒们的脾气是否很大，是否也很浮躁，冷不丁地是不是也要发发脾气，耍耍态度？他们的脾气是否很倔强，是否还很淘气？我想把它拍成一首诗、一幅画、一张照片，永远挂在我心里，待到来生，我要再来看它。

　　驿站里忙碌的身影，单调而有秩序的生活，周而复始，成年累月，付出无尽的辛劳，度过了无尽的岁月。他们看着脚下的草变绿又变黄，看着塔什库尔干河昼夜奔腾不息。看着山花开了又败，败了又开，看着河边的沙棘树的果实成熟、落地。寒来暑往，岁月更迭。看春日的山花烂漫，看夏日的牛羊嬉闹，看秋日的肃穆萧条，看冬日的白雪皑皑。看月亮盈亏，看太阳起落。

这里曾住过了几多贵客？有多少商贾由此经过？又有多少征伐的马蹄声嗒嗒而过？

今天我站在这驿站边，暗自神伤或者血脉偾张，再也回不去了，这儿已经没有了往日的辉煌，只有今日的寂寥。岁月这把利剑把这一切都斩削得干干净净，不留一点痕迹。历史是无情的，仿佛早已安排了驿站的前生与后世，谁也挽回不了，谁也改变不了。但愿这遗迹不至灭绝，还能留给后人来遐思。

离别很苦，我几乎舍不得离开这里，驿使地下有知，也会为驿站的今日伤感。这是历史的无奈，也是历史的必然。时代在发展，信息传递、交通方式，都发生了天翻地覆的变化，对着一座古驿站伤感不已，抱残守缺，大可不必。我眼前看到的这一座完整的驿站，当然是幸运的事；即使有这一处遗迹供人凭吊，也算不错了。历史在飞速发展，事物在不断演化，驿站的形式，早已不是今天的人们所想象的那样了！

今生，我庆幸，我又看到了你，人生如若初见，若有来世，我的步履依旧还会徘徊在古驿站。

我骑着驿马，飞驰在驿路上，驻足在驿站上，我的思绪又穿越了千年。

长着美丽大角的盘羊

冬季到了，我们在帕米尔高原，寻觅着盘羊的踪迹。山上的雪花飘飘洒洒，旋转在半遮半掩的岩石上和浅浅的枯叶上，透着无法掩饰的美丽。

山中还是冷，冷得我与同伴说笑间漂浮着彼此看得见的热气。我们一直在寻找，寻找着一种动物 —— 盘羊。进入11月，它梦幻般顽皮地跳在我初冬的梦里。据说它长着一对美丽的大角，体大如驴，那该是一种怎样奇怪的动物？它还兼有驴、羊、牛的特性，我如此好奇那离奇的传说和大自然神奇的造化。

喜欢上这一离奇的传说，便喜欢上了盘羊。盘羊存在于何时，不得而知。但是人类第一次记录它们，却有据可查。公元1271年，意大利著名旅行家马可·波罗随其父亲和叔父来到中国。他得到元世祖忽必烈的信任，在元朝做官长达17年之久。其间，他几乎游遍了整个中国。马可·波罗在帕米尔高原腹地塔什库尔干发现当地有一种体状似毛驴的动物。这种动物的体重达250公斤，头顶有一对又粗又大又弯曲的犄角，犄角几乎螺旋形地盘转了两圈，快把头颈包住了，两个犄角角尖之间的距离达1.3米。马可·波罗回国时，把中国塔什库尔干出产这种珍贵兽类的消息带回了意大利，继而这个消息传遍了整个欧洲，欧洲各国的动物学家为之轰动。他们把这种兽叫作"马可·波罗羊"。在欧洲广为传说的"马可·波罗羊"其实就是"盘羊"，也叫作"帕米尔盘羊"。因为这种珍兽的一对犄角特别大，所以又叫作"大角羊"。盘羊共有8个亚种，其中5

个就分布在新疆各地，就其犄角和体形而言则以帕米尔盘羊为最，它的体长可达1.6米。

追逐着它的奇妙传说，我的心事一片迷茫，让我深陷其中不能自拔。

我们沿着蜿蜒的山路，在向导带领下，七弯八拐地盘旋而上。初冬的怀抱还留着秋的痕迹，枯黄的草皮中夹杂苍黛，我的脑海始终被一双美丽的犄角占据着。山路崎岖，更加增添了我对盘羊的无限向往。

山里很静，有种空灵的静美，我们一路行走，抬头看山、低头看水，我们一行人饶有兴趣地打听着盘羊的一切，一路上全是关于盘羊的话题。冬季的慕士塔格峰庄严肃穆，重峦叠嶂，白雪覆盖，远远望去像个白发的老人。

向导告诉我们，冬季是盘羊爱情的季节。爱情来了，盘羊的犄角更显得分外柔美，那一弯大角里弯着柔情蜜意。因为，一年中的大部分时间，盘羊中的公羊和母羊会分开，各自组成不同大小的群体，在不同的区域活动。只有进入冬季的交配季节，雄壮的公羊温柔地聚拢到母羊周围，向母羊们示爱获得交配权。当地的塔吉克牧民把这样的时段戏称为盘羊结婚的浪漫季节。

结婚对于盘羊来说，是活在世上的一件大事。塔吉克有谚语云："婚礼是真主所赐之礼物。""婚礼就是富足。"也同样适用于盘羊。

爱情的季节，盘羊有自己独有的表达方式：公羊与公羊之间通过打斗确定自己的地位，以此获得所爱的配偶。也许是每种动物表达爱情的方式千奇百怪吧，在帕米尔高原的阳光之下，这种残酷的决斗却是盘羊爱的表白。盘羊群里凡是参与求偶决斗的公羊都会拼尽全力，只有强壮的公羊才会获得母羊的爱情。公羊们会利用自己美丽的双角，加之粗壮的脖子和有力的奔跑，以力量和智慧进行一次决斗。公羊决斗时，姿态异常威武，张扬着雄性的阳刚之美，它们用跟随、昂头、侧身挤兑的动作向对手示威或挑衅，进行着角和角的猛烈撞击，每一次的撞击声，都会震撼山谷。此时正值盘羊发情的季节，山谷里隐约传来的犄角碰撞声，纠结着我们的魂魄。这一场场爱情的决斗，残酷、狂烈、张狂、惨烈，所有的爱里蕴藏着崇拜的因素，重复着自然界强者为王、优胜劣汰的法则。

多次碰撞之后，如果一方感到体力不支，疼痛难忍，便甘拜下风。有的对手为了"荣誉"而死于非命，获胜者就像什么都没有发生过，以胜利者的姿态回到了羊群，被临幸的母羊就崇拜地靠近"王者"，温驯地舔着胜利者的脸。

对于这种独有的爱情表达方式，我说不清是向往还是担忧，望着安静的慕士塔格峰，大自然里的一切生物，都是优胜劣汰的产物，它们"物竞天择"，顺其自然，可以说是自觉地在"与时俱进"。不像人类，虽然也是自然界里的一员，还冠之为"高级动物"（其实有时候的作为一点也看不出"高级"，甚至还愚不可及），每向前一步，都要历经艰难变革、血雨腥风、伤痕累累，才摸索出自己该走哪条路。

结婚就是为了繁衍。到了4月，帕米尔高原灼热的阳光把半山腰的冰雪融化，水滴滋润着土壤，塔哈其草原、阿拉尔草原披满绿意。帕米尔高原上重又开始了新的生命轮回，婚后的母羊肚子蠕动着待产的生命。一般情况下，盘羊的孕期较短，只有6个月。它们生产的时候要选择一个隐蔽的地方，这是躲避天敌保证自身安全的需要。但是在高原荒漠的无林地带，除了平缓的丘陵就是山谷，连大块的岩石都少见，就更不用说树林或灌木丛，到哪找隐蔽的场所？盘羊自有它们高原生活形成的古老的习惯。头羊会把羊群带到一处相对避风的缓坡，其他的盘羊自动在周围站成一圈，会形成一个天然的产房。

如果遇到分娩不顺利，小家伙迟迟不愿出来，这让站在高处放哨的头羊万分焦急，凭直觉它知道狼、雪豹等食肉动物的嗅觉都非常灵敏，几公里外就能闻到血腥味，赶过来。如果是狼等体型较小的野兽它还能对付，如果是棕熊，那它就只能丢下母羊和自己的孩子，带着羊群逃命了。生下

来的小盘羊，妈妈会为它舔干皮毛，它就跟跄着站起来，蹒跚几步后就会行走了。如果站立晚一些，或者行动慢一些，都会成为豺狼的口中餐，这一点是毋庸置疑的。适者生存是这个自然界的"游戏规则"，任何生物都必须遵守。

每年春夏季盘羊群都会回到雪线的边缘去。海拔四五千米，甚至更高的夏季牧场，那里空气稀薄，食肉动物无法生存，而盘羊却能活动自如，据说，它那巨大的羊角能吸收氧气。

向导终于把我们带进了盘羊经常出没的地方。一树枯黄的叶子像一只只彩色的蝶在微风中舞动，我们却没有了欣赏风景的心情。其间，一只野兔飞快地从我们身边越过，它让我们联想到了盘羊的生存环境。向导告诉我们，在这崇山峻岭里，时常出没着雪豹、狼、豺和棕熊等凶猛野兽，它们都是盘羊致命的天敌。看到山间偶尔飞跃的动物身影，我们为盘羊的生存环境捏了一把汗。看到我们的担忧，向导又告诉我们，为了防止敌害偷袭，盘羊在吃饱喝足之后，便借自己浑身上下的灰白色皮毛，爬到山崖峭壁上躲藏隐蔽，消化休息，并常常"安排"体格更加健壮、经验更为丰富的雄性盘羊作为哨兵，瞭望四周。不仅如此，在每个盘羊的群体中，凡是雄性的盘羊，它们都有主动"轮流值班"的义务，从不推迟和拖延——这个"哨兵"回去了，另一个"哨兵"就接班了。可见，自然界的危险与天敌随时存在。盘羊是追逐雪线而生的高原动物。为了躲避狼、棕熊、雪豹等食肉动物的侵袭，它们季节性垂直迁移，主要活动于雪线的下缘。冬季，当栖息地积雪深厚时，从高山上迁至低谷雪薄的地方。这时候，在羊群后面，幽灵一般尾随而来的就是高原狼了。

向导给我们讲了一个盘羊与狼斗智斗勇的故事。

一个雪天，冰凉的空气凝固，偶尔有一阵北风袭来，扑脸刺骨。一群盘羊正在觅食，突然间，只见当头的盘羊忽然迅速地跳起，急促地用蹄子敲击地面，发出短促威严的咩叫，这就是警报了。随即，群羊迅速地向着谷外逃窜。它们有力的四肢托着一两百公斤的身体，踩踏着厚厚的冰雪，因为滑，跑得很慢，惊恐使它们不停地咩叫……

一只高原狼出现了，只见狼的时速飞快，瘦长轻盈的它们旋风般就快赶上了盘羊——此时群羊已经跑到了山崖边。一匹匹夹着尾巴、眼里闪着绿光、嘴里吐着红舌、露着森然尖齿、垂着涎水的高原狼，一步步紧逼过来。只见带头的盘羊已奔到崖前，突然头向下，迅速地滚跳下去。群羊们紧跟着毫不犹豫、前仆后继地都跳下了黑黝黝的山崖……高原狼站在高高的崖壁上，只好望崖兴叹。

听着这惊心动魄的故事，我们每个人都沉默着，心情坏到了极点。我们急问：盘羊逃出狼的魔爪没有？

没想到向导慢悠悠地说：第二天早晨，太阳升起的时候，在一处缓坡避风的舒适地带，又出现了昨天的那群盘羊！这些盘羊正闲散地用蹄子刨雪地下面的干草，悠然自得地嚼着。它们把昨日的危险抛在了脑后，虽然它们身上有着不同的伤痕，但是，这些跳崖的"壮士"个个都还活着。

我们顿时欢腾起来，这种结果让我们欣喜。

看着我们目瞪口呆的表情，向导告诉我们，对盘羊危险处境的担忧完全是多余的。在自然界里，羊类以攀缘能力强而著称。但盘羊因为有一对硕大的角和一定的体重，它在岩石峭壁上攀登的能力不如其他羊类那样强，而且，它跑得又不快。但危急的时刻它却敢于在悬崖高处往下滚跑，尽管样子不够潇洒，但是盘羊往往就是靠这手绝技，使自己转危为安。盘羊有意识地锻炼自己的生存技能，它们经常从峭壁上往下跳，锻炼技巧，锻炼自己的体魄、胆量。头羊和母羊会把自己的小羊带上悬崖，让自己的孩子看着自己滚下山去，然后头也不回地往前走。见到爸爸妈妈的身影越来越远，小羊们只好一个接一个地伸出蹄子试探着从悬崖上滑下来，尽管跌得头破血流也顾不上疼痛，连滚带爬地追赶父母。就是这样重复几次，小羊们终于掌握了这个安身立命的本领。

　　我们沿着刚下过雪的山路行走，脚踩下去，枯叶和冰雪都吱吱地响，听着向导的介绍，我们终于看到了一群盘羊在悬崖峭壁上奋力攀缘、蹦跳自如、飞檐走壁。随即，穿过山崖又跑到了一片空旷的草地。

　　贴着如此近的距离，草地上我们终于看清了盘羊，和刚才攀爬的英姿不同，它们睁着一双苍茫空灵的眼睛，望着山峦安详而又和谐，迈着温和而闲散的步伐，舒缓而又平静，与自然合为一体。时而四处张望一下，抬起头时，又透露着它们身上所固有的敏感与机警。

　　原来雌雄盘羊皆有双角，且雄羊大于雌羊。雄羊的角弯曲好看，角与毛色呈现出美丽的棕色，与大自然的色彩浑然一体。据说它们的色彩会随着季节的轮换而改变。在夏季的时候，盘羊背上的毛为棕灰色，肚子下面呈灰白色；冬季的时候，盘羊身上的毛呈棕褐色，背上及侧面呈暗棕色，肚子下面为灰白色，臀部长有白斑。它们的这身"冬装"和周围的大石头十分近似，如果不仔细看的话，很难分清对面山上，究竟是石头，还是盘羊。羊角上几道深而细的槽，像年轮一样记载着盘羊的岁数。难怪塔吉克牧民都亲切地称它们为"美丽的大头羊"。

　　这使我想起一种叫"变色龙"的爬行动物，人们往往嘲笑它的"变化多端"。其实，"变色龙"不会变色，那就不是"龙"了，早就被自然界淘汰了！

　　一位塔吉克族牧民说，在帕米尔高原牧羊时，他们偶尔也会遇到怀孕待产的雌性盘羊因体力透支，举步维艰，就不情愿地被裹挟进了家羊群中。遇到这种事，牧民们当然非常兴奋，把它视为"天赐吉羊"。牧归后，便在盘羊的头顶上涂上一个红色的圆点标记，进行重点看管和养护。小盘羊出生后，牧民们更是欢天喜地，倍加爱护，用心饲养。待小盘羊长大后，便被逐渐驯化过来，实行繁育。盘羊与家羊就杂交出新的品种，具有耐寒、耐渴、抗病、长得快、体形大、产肉多等特点。如今，塔什库尔干县的绵羊肉与其他地方的绵羊肉相比，不仅瘦肉多、膻味小，肉质鲜美，而且价格不菲，深受全疆各族人民的喜爱。由此看来，这得感谢塔什库尔干家饲大个绵羊的祖先 —— 盘羊了。

离开了城市的喧嚣，我的心始终飞在这片辽阔和高寒的世界里。天与地越来越近，苍灰的山脉、隐约的盘羊身影、半弯月亮下的云、时隐时现的雪峰，都向我昭示着一种独特的风情。我深深恋上了这里，当我还想再追逐盘羊的足迹时，盘羊却已远远离我而去。

能邂逅盘羊，我是幸运的。自打马可·波罗发现盘羊之后，厄运就一直伴随着它。它那美丽的羊角带来的不是幸福，而是人类的杀戮。盘羊已成为许多猎手梦寐以求的目标，它们夺目的双角已成为人类高雅的装饰物、珍贵的收藏品，装饰着人们的生活。很多时候残忍的屠杀，仅仅是为了得到一双美丽的羊角而已。由于滥猎捕杀和人类活动范围的急剧扩张，在帕米尔高原上见到盘羊已经算是奢侈的事情了。当我在塔什库尔干县博物馆见到盘羊的标本时，只能和这个没有生命迹象的标本合影了。我们终于知道，对于盘羊来说，狼并不可怕，它们最可怕的敌人是人类。

远远望着盘羊曾来过的地方，内心竟有一种心酸的感觉，这一生，很多时候我们都走在路上，在路上，总有一些让我们无法忘却的风景，盘羊的悲惨命运始终震撼着我，在这个世界上，很多时候我们都温暖地爱着，却难抵世间的坚硬与冷淡。那一双弯弯的大角，总会跳着妖娆的舞蹈，在夜静无人时走进我的梦境。

躲开车马的喧嚣，自然又恢复了宁静。盘羊依然生存在属于它的世界里，让我们爱护盘羊吧，因为它有一对美丽的大角。

长不高的河柳

在我们新疆准噶尔盆地，柳树是一种常见的树种。它的木质很脆弱，只有粗大的树干可以当房梁用。它的表面也不光滑，磕磕巴巴的，做家具也很少有人问津。但它具有"平民"特征：平凡、朴素、不奢华，枝繁叶茂，可以遮风挡雨，是农业的卫士。

小时候，我曾经用柳树枝做过柳笛，悠扬的笛声惹得小鸟儿围着我翩翩起舞。冬季，我随爸爸到三支渠边割柳树条。父亲拿着把子很长的镰刀，把筷子粗细的、一米多长、硬邦邦的柳树条割下。那枝条滑落到地下或渠道里，我就弯腰或跳进渠道里，捡拾这些被父亲割下的柳树条。割了两捆后，我们就把它背回家。背回家干什么呢？编撮箕（一种装土的筐子）。这是爸爸妈妈的任务。爸爸妈妈在完成了春夏秋的配水工作和种地工作后，公家给爸爸妈妈安排的任务就是：在一个冬季里，编撮箕200个。柳树枝条被放在温温的火炉炉盘上，慢慢被翻烤着，这些硬邦邦的柳树条变得柔软，不容易折断，然后被爸爸妈妈编成一个个撮箕。

但是，我又见到了另一种柳树——塔什库尔干的河柳。

塔什库尔干塔吉克自治县，这是祖国西部的帕米尔高原上的一座石头城。作为欧亚大陆丝绸之路上的一个曾经繁荣了上千年的贸易交汇点，尽管近代被冷落了，但曾经的繁荣留下的石头城却默默地告诉人们：这里尽管山高，却没有挡住商旅的脚步；这里虽然寒冷，却没有冷落贸易的火热。

来到这里，我真正体味出什么叫高原。看看这里的山峰，你才能真正感受到什么叫"冰山之父"。这里的冰川面积有2258平方公里之多，这里的冰雪覆盖面积有300平方公里。寒冷似乎把这里的氧气冻结了，只留下很少的一点供人们生存，难怪这里分布的主要河流有6条之多，1987年的时候却只有区区5.8平方公里天然林。

在塔什库尔干河流两岸，生长着一丛丛的柳树，它们肩并肩地排列在河流两岸，手牵手地拱卫着河岸，心连心地抵挡着洪水的侵袭。在树木生长稠密的地方，绵羊都很难挤进这些树丛。

虽然近年来，塔什库尔干人为改善环境，积极植树造林，使森林面积达到了166.67平方公里，但大多数林木依然受天气影响，不是我想象的那样高大，尤其是天然林，没有高大的树干，很多都矮小伏地而长，枝条看似茂盛，远远望去好像是一丛丛灌木。

由于这里是高原，是平均海拔4000米以上的高原，所以这里的树几乎都具有一些共同的特点：树干低矮、枝条稠密。据当地的塔吉克族人介绍：塔什库尔干县海拔最低点的海拔也有1950米，所以这里的年平均气温仅有3摄氏度，无霜期只有70天，而年均风速却高达2.1米/秒，定时最大风速可以达到20米/秒。我在有关气象资料里看到，塔什库尔干曾经有过6月突发暴雪的记录。

所以，面对如此的霜冻、干旱、风暴、雪灾的频繁侵袭，这里的树木长得不高大也就不奇怪了。

可见，是高山气压和寒冷造就了这些河柳。

这种柳树，是新疆高原雪山发育出来的河流两岸特有的一个树种。假如这些树生长北疆，或者准噶尔盆地，也是可以长得很高大、很伟岸的。但是生长在塔什库尔干这样的高原山区，情况就不同了。气候培养了它们特有的个性，使它们形成了自己独特的风景。这种柳树树枝柔韧，绵软而富有韧性，即使遇到强劲的大风也不易折断。在生长过程中，整个枝条都散开圆润地向上生长，一蓬蓬紧挨着，远看很像刺柴或蔷薇花那样的灌木。但从植物类型上看，它绝对是乔木，而且是在平原地区可以长得很高大的一种乔木。

仔细观察这里的柳树，我发现，很多柳树是当年生长的枝条还没有完全木质化，霜冻就降临了，寒冷的气温铺天盖地而来时，树木没有来得及准备好过冬，寒气已经侵入了它们的肌骨，部分枝条在冬天里被抽干了。因此，当地人说，这里没有夏季，与平原地区相比，只有秋冬春三季。

是啊，这里的春季被冬天"绑架"了，夏季变成了春季，夏末变成了秋季。秋天的树叶刚刚变成金黄色，暴风雪就开始发威，整个金秋的梦还未醒来，就被盖在了皑皑白雪下面，严寒没有商量地把美丽的秋色吞噬了。

但，一方水土养一方人，一方气候造就一方植物。河柳虽矮，但顽强而又倔强，草，紧贴地皮生长，树，长了一茬又一茬，百折不挠，它们有它们生命的信条。

顽强的树木并没有为严寒所屈服，虽然没有准备好过冬的枝条，被冬天冻干了，但是，一俟春天来临，从严寒中醒来的树干，又会鼓励新生的枝条拼命抽芽，激情生长，向着阳光奔去，能长多高长多高，能长多快长多快，毫不犹豫，蒸蒸日上。为了生存的需要，为了生命的延续，这里的万千树木本该有高大的身躯，但是，为了不违背生存法则，做到适者生存，他们就在短短的70天的无霜期的日子里，拼命生长，发了一茬又一茬，长了一丛又一丛，高大乔木变成了灌木，高大的灌木变成了低矮的灌木，日复一日，年复一年，形成了这里树的独特风景，生命顽强地在这里扎了根。看到这些生命的毅力，你不能不佩服，"顽强"在这里得到了最真实、最具体的铮铮体现。

这里的各种树木，从5月开始抽芽，8月落叶，生长过程虽短，但生命的热情绝不浪费，整个生长季节每一种树都在激情中走过，长成了一丛丛的硕大树冠，虽不伟岸，但却饱满，充实。

为此，我忖想，塔什库尔干河流两岸的河柳，虽然没有江南垂柳的婆娑姿态，虽然没有柳丝依依的风情万种，但，它的柔韧、它的绵软、它的顽强、它的果敢，却更让人留恋，更让人难忘。

这里的塔吉克族人正是依恋这里的树的顽强，在河谷、在山间生存下来，壮大起来；它们生得健硕，长得伟岸，这或许是人与自然的一个因素吧。

人与树共存，人逐树而居，因为有树就有水，有树就有人。这就是塔什库尔干的特色，这也是塔吉克族人民的顽强和智慧所在。

在这方土地上，你能看到，这里不仅有顽强的树、茂盛的草、勤劳智慧的塔吉克族人，这里还有号称"冰山之父"的慕士塔格冰川，更有仅次于珠穆朗玛峰的世界第二高峰乔戈里山峰。

抬眼望雪山，低首看石头。气候恶劣，没有阻挡生命的脚步，环境艰苦，长不高的河柳，按照自己的意志，活出了自己的气质。

哦，帕米尔玛咖

　　有个心结：总想去帕米尔高原的塔什库尔干看看。

　　那是我许久的向往，帕米尔高原、红其拉甫哨所，电影《冰山上的来客》更是把我带到了一个古老而神秘的高原。我的目光穿过黑夜里躲藏的云朵，我知道在那辽远的塔什库尔干，它藏着盘羊的白骨、羊皮经卷、古老的酥油灯、忧伤的鹰笛。夜风里，我听着《花儿为什么这样红》，我听到了红其拉甫呼唤的声音，使我再也按捺不住自己，匆匆登上了去往高原的旅途。

　　终于要启程了，火车却不争气。在乌鲁木齐火车站，去帕米尔高原的喀什火车晚点了一个小时。

　　我躲在拥挤的候车室里，面对嘈杂的人群和熙熙攘攘的人流，心中突然变得有点躁，但是毫无办法。

　　"应该给这列火车吃点玛咖，它就不会跑得那么慢了！"一位乘客突然调侃道，这个有趣的话题顿时让大家的精神为之一振。

　　接着，很多乘客的嘴角花一样地咧开了，疲惫的脸上变得艳灿灿的。那笑显得暧昧，有点隐晦，有点"只可意会不可言传"的味道。我瞬间对玛咖有了浓厚的兴趣，尽管此时还不知玛咖为何物，但我已经清醒地意识到那一定是个大力神之类的神物，想到这里，我的嘴角翘成了一枚弯月。

　　一路汽笛，思绪在车厢里没有章法地摇曳。经过一天一夜1000多公里的行程，我乘坐的火车终于到了喀什。

朋友的车载着我穿越帕米尔高原，总会被一处风景所感动：沙棘串串、杨柳依依，头顶，一行大雁排成"人"字在缓缓移动，突然，一簇簇葱郁的植物扑入眼帘：那是什么呢？迎接我的友人说：玛咖！

再次听到"玛咖"这个名词。我的血液顿时有一种涌动的感觉，在高原上奔腾、欢畅。

天，它到底是个什么"东东"呢？

友人的叙说，让我不经意间走进了玛咖的世界。这是帕米尔高原上的玛咖！相传这里曾是天堂伊甸园故地。在露珠铺满草地的清晨，亚当和夏娃竟偷吃了禁果玛咖，他们的体内突然有了别样的感觉，他们产生了人类的第一缕情愫。玛咖，它孕育了生命，它诞生了人类。

这个美妙的神话，久久飞散在塔吉克族人的帐篷里，让旅途有了别样的情趣。在我国2000多年前的古书《山海经》中，它被称为蘪（苹）草，由于它生长在帕米尔高原，所以被称为"冰山来客"。有文记载：（帕米尔）有草焉，名曰蘪（苹）草，其状如葵，其味如葱，食之已劳（抗忧郁）。后来，盛产于塔什库尔干的玛咖迁移至南美秘鲁安第斯山区的胡宁和帕斯科地区，是极受当地人喜欢的药食两用的植物。

玛咖，玛咖，竟然具有如此的传奇！

一粒尘埃在时光中穿梭，我的思绪久久地停留在了流传于塔什库尔干县的《公主堡的传说》，一位汉朝和亲的公主，独居一处突然有了身孕，给了人们无数的遐想。正是有了玛咖使故事更加扑朔迷离。有人说：这位公主早已有了情人，只是她的生育能力差一些，一直没有怀孕，而她并不知道玛咖可促进生育功能，后来在途经塔什库尔干的时候，吃了当地产的玛咖，结果意外怀孕。也有人说：这位公主年龄小，对男女情事懵懵懂懂，然而自从吃了玛咖后，情不能自控而出轨怀孕。还有人说：护亲使者一直贪图这位公主的美貌，但一直无法得手，到了塔什库尔干他听说了神奇植物玛咖的功效后，诈说有匪乱，停留了一段时间，让不知情的公主吃

下玛咖，最后阴谋得逞。故事凄美、婉转，雕刻成一段不朽的传奇，散落在山岳里，为公主堡披上了一层神秘的色彩。

我越来越想探索玛咖的奥秘，一路上总有热情的牧民将有关玛咖的资料封存于我的记忆。帕米尔玛咖素有功效世界第一的美誉，那是有据可考的。它无现代污染：帕米尔冰川矿泉细胞营养水出自平均海拔4000米以上的帕米尔高原，方圆250公里无任何工业污染；地磁的天然磁化：地球的天然磁场无疑是最益于人类健康的磁场之一。帕米尔高原的冰川形成于数百万年前，最晚的也有几十万年，因此帕米尔冰川矿泉细胞营养水已经过地磁数百万年的天然磁化过程；天然的稳定小分子团：经过数百万年的磁化过程，帕米尔冰川矿泉细胞营养水的水分子团已转化为小的分子团，它富含多种微量元素，除了具有稳定的小分子团和弱碱性外，帕米尔冰川矿泉细胞营养水还含有许多微量元素，如锶、锂、锌、硒、偏硅酸等。这些丰富的矿物质，赋予了玛咖神奇的功效，使它成为大自然的宝藏。奔驰在高原，我不得不感喟大自然的神奇。

我的目光迈过欢快的塔吉克族牧人，看到一片千峰万壑相隔的洁净世界。在提孜那甫乡，我看到一丛丛苗壮成长的绿叶下藏着的"硕大人参"，它的出生，即将为帕米尔高原孕育一个个新的生命。玛咖生物科技开发公司经理朱胜龙，作为玛咖引种新疆第一人，从2006年开始就在天山南北多处高原地带寻找最适合的生长环境。2009年，在塔什库尔干县提孜那甫乡，他如愿以偿，试种30亩成功，亩利润达3000元。通过检测蛋白含量达到21.44，而帕米尔玛咖多糖达到12.6。玛咖在塔什库尔干县栽培试种成功，填补了我国西部高原高效农作物的空白。在国外和其他地区种植一茬玛咖后的土地一般需要休耕6至7年，而在塔什库尔干县，完全可以不休耕，这里的地下水是流动的，它源自300万年前形成的古冰川融水，具有高活性和弱碱性，富含矿物质和神奇物质。它为帕米尔孕育了世界上品质最好的玛咖，而最好的玛咖起源于帕米尔高原上的塔什库尔干。

在当年的乌洽会上，作为塔什库尔干县的特色农产品，帕米尔玛咖的展位前，来自全国各地的客商被这新生植物所吸引。为做大、做强玛咖的产业化发展，塔什库尔干县委、县政府邀请专家积极做好高原生物科技园区总体规划，大力扶持生物科技园区项目的建设和开发，免费提供育苗温室大棚100座，保障种植面积1500亩，研发和生产玛咖精片及酒类系列保健食品、药品，突出品牌优势，发挥品牌效益，使特色产业走上规模化发展道路。

玛咖已不仅仅为当地人所食用，玛咖种植带来的滚滚而来的巨大财富，带动了当地的农牧民就业、创收。目前，朱胜龙的玛咖种植基地采取"公司＋农户"的合作方式，种植面积将扩大到1500亩，当地农牧民每年种植玛咖的收入将达1000多万元。朱胜龙引种只是第一步，随后他又和自己的科研团队研发了玛咖冲剂、玛咖片剂、玛咖胶囊、玛咖酒等系列产品，由于他的科学技术项目成果有重大的创新，2012年8月自治区科学技术厅向他颁发了多项国家专利。2012年9月2日，在亚欧博览会上，帕米尔玛咖被搬到了新疆国际会展中心的展厅。

我心中久久不能平静。帕米尔玛咖啊，你生于斯长于斯，又辗转于安第斯山脉，现在，你又重回故地！你吸收了水的精华，吸收了天地之灵气，生长在地底下几厘米的地方，表层覆盖一层叶子，在高寒恶劣的环境下，却储存着巨大的能量。你饱满而又充实，你从没停下过生命的脚步，你多像塔吉克族人所具有的顽强的生命力啊！这就是现在都追捧新疆帕米尔玛咖的原因吧！

时光吹皱了古老的岩层，塔什库尔干土地广袤而又辽阔，玛咖在这里一代又一代地生长着，它的许多成分在含量上远远高于秘鲁玛咖。塔什库尔干县位于帕米尔高原之东、昆仑山之西，气候适应：年平均气温10.4摄氏度，降水极少。冬季长、寒冷，夏季短、炎热，昼夜温差大，为玛咖的生长提供了极好的环境。

正是帕米尔高原这片土地，成就了玛咖的神奇，它含蛋白质、氨基酸、糖类、矿物质及多种维生素，含有55种人体必需的营养素，蛋白质高达10%以上，它含有的玛咖烯和玛咖酰胺两种物质是独一无二的，这两种物质被证实用化学方法无法合成。这两种物质对调节人的内分泌系统起着重要的作用，是荷尔蒙的一种替代品，虽然它自身并不含有任何荷尔蒙，但对全面调理人体机能、平衡内分泌作用广泛，专家们形象地称帕米尔玛咖是荷尔蒙发动机和内分泌调节器，它是能自然恢复人体脏器功能的生物工具，它是人类健康的金钥匙！它的神力其他药物无法与之相媲美，难怪长期食用它的塔吉克族人，男人高大英俊，女人娇艳美丽。

深秋老虎的塔什库尔干县有股透心的凉。街道两旁的梧桐树像一个个佝偻着的老人，我们奋拉着身体迎着北边来的风，下榻在"犇磊鑫宾馆"，晚餐在"石头城宾馆"餐厅。

朋友为我接风洗尘。席间，当然喝了玛咖酒。朋友虽然文质彬彬，但给我们劝酒的时候却是频频出招，让我忍不住大口喝酒，而且举杯喝酒的同时要大叫：豁歇！（干）

觥筹交错、笑声融融，玛咖酒下肚，我血脉偾张，头上冒着罡气！朋友同时也没有忘了宣传推介玛咖，说有个塔吉克族牧民为了脱贫致富，种了几亩地的玛咖，收了很多果实。这位牧民家中养了一只公鸡和很多母鸡。有一天这个牧民发现，家中的母鸡都飞卧在家中围墙里的河柳上，就是不下来。原来母鸡都害怕吃了玛咖的公鸡去踩蛋！

我差点笑岔了气。

有人曾做过这样的研究：帕米尔玛咖的作用原理是激发各个器官原有功能，使其自然分泌人体所需的各种激素，并促使机体从正常饮食中吸取并合成身体所需要的营养物质，因此更科学、更持久。玛咖，不仅有着较高的食用价值，同时也有着较高的药用价值。1992年，联合国粮农组织曾将玛咖作为一种难得的安全保健食品向全世界推荐。在帕米尔高原，玛咖是一种经济价值极高的物种。对于边远高寒地区的农牧民，它是最好的增收项目。它不仅赋予塔吉克人强壮的生命，它还为塔吉克族人的生存奠定了丰厚经济基础。

晚饭后，我和朋友穿过牧场的溪河把霞光裹在身上，抬头看山，俯首看草，我心中的帕米尔玛咖正以它无比顽强的生命力，与塔吉克族人头顶着山鹰，脚踏着塔什库尔干河，共存于帕米尔的蓝天下。

哦，帕米尔玛咖！让人耳热心跳的玛咖！

望着空中的月亮，一轮冰盘般的素月恬静地倚在那深邃的苍穹中，倾泻着她那淡淡的光芒，我和朋友都有些心绪不宁，有点躁动，还是想喝酒。

于是我们双手捧着月亮大叫：豁歇！玛咖！

垂钓博斯腾湖

小时候，我经常和苏凯哥哥去博斯腾湖边钓鱼。

苏凯哥哥是蒙古族人，而我是汉族人。他比我大一个月，自然就是我哥哥啦。苏凯说了，哪怕大一天呢！我们是同班同学，我们班还有回族、维吾尔族同学呢！

我是随着"坏分子"父亲被发配到这里的。

我佩服苏凯哥哥是因为他为人正直，不歧视像我这样有"问题"的同学。再说他的国家通用语言字正腔圆，比我们说得还地道呢！

苏凯哥哥的钓技不错，每次我们都是满载而归。

苏凯哥哥的歌声很好听，抑扬顿挫，蒙古族不愧是马背上的民族，会唱歌是天生的基因在他体内流淌。

苏凯哥哥还会讲很多故事，这些故事都是与博斯腾湖有关的。

我问苏凯：你都是从哪里学来的啊？

他说都是听他舅舅讲的。他的舅舅是大队长呢！

我们在博斯腾湖边上垂钓的时候，他就随口给我说起一段顺口溜："博湖有四宝：大头鱼味道好，苇子垛比山高，白菜脆嫩把菜炒，芹菜长到三尺高。"

苏凯哥哥又随口说了博湖的另三宝，可我怎么也不认为那是三宝呢：蚊子、苇子、芨芨草。苇子扎墙墙不倒，蚊子叮着羊肉跑，丫头跑了娘不找。

我惊呼：我的天哪，蚊子的个头大啊！娘的心狠啊！苏凯告诉我，不是娘的心狠，是芦苇、芨芨草长得又高又密，丫头跑了哪里找得到啊！只有等丫头在芦苇丛里被蚊子咬得受不了了，自个儿就回来啦！

那天我们带了几个洋芋和一小包盐巴，准备钓鱼的时候饿了烧着吃。没想到路途上遇到了下大雨，我们就东躲西藏的，好不容易跑到湖边，雨也住了。苏凯坐在湖边的小草滩上，专心致志地钓鱼。

我面朝前方的海心山，想着心事。这个海心山啊，怎么就长在了水里呢？海心山犹如雪浪漂浮，蔚为壮观。我仿佛步入仙境一般，心中不免掀起波浪，可惜那时候太小，不会作诗。后来长大了，才看到过古人曾有诗专门称赞海心山："一片绿波浮白雪，无人知是海心山。"

我和苏凯钓了有小半桶鱼的时候，太阳早已躲到山后头去了。我俩的肚子也开始咕咕噜噜地抗议了。苏凯对我说，去，把洋芋拿来，点火烧着吃！可是，洋芋不见了。下雨的时候，我东奔西跑的，路很颠簸，估计是在路上跑丢的。

说起这儿的路，那时候的和硕滩，没有一条好路，路非常难走。苏凯告诉我，不，还是用顺口溜，把他舅舅的话原汁原味讲给我听：和硕滩，行路难，要去县上开个会，骑马坐船两三天，匆匆忙忙进会场，讲话十句忘了仨，上马返回剩五句，坐船一颠又忘俩，回村开会来传达，结果啥也没想起，胡扯八连两三句！

洋芋掉到哪里去了，也没有回头去找，找也找不到啊！

幸亏洋火（火柴）还在。

苏凯决定，那就直接烤鱼吃啦！

由于下了大雨，能烧的柴草全部湿漉漉的，苏凯办法多，竟然找到了几块干牛粪。

哎呀，那怎么吃啊！

苏凯说：牛是食草动物，一点都不脏。

　　苏凯挑了一条大大的大头鱼，体长而侧扁、腹圆头大、吻部扁平、口宽大而斜裂，下颌略长于上颌，口角处有短须一对，口内有3行细柱状且尖端有钩的下咽齿。

　　烤好了，看着焦黄的大头鱼，心里还是有点硌硬！不吃吧，那阵阵鱼香还是直往肚里钻，惹得肚子咕咕叫，不愿意。

　　没想到，大头鱼真的好吃呢！肉嫩如豆腐，鱼头比例也大，丰腴可口，富有脂肪。苏凯告诉我，大头鱼是这一带民间的传统滋补品。古时候生活在这个地方的居民很少吃五谷杂粮，就是以大头鱼等鱼类为食，是"吃鱼民族"呢。

　　边吃边聊，苏凯还给我讲了博斯腾湖关于鱼的传说。我没有想到，西天取经的唐僧还与博斯腾湖的鱼有关呢！

　　说是当年玄奘西天取经路过开都河时，西海龙王的三太子被唐僧等人饱受磨难，执意取回真经的行动所感动，于是经观音菩萨点化，变作一匹白马，驮着唐僧一行，安然渡过通天河。

　　苏凯告诉我：通天河就是开都河啊。《西游记》里的流沙河、通天河，也都在博斯腾湖。博斯腾湖既是开都河的归宿，又是孔雀河的源头。

　　苏凯还告诉我：博斯腾湖里的鲤鱼是天宫里的鲤鱼变的，因为鲤鱼红处红，白处白，是鱼中最漂亮的，可不是仙女变的？草鱼是草虫子变的，尖嘴鱼是蛇变的。

　　我突然发现了一个秘密：博斯腾湖里没有见到蛇啊！

　　苏凯告诉我：蛇原来在博斯腾湖边上多得很，当时，唐僧看到遍地都是蛇，于是念经超度，说道：你们这些蛇与其在地上害人，不如进到水里变成鱼造福人类。这些蛇听了唐僧的话，于是纷纷钻进水里变成了鱼，鱼身上没有鳞，长得像蛇，从此陆上就没有蛇了。

　　太神奇啦！

　　后来，父母的"问题"得到解决，我们就回了城，离开了博斯腾湖。

再后来我又考上了大学，离博斯腾湖更远啦。但是，我时时想念着苏凯，与苏凯的书信来往从未中断。其中提到最多的就是博斯腾湖垂钓的事情，和那牛粪烤鱼——大头鱼！当然啦，还有那关于博斯腾湖的神奇传说。

有一天，苏凯来信告诉我，你再不来，就吃不上大头鱼啦！

哈哈，笑话！你不要激我！我没有相信。

现在的苏凯继续在博斯腾湖工作、生活，而且当了不小的官呢！

不论是书信还是手机联络，他都邀请我去一下博斯腾湖，重温一下我们少年时期的故事。我也邀请他去一下我现在工作的地方。

可惜，我俩都未成行。

我依然没有去。都是那该死的工作，那简单的非常复杂的工作！我们的联系渐渐地少了，但没有中断。

突然有一天，苏凯来了电话，说：再不来，博斯腾湖里的大头鱼就剩一条啦！！

我这才知道，大头鱼几乎绝迹了！

大头鱼有个奇特的产卵习性，它们虽然在湖中生长，但到了成熟产卵期，公鱼和母鱼便结成群体，沿着开都河与塔里木河的进河口，逆流而上，抵达河源巴音布鲁克等地，那里海拔较高、水质纯净。在找到适宜的砂砾水底当产床后，群鱼便产卵受精，纷纷死去。此后，鱼卵逐水漂流，回到入湖河口时，鱼卵恰巧孵化出鱼苗，游进博斯腾湖。在湖中生长7—8年后，受到体内某种召唤，它们又会溯游而上，开始新的生命轮回。

使大头鱼资源遭到严重破坏的主要原因是：塔里木水域上、中、下游及各支流水利设施的不断建设，众多的河闸、大坝、水库、扬水站等隔绝了大头鱼溯河产卵的洄游通道，致使大头鱼无法进行正常的繁殖活动。

我脑海中浮现出一幅画面：春夏之交，正是鱼儿繁殖季节，一条条待产新疆大头鱼"妈妈"，奋力逆流而上，经过上百公里跋涉，遥望着曾生育过它们的地方。它们不知道，终点怎么离它们那么遥远啊，大坝拦住了它们的去路，或半路被捕捞，仅仅满足了沿途人们的口腹之欲……对于这些大头鱼来说，博斯腾湖成了回不去的家园。

此外，还由于人们的无知所造成的后果。1965年以前，大头鱼生活的水域群落组成较为单调，仅有塔里木裂腹鱼、条鳅鱼等少数种类，而大头鱼是其中较大的一种，处于这个水域食物链的顶端位置，很少有竞争对手。1968 — 1970年，又进行了大规模的"北鱼南调"行动，使这个地区鱼类的群落组成产生了很大的变化，达到30多种，并且带入了凶猛的食肉鱼类赤鲈（俗称五道黑），鱼种之间的斗争日趋激烈，使大头鱼在生存竞争中处于不利的地位。

博斯腾湖 —— 巴音郭楞蒙古自治州的母亲湖，也是新疆大头鱼生长了千百年的远古家园 —— 在《中国濒危野生动物红皮书》鱼类部分中，称大头鱼为世界裂腹鱼中的珍稀物种，属国家一级保护动物，堪比陆地上的大熊猫，已在原最大产地博斯腾湖绝迹。

这不禁让我们痛心疾首，同时也给人类敲响了警钟。爱护家园，爱护万物，就是爱护我们自己！

曾经，人们认为大头鱼取之不尽。我曾经看过一个资料介绍：1958 — 1965年，渔民捕捞的大头鱼的年产量达140 — 260吨，占博斯腾湖年产鱼量的20%；1966 — 1971年，年产量锐减到30吨，占产鱼量的10% — 15%；1974年以后，产量迅速递减，直到绝产；到了20世纪80年代末，湖中连一条大头鱼都难以发现了。据说一个叫陈存的渔民见证了这个事实。这个今年60岁的山东梁山人，是较早从内地来博斯腾湖讨生活的渔民。从20世纪70年代起，他就每年往返于博斯腾湖和梁山之间，以结网捕鱼为生。说起当年打鱼的情景，仿佛就在眼前："那年月，网网有大头鱼，根本不稀罕，十多公斤的也常见呢。"到20世纪80年代，陈存一次次收网发现，以前很常见的大头鱼越来越少了。1998年10月的某一天，一个渔民捕捞上一条大头鱼，而且重达12.5公斤。"好家伙，这可是条大新闻呢，四邻八舍的人都拥到码头看稀罕。"据说，相关部门将它做成了标本，足见其珍贵。后来，年复一年，陈存和渔民们依然在湖里捕鱼，却再也没见过大头鱼的身影了。

哦，我的大头鱼，我的牛粪烤大头鱼啊！

我再也见不到你了。

没有了大头鱼，没有了牛粪烤大头鱼，我觉得，就是有时间重游博斯腾湖，还能垂钓什么呢？又有什么意思呢？

2011年5月，一次偶然的机会，我跟随作家采风团来到了博斯腾湖。

面对博斯腾湖，很激动，我的心中不觉又浮出了大头鱼的影子。

当然了，我也见到了我的苏凯哥哥。他的歌声依然那么动听，字正腔圆，抑扬顿挫。他的肚皮很圆啦！那个小时候苏凯哥哥的影子只留下了一点点印记。其实我也是一样的。我也胖了，走路都喘气。我们都上年纪啦！谁也跑不过时间这把刻刀，它把我们的脸上刻满沟沟坎坎。

作为这方土地的一个领导干部，苏凯也曾经为救大头鱼而奔走呐喊！是啊，谁都不希望让"水中大熊猫"就此绝迹！

有人说，那么多种鱼消失了一种有什么关系呢？但任何一个物种一旦灭绝，便永远不可能再生，多种多样的物种是生态系统不可缺少的组成部分。某些物种的消失，就可能导致生态平衡失调，甚至会使整个生态系统崩溃。

还好，有关方面开始想办法让大头鱼重现博斯腾湖。可喜的是，在湖域周边的康拉克湖、台特马湖、塔里木河流域及阿克苏的克孜尔水库里，偶尔还能发现少量新疆大头鱼。

博湖县成立了"博斯腾湖水生野生动物保护救护中心"，在上述几处水域捕捞了十多条大头鱼。计划在三年内，利用科研手段，进行人工培育，成功孵化鱼卵后，再将鱼苗投放进湖区生长。不远的将来，这片水域中将再现大头鱼欢跃的身影。

"这样做可以恢复鱼种，但大头鱼在博斯腾湖已不可能形成大种群了。"苏凯惋惜地说。这是人们不得不承认的现实，大头鱼至少7年才能达到性成熟，且繁殖率低，在基数过低的情况下，种群是一时难以恢复的。

我想：虽然实现了人工培育，但大头鱼的产卵习性没有改变，产卵通道已经阻断，它们如何繁育下一代呢？仅仅靠人为科技手段吗？如此生息繁衍，它们还是原来的大头鱼吗？

这让我想起了现在市面上能买到的菜种子，许多都不能繁育下一代，即便留下种子也无用。大自然面前，人类的力量似乎占了主导地位，这些改变真的与我们毫不相关吗？这是值得我们深思的。

在博斯腾湖大酒店，苏凯给我们安排了接风宴，喝了"下马酒"。苏凯还给我们一展歌喉，清唱了一首本地作者写的《博斯腾湖我的家》：

博斯腾湖我的家，湖水把我养大，湖畔跑骏马，湖面采莲花，芦苇像屏障，遮挡着美丽的她。有多少难忘的故事，博斯腾湖我的家，湖光映彩霞，湖边建乐园，湖底有鱼虾，绿水似玉带，欢歌向天涯。有多少优美的传说，博斯腾湖我的家，欢迎朋友来我的家，清清的湖水煮杯迎宾的香茶，到这里你定会终生难忘，博斯腾湖我的家。

他的嗓音非常有磁性，而且字正腔圆，抑扬顿挫。

他的歌唱得越来越好了。当年那个苏凯哥哥又回到了我的身边。我可以肯定地说：就是经常在台面上亮相的那些歌手、歌星，比起苏凯来，也难以望其项背的！

歌罢，苏凯告诉我，新疆野生鱼垂钓大赛在博斯腾湖开竿启钓，你可以饱饱眼福，也可以亲自抄竿一显身手。我当然乐意了。

5月30日，我们奔驰在博湖县海心山的柏油路上，很好啊，现在的博斯腾湖已经有了数十公里的环湖公路，为博湖县环湖旅游业发展起到了重要作用。

苏凯还告诉我：为了保护博斯腾湖的渔业资源，博湖县根据《新疆维吾尔自治区实施〈渔业法〉办法》规定，博斯腾湖已经进入季节性禁渔期，时间自3月1日至6月20日，为期112天。每逢春季，随着气温回升，博斯腾湖冰面逐渐解冻，湖中盛产的鲤鱼、草鱼、鳙鱼等主要经济鱼类开始进入浅滩繁殖。

我的心里有所安慰：是啊，不能光是不休止地捕捞啊，那是竭泽而渔啊，什么事情都得有个度啊。我又想到了大头鱼。

到了比赛地点：博斯腾湖海心山。这又让我想起我和苏凯少年时期的垂钓之地。

这次赛事规格还是很高的：由新疆维吾尔自治区体育局主办，新疆钓鱼协会、巴州体育总会、巴州钓鱼协会以及博湖县人民政府联合协办。比赛为期两天。大赛总奖金高达3万元。按国家竞技钓鱼标准，钓大鱼比赛分为三尾鱼总重量赛和单尾重量赛：三尾鱼总重量赛以每个队钓获最大三尾鱼总重量评定名次；单尾重量赛以每个队钓获单尾最大鱼重量评定名次。两天时间里，来自全疆15个代表队的45名垂钓高手将在博斯腾湖展露他们精湛的"钓术"。

5月31日，当普惠农场代表队的钓手在博斯腾湖海心山钓上一条6公斤的鲤鱼后，我的眼前突然幻化出了大头鱼的影子！

是的，那是大头鱼，我心中的大头鱼！

站立的鱼——海心山

呼，呼啦，呼啦啦，博斯腾湖中站起了三条鱼。

这三条鱼是裂腹鱼、扁吻鱼、长头鱼。

它们跃出湖面，站立起来，守护着母亲博斯腾湖。

这三条鱼就是我们看到的博斯腾湖里的三道海心山。

海心山就位于博斯腾湖的东北部水域，由多座沙山组成，分为一、二、三道，这三道海心山根据面积大小，又像三个兄弟，从小到大，一道海心山面积1.03平方公里，是小弟弟；二道海心山面积1.25平方公里，是老二；三道海心山面积1.44平方公里，自然是老大了。它们距博湖县城直线距离是47.8公里，走沿湖公路要70公里，距景区白鹭洲头30公里。

海心山伫立博斯腾湖，乍一看，还有点像唐僧师徒三人在此驻足望"海"呢？你看那孙悟空，金鸡独立，手搭凉棚，正在眺望远方！这也不是牵强附会，《西游记》里的通天河和流沙河就是博斯腾湖的源头开都河呢！

据传说，这儿还是龙驹的故乡呢！焉耆马是我国良种马之一。游客上天山草原免不了要骑一骑焉耆马，焉耆马行走起来快速而平稳，能上山下山过水行滩。焉耆马身架紧凑适中，马眼炯炯有神，此马四肢有力，蹄质结实，无论在乱石戈壁，还是在如镜光滑的冰面，它都善走能驮，有日行千里夜驰八百的美传。乘骑者坐在马背上，如坐平地，无颠簸之感，若端一碗水骑在马背上，行走起来，水面纹丝不动，还能急驰如风。

据传说，此马是龙的后裔，是博斯腾湖里的龙种所生，有"龙驹"之称。传说很久很久以前，有一位居住在博斯湖边上的牧马人，善良、勤劳。一天，他在湖边放马时，不慎走失了一匹全身毛色银白发亮的骠马，此马体态匀称，禀性灵敏，善走能驮。牧马人焦急万分，他不怕蚊虫的叮咬，不辞辛苦地走遍了湖边所有的角角落落和大大小小的芦苇，也不见马的踪影。突然天降暴雨，风、雨、雪交加，牧马人这时已经是饥寒交迫，再无力继续寻找，一头栽倒在沼泽泥潭中，放声大哭。他的哭声哀惨凄凉，哭声震动得湖水微微颤抖。就在这时，湖面狂风大作，雷鸣电闪，只见湖中一道白光，从中跃起一条巨龙，龙爪下抓着的正是那丢失的白色骠马。它也随龙腾之势，前蹄高高跃起，后臀部还留着龙鳞斑纹。剽悍的马头昂起，向牧马人嘶鸣。出水后的马鬃和长长的马尾，像欲飞的双翅。牧马人被此情此景吓傻，晕倒在地。等他清醒后，湖面风和日丽，百鸟齐鸣，水鸟飞翔。牧马人躺在百花盛开的草丛中，白骠马正用舌头舔着牧马人疲惫的全身，他顿时感到全身力量充沛。纵身跃起，像拥抱久别的情人，紧紧抱着白马的脖子，这时他才发现白马边还站立着一匹酷似白骠马的小驹。从此后，牧马人就精心培育着它们，和硕滩、博斯腾湖边就繁衍着龙的后裔。

美丽的湖，美丽的海心山，还有这美丽的传说。

因此引来多家商客在此投资，发展旅游业。

海心山已经成为博斯腾湖旅游区的地标性景观。如今，海心山吸引着八方游人。在新疆，要看湖，必看博斯腾湖；到了博斯腾湖，必看海心山。

海心山还有了旅游徽标：三条站立于湖面的鱼。如今此徽标将应用于博斯腾湖的各种商品及宣传广告之中，成为博斯腾湖的形象名片。立："博斯腾"，蒙古语，意为站立的意思，由三座屹立在湖中的沙山而得名，旅游徽标主题与博斯腾湖标志性景物 —— 三道海心山 —— 相吻合。鱼：

一是寓意美好，富贵、吉祥；二是增强人们的保护意识，区内的塔里木裂腹鱼（俗称尖头鱼）、扁吻鱼（又名"新疆大头鱼"，俗称大头鱼，国家一级保护动物）和长头鱼等资源已枯竭、濒临灭绝或已经灭绝。

海心山，成了钓鱼爱好者的天堂。这儿已经举办了两届钓鱼大赛。每年的五六月，碧波荡漾、鸥鸟翔集的博斯腾湖三道海心山旅游区的小岛上，彩旗飘扬，欢声笑语，钓鱼竿蜿蜒排开数公里，来自全疆各地的数百名钓鱼爱好者参赛。在博斯腾湖，钓鱼已经成为一项高雅的文体、娱乐活动。它陶冶人的情操，甚至能预防和治疗某些疾病，从而达到强身健体、延年益寿的目的。

开都河畔的百信休闲公园

"有一个地方，那就是我生长的摇篮，还有那清清的湖水啊，啊嗨，博斯腾湖……"博湖县蒙古族歌手巴图那生作词、作曲并演唱的《博斯腾湖我的母亲》，让人对博湖人民的母亲湖——博斯腾湖，有了无限的向往；诗人田成功的《博斯腾湖即景》"落霞孤鹜水接天，烟波浩渺点点帆。风吹芦荡层层浪，轻摇睡莲美梦酣。博湖金鲤柳条穿，五道黑鱼跃沙滩。银鲫丰腴芦芽短，湖光山色胜江南"更是让人想起博斯腾湖清清的湖水、盛开的莲花、碧绿的芦苇荡、多情的水鸟、美味的佳肴……

是开都河孕育了博斯腾湖，博斯腾湖生下了孔雀河。当开都河打开铁门关流向罗布泊时，又生出了香梨之都库尔勒。

博斯腾湖水域辽阔，烟波浩渺，集大漠与水乡景色于一体。时而惊涛排空，宛若怒海，时而波光粼粼，碧波万顷。夏季，湖中渔船与彩云映衬，群鱼共飞鸟逐波；金秋十月，苇絮轻飘，芦苇金黄，秋水凝重，飞雁惊鸿；冬季来临，冰封千里，湖面似镜。这个南疆的重要新兴水上游乐旅游区，被誉为新疆的"夏威夷"。博斯腾湖集秀美于一身，莲花、稻米、鸭鹅、鱼虾，这些在祖国南方才应有的动植物，在这里却奇迹般地现身，使博斯腾湖变成了得天独厚的沙漠泽国，仿佛总能听到随风飘来的一首首优美动听的渔歌：

湖边的风啊味儿鲜，湖中的歌儿比蜜甜，阿妹掌舵哥撒网哎——甜蜜的歌儿伴渔家欢、渔家欢。

湖边的美酒扑鼻香，透心的歌儿湖边唱，举杯劝郎尽情喝哎 —— 甜蜜歌里又一个丰收年、丰收年。

这歌声也让人有了几分醉意。博斯腾湖像一幅画，清新淡雅；博斯腾湖宛如一首歌，悠扬流畅。博湖的美是一种原始淳朴的美，是一种自然本真的美。

如今的开都河畔修建了开都河风光景观带 —— 百信休闲公园。2011年10月22日，博湖县百信休闲公园落成。她以宝浪苏木拦河闸为依托，以绿化、美化为主，结合宝浪屿休闲园建设和开都河城区段防洪工程建设，在宝浪苏木拦河闸和宝浪大桥之间修建了观景亭，绿树成荫，假山、凉亭倒映水中，鸳鸯湖、琵琶湖争相辉映。这是一个休闲观光的开放式公园，很有超前意识的博湖人在百信休闲公园内又划分了三个景区：浩渺西海、丝路北道和塞北江南。浩渺西海位于开都河东岸，主要展示了博斯腾湖相关的自然、人文景观；丝路北道位于开都河西岸，再现了人与历史的交流 —— 博湖位于历史上的丝绸之路北道上，东西方文化在此交融；塞北江南位于开都河南部两条河道之间至巴格希恩喇嘛庙地段，以自然景观为主。

驻足百信休闲公园内，竟然看见了孙悟空护唐僧取经的雕塑。我惊诧莫名，没想到这儿竟然与唐僧、孙悟空有关。

伫立开都河畔，可以看到有一座建在乌龟背上的庙宇。它的历史可以追溯150年之久，这就是巴格希恩喇嘛庙。它北傍开都河，一湾河水将它环绕，香火长年不断。它给后来从伏尔加河流域艰辛征战返回在此定居的蒙古后裔们一座心灵皈依的圣殿。庙内，古柏参天，杨柳依依，一棵130年的古榆张开它巨大的华盖，好像要护佑芸芸众生。它周围的12尊生肖雕刻，栩栩如生，善男信女们按照自己的属相，给它们的脖颈上挂上洁白的哈达，保佑自己一生平安。

我的眼里，开都河幻化成洁白的哈达，佩戴在博斯腾湖的颈部，飘逸，素洁。开都河是和硕特蒙古人的休养生息之地，是养育自己的母亲河。世世代代的和硕特蒙古人就在这母亲河的干流和许许多多支流的流域，吟唱着久远的蒙古长调，创造着自己特有的文化。

百信休闲公园内的宝浪屿休闲园位于开都河东侧，也是博湖县的文化广场，它以"东归"文化为主题，我似乎领悟到土尔扈特和硕特蒙古人的情感与天山的漫漫草原和条条溪流是紧密地联系在一起的。自然环境的艰辛造就了他们坚韧不拔、顽强不屈的坚强意志，山河、草原的广阔赋予了他们宽广胸怀。他们对于生活的这块土地，就像马对草原一样，怀有无限的依恋和钟爱。就像嗷嗷待哺的婴儿，离不开母亲的奶水。

我驻足开都河畔，想到"千流归大海"的情景。那一支一脉更加细小的源流汇聚成开都河，养育了这里的人们。开都河承载着这里丰富灿烂的历史，承载着别具风采的民族文化。

哦，开都河畔的百信休闲公园，赋予了我想象的翅膀，让我重温了历史，追回了那逝去的岁月，又让我憧憬着美好的未来！

红色博斯腾湖

博斯腾湖是一片蔚蓝色的湖泊。

但是，当我踏上这片蔚蓝色的土地，我的眼前却是通红一片。

可以说，火一样的色彩红透了博斯腾湖。

这红色来自博湖县的"红色产业"。

这"红色产业"的主角是番茄、辣椒和胡萝卜。

红红的番茄

番茄大约在明朝的时候就传入中国，在历史上，中国人对于境外传入的事物都习惯加"番"字，于是叫它为"番茄"。因为酷似西柿子、颜色是红色的，又来自西方，所以又有"西红柿"的名号。

番茄原来生长在秘鲁的森林里，叫作"狼桃"。由于它艳丽诱人，人们都怕它有毒，只欣赏其美而不敢吃它。16世纪时，英国公爵俄罗达格里从南美洲带回一株西红柿苗，献给他的情人英国女王伊丽莎白。从此，它成为"爱情果""情人果"的代名词。但过了一代又一代，仍没有人敢吃番茄。到了17世纪，有一位法国画家曾多次描绘番茄，面对番茄这样美丽可爱而"有毒"的浆果，实在抵挡不住它的诱惑，于是产生了亲口尝一尝它是什么味道的念头，因此，他冒着生命危险吃了一个，觉得甜甜的、酸酸的，酸中又有甜。然后，他躺到床上等着死神的光临。但一天过去了，他还躺在床上，回味着咀嚼番茄那味道好极了的感觉。从那以后，上亿人均安心享受了这位"敢为天下先"的勇士冒死而带来的口福。像第一个吃螃蟹的人一样，他也成了大英雄，番茄终于登上了餐桌。从此，番茄博得众人之爱，被誉为红色果、金苹果、红宝石、爱情果。其实，1983年7月中旬前后，在成都北郊凤凰山发掘的西汉古墓里，发现在2100年前的西汉，墓主已经用西红柿作为蔬菜或水果食用，而且专家们进一步得出结论，西汉西红柿已经具有栽培的特征。这样，西红柿的食用和栽培的历史一下子被提前了1700年。所以说，"第一个吃西红柿的人"在中国人面前，岂不贻笑大方！番茄作为一种水果和蔬菜，已被科学家证明含有多种维生素和营养成分，如番茄含有丰富的维生素C和维生素A以及叶酸、钾这些主要的营养素。

领跑新疆红色产业的博湖县，属暖温带干旱大陆性气候，四季分明，热量适中，日照充足，昼夜温差大，降水稀少，蒸发量大，年无霜期较长，特别适宜种植加工番茄，番茄品质好、肉厚皮薄、红色素含量高，尤为适合生产酱类食品，深受加工企业和经销商青睐。博湖县由于得天独厚的自然光热资源和水土资源，种植工业番茄不仅产量高，而且品质一流。

这几年，博湖县合理配置优势资源，力推多元化种植结构、先进栽培管理技术，设法延长加工企业年生产期，把加工番茄红色产业做成了博斯腾湖名片，2010年全县42平方公里番茄和20多平方公里辣椒，使博湖农民走上了一条致富路。

博斯腾湖人在番茄身上又书写了传奇。

红红的辣椒

辣椒，又叫海椒、辣子等。辣椒是在明末从美洲传入中国的，因为也是"舶来品"，也有个洋名字：番椒，是一种茄科辣椒属植物。据说辣椒

最初也和番茄一样只是作为观赏作物。辣椒属一年生草本植物，果实通常呈圆锥形或长圆形，未成熟时呈绿色，成熟后变成鲜红色、黄色或紫色，以红色最为常见。辣椒的果实因果皮含有辣椒素而有辣味，能增进食欲。辣椒中维生素C的含量在蔬菜中居第一位。辣椒原产于中南美洲热带地区，15世纪末，哥伦布发现美洲之后把辣椒带回欧洲，并由此传播到世界其他地方。清陈淏子的《花镜》中就有番椒的记载。辣椒现如今在中国各地普遍栽培，成为一种大众化蔬菜。

博斯腾湖辣椒以饱满、色鲜、味香、辣味厚等特点著称。这几年，博湖县不断加大扶持力度，使辣椒产业迅速发展，品种由原先单一的食用辣椒，转变成了以色素辣椒为主、其他品种为辅的合理结构，种植规模从几年前的数千亩[①]增至2010年的25.67平方公里，农户的亩效益也从以前的800—1000元提高到了2500元以上。

由于国际市场上色素辣椒走俏和国内辣椒加工业的快速发展，加之博湖县独特的光热、水土等优势资源，铸就了博湖县辣椒的优良品质，因此来疆的内地辣椒经销商较往年猛增，他们大都以自己满意的单价开市，之后在竞争中还有所上浮，把博斯腾湖的色素辣椒抢购一空，其中约百名商户将博湖县的两万吨干椒全部买走。最高兴的是才坎诺尔乡哈尔尼墩村村民李建，他种植辣椒8年，2010年，他在辣椒即将成熟时，与同村的农民经纪人协定，由经纪人自行负担采摘费用，以每亩4000元的地块成交价，将家里的11333平方米色素辣椒卖给了经纪人，可以说自己没有出什么力，"坐收其利"，挣了接近4万元。谈到色素辣椒的亩均效益，李建喜上眉梢地说："每种1亩色素辣椒，投入了肥料、地膜、滴灌毛管、购苗、移栽、采摘、分拣等各项费用1500—1700元，而干椒的亩产量有400—600公斤，按今年每公斤13元的最低价计算，每亩总收入至少5200元，

---

① 1亩约合666.67平方米。

高的接近8000元，亩均效益比其他作物高出了一两倍。"

如今，博湖县辣椒不仅远销陕西、山东、河北、四川等地，而且辣椒加工业也日趋规模化、标准化、产业化。万福辣椒、江皓工贸、宏傅食品和玉中玉食品公司等规模企业，开创了"博斯腾湖辣酱""江皓牛肉辣酱"等全疆知名品牌。

说起今后的发展，新疆江皓工贸有限公司总经理郭明建雄心勃勃：要让博斯腾湖辣椒制品、番茄制品走向更广阔的舞台。

博斯腾湖人在辣椒身上又书写了新篇章。

红红的胡萝卜

胡萝卜又名黄萝卜、红萝卜等，原产亚洲西部，栽培历史在2000年以上。10世纪从伊朗传入欧洲大陆，驯化发展成短圆锥橘黄色欧洲生态型。15世纪英国已有栽培，16世纪传入美国。中国于13世纪经伊朗传入，发展成中国长根形生态型。

胡萝卜不仅营养全面，也有很好的医疗作用。胡萝卜素有维护上皮细胞的正常功能、防治呼吸道感染、促进人体生长发育等重要功效。长期吸烟的人，每日如能饮半杯胡萝卜汁，对肺部也有很好的作用。美国芝加哥大学医学院理查德·赛克尔博士领导的科研小组，经过多年的研究证实，每天吃胡萝卜有利于防癌。

博湖县又在胡萝卜身上做起了文章。在做好加工番茄、辣椒两大红色产业的同时，博湖县还采用间作方法，发展起了麦地胡萝卜，为粮农新增了约800元的亩均纯收入；仅以2010年为例，就发展了5000亩大棚胡萝卜，亩效益普遍达到5000元以上。

2011年8月，又是一个收获的季节。在博湖县本布图镇富民合作社蔬菜收购点，每天前来拉运拱棚胡萝卜的大卡车排起了长队，种植胡萝卜的村民们脸上写满了笑意。

胡萝卜种植户张宝发给我算了一笔账："一个拱棚的胡萝卜亩投入在1000元左右，亩产值可达3500—4500元，这种生产模式十分有利于复种，一般拱棚7月底可收获完毕，有充足的时间进行复播，一般复播亩产值在1500元左右，全年拱棚蔬菜亩产值可达6000元以上，亩利润在5500元左右，是普通作物种植效益的3倍以上。"

富民合作社内的收购点每天能清洗胡萝卜100余吨，主要销往喀什、乌鲁木齐市、伊犁等地。外地的蔬菜老板排队收购贴有"本布图"牌的胡萝卜。据了解，全镇今年共种植小拱棚胡萝卜2.2平方公里，市场价在每公斤1.6—1.8元，较去年同期高出0.6—0.8元；胡萝卜平均每亩产量可达3.3吨左右，仅种植小拱棚胡萝卜一项，可实现增收2000余万元。今年的胡萝卜外形匀称，颜色鲜亮，还注册了"本布图"商标，质量有保障，胡萝卜市场销售情况相当看好。博斯腾湖人在胡萝卜身上又做出了新文章。

哦，红红的番茄，红红的辣椒，红红的胡萝卜。

哦，红红的产业，红红的事业，红红的生活。

红色尽染博斯腾湖。

和硕葡萄的浪漫

晶莹剔透的和硕葡萄来自哪里？

是来自蓝色的海上丝绸之路？还是黄色的陆地丝绸之路？是来自和硕特部落的东归之路？抑或是被一只放歌的小鸟无意中遗落的？

那由葡萄酿出的甘洌之物让蒙古族男儿传唱着怎样的浪漫长调？陶醉过多少蒙古族姑娘的心？

是当年铁木真挥舞上帝之鞭，率领数万铁骑雄风，横扫欧亚大陆。在漫漫征途中，他们的"囊"中之物莫非就是葡萄佳酿？

关于葡萄及葡萄酒，又演绎出怎样的浪漫故事？

曾经的浪漫

据考证，葡萄具有一万年的历史。

我国在汉代（公元前206年）就已种植葡萄并有葡萄酒的生产了。

司马迁所著《史记》中首次记载了葡萄酒。公元前138年，张骞奉汉武帝之命出使西域，看到"宛左右以蒲陶为酒，富人藏酒至万余石，久者数十岁不败。俗嗜酒，马嗜苜蓿。汉使取其实来，于是天子始种苜蓿，蒲陶肥饶地。及天马多，外国使来众，则离宫别馆旁尽种蒲陶……（《大宛列传》第六十三）"。这一史料充分说明我国在西汉时期，已从邻国学习并掌握了葡萄种植和葡萄酿酒技术。新疆自古以来一直是我国葡萄酒的主要产地。张骞出使西域，将那里的葡萄及酿造葡萄酒的技术引进到中原，促进了中原地区葡萄栽培和葡萄酒酿造技术的发展。葡萄酒成为当时皇亲国戚、达官贵人享用的珍品。陕西扶风一个姓孟名佗字伯良的富人，拿一斛葡萄酒贿赂宦官张让，当即被任命为凉州刺史。一斛葡萄酒换得凉州王，也够浪漫的吧！后来苏轼对这件事感慨赋诗："将军百战竟不侯，伯良一斛得凉州。"

唐朝是我国葡萄酒酿造史上很辉煌的时期，葡萄酒的酿造已经从宫廷走向民间，留下了关于葡萄和葡萄酒脍炙人口的著名诗句："葡萄美酒夜光杯，欲饮琵琶马上催"（王翰《凉州词》）。刘禹锡（772－842年）也曾作诗赞美葡萄酒："我本是晋人，种此如种玉，酿之成美酒，尽日饮不足。"

与和硕多少有点历史渊源的李白，当年风流倜傥、挥斥方遒，"斗酒诗百篇"，喝的当然是"葡萄酒"了。喝出了气势，让高力士脱靴研墨，"天子呼来不上船"；喝出了浪漫："五花马、千金裘，呼儿将出换美酒！""烹羊宰牛且为乐，会须一饮三百杯。与尔同销万古愁！"他没有想到皇帝老儿要是生气了，他的首级会搬家？他没有想到他的脑袋几两几斤？反正，他是着实浪漫了一把！

神奇葡萄酒

法国人和意大利人具有世界级的浪漫情调。法国人喜欢吃高糖、高脂肪食品，他们饮食中摄入的饱和脂肪酸几乎是美国人、英国人的4倍，但法国人的动脉硬化和心血管病患者的比例却是欧洲国家中最低的。英国政府医学研究委员会的研究发现，葡萄酒（干型）的消耗量与心脏病的死亡率之间有密切关系。喜爱喝葡萄酒的法国人和意大利人的心脏病死亡率最低，他们既浪漫又长寿。而喝烈性酒多的芬兰人、美国人，心脏病的死亡率就比较高。

　　葡萄的浪漫转嫁到了女性身上。葡萄因女人而备受关注，女人也因为葡萄妩媚无比。葡萄酿成的酒对女性皮肤护理也作出了不少贡献。由于紫外线的照射，女人的脸上容易产生黑斑、褐斑、色斑、出皱纹，会引起皮肤病。喝葡萄酒对皮肤有益的理由是：葡萄酒中的萃取物可控制皮肤的老化。在红葡萄渣中存在10种以上成分，特别是生成红色素的成分，对防止损坏活性氧功效非常显著。

　　我们喜欢把甘肃女人的红脸颊戏称为"红二团"，那是吃洋芋吃的。"洋芋素"在甘肃女人的脸上有了集中的"展示"。

　　被葡萄酒熏染的蒙古人，他们那酱紫色的脸庞本身就透着葡萄的本色吧！

　　葡萄酒浪漫的气味，也是得天独厚的。一是葡萄本身的果香，即不同葡萄品种的特征，以及产地土壤气候影响形成的香气；二是使用橡木桶带来的香气；三是装瓶后酒陈年时逐步产生的酒香，当然这种酒香是对可以陈年的葡萄酒来说的。仅仅是香气就已经这么多了，再加上品酒时的口感，千香百味，万种风格，不同产地不同品种酒表现出各自的特点，也是葡萄酒诱人的地方。比如白葡萄酒的柠檬、柑橘、苹果、梨、热带水果香，绿葡萄酒的青草、草药、树叶香，还有香草、榛子、杏仁香等。红葡萄酒则有黑色莓果、红色莓果、樱桃、李子香，土壤、蘑菇、松露香，香料、杉木、雪茄盒、烟草、烟熏、巧克力、咖啡、摩卡咖啡香等。

　　葡萄酒的神奇还在于每种酒的香气和口感不同，欣赏葡萄酒如同欣赏艺术一样，千变万化是最迷人的。认知香气有各种方法，最基本的是要闻别，然后记住。闻别这个词不像观察这个词这么普遍，因为人类习惯运用视觉去观察，而天天使用的嗅觉却有很大一部分未曾开发，所以即使闻到同样的气味，也需要一定的认知才能辨别。

　　欧美国家的社交场合，葡萄酒是必备的。一般餐前都有一段酒会招待，大家站着欣赏美酒，闻着酒香，老朋友之间相互问候，不相识的人之间相互结识。这种酒会社交的基本功能，就是提供一个场合让大家相互认识交流。中国过去没有这种酒会文化，参加聚会都是到一个地方坐下来吃饭，只与同桌的人谈话，所以在中国餐会交往有个特别有意思的词叫"饭局"。现在则不同了，社交酒会也开始在中国大城市流行，社交酒会是一种社会交往活动，认知葡萄酒香就能更好地欣赏葡萄酒。

葡萄酒的元素主要体现在它的浪漫情愫上：酒色、香味、酸度、甜度、单宁等，其中每一个元素都可以找到与之相配合的食物。颜色是最简单的一个搭配标准，只要遵循白酒配浅色菜肴、红酒配深色菜肴的原则，基本错不到哪里。如果有的菜肴介乎浅色与深色之间，那就选择一款桃红酒，也就配上了。一般来讲，浅色菜肴指海鲜、鸡肉、猪肉之类俗称"白肉"的肉类，而深色菜肴指野味、牛肉、羊肉等俗称"红肉"的肉类。什么颜色的酒配什么颜色的菜肴，是经过长期研究得出的结论。比方说味道很重的野味，如果用白酒来佐餐，那么酒的美味口感将完全被野味的浓郁味道掩盖，饮酒便如饮水，食不知味。搭配得好可以在第一时间吸引你对美酒佳肴的关注，从而增强你对两者的兴趣。比如吃蛋糕，要配上果香浓郁的甜酒；吃生蚝，就配上带有海潮味以及柠檬香的干白葡萄酒，这些都是葡萄酒配餐文化当中最为经典的搭配。

酸度是我们在品尝美食时常常遇到的一个元素，比如在吃沙律或一些用醋调配的菜肴时，似乎选配任何一款酒都会相形失色，难以达到酒食的平衡。这时一款桃红葡萄酒则堪称绝佳的选择，因为桃红葡萄酒的酸度足够，可以与食物达到基本的平衡。

单宁强烈的酒虽然有一种涩感，但却可以柔化肉类的纤维，使肉质更嫩滑。比如牛排就可以与单宁含量高的酒搭配。

甜度同样是美食的基本元素，尤其是西餐。可与附品相配的酒也很多，也是遵循甜食配甜酒的原则。比如贵腐甜酒配奶酪，便是绝佳的组合。

　　你仔细想想：这些由情愫交织在一起的元素，多么像我们人类所必备的爱情元素啊！

和硕的葡萄

　　浪漫的葡萄也给了南疆小城和硕人民遐想的空间！

　　对法国葡萄酒有一些认知的人都熟悉"Temojr"一词，中文翻译为"气候、石砾和土壤"，指的是土壤、气候、地理位置等综合的条件因素。法国人也总是骄傲地宣称：法国之所以盛产高品质的葡萄酒，秘密就在于拥有了最适合酿酒葡萄生长的"气候、石砾和土壤"条件。在北纬40°，这一纬度带成就了许多优质的酿酒葡萄种植区。像国酒茅台，出自贵州茅台镇，别的地方无法生产出茅台酒来。你就是把茅台镇的水运过来，也同样酿不出茅台酒来——因为茅台酒还要靠本地上空的大气离子的作用。这真是天赐茅台啊！

　　而和硕县，无疑是占据了最有利的土壤、光照、水分等因素，就是这样一块颇具潜力的酿酒葡萄优质种植区，这里的砾石土壤，这里充足的日照，都是培育优质葡萄不可或缺的自然条件。2008年9月、2009年8月，中国酿酒工业协会分别在和硕召开了葡萄酒产业发展论坛和中外专家酿酒葡萄产业发展研讨会，与会的专家高度评价和硕产的酿酒葡萄和葡萄酒：和硕必将成为国内优质葡萄酒特色产区。

　　和硕位于新疆中部天山南麓，焉耆盆地东北部。处在北纬41°、42°的地理位置，最接近北纬40°的酿酒葡萄种植带；三面群山环抱，西南是博斯腾湖，中间地带是山前洪积冲积平原，海拔高度1100米左右。冬季天山山脉为这里遮挡了来自北部的寒冷空气，为农作物生长提供了最适宜的温度，同时有效地抵御了风沙的侵蚀。另外，由于临近水源，土壤水分

含量充足，但是由于降雨量极少，天气干燥，几乎没有病虫害的发生。还有一点颇为重要：和硕的公路发达，起到连接交通枢纽的作用，是南疆、北疆、东疆的交汇点。这也为葡萄、葡萄酒的运输提供了便利。另外，和硕县耕地面积大，为葡萄基地的进一步开发提供了充足的土地。

和硕属于温带干旱大陆性气候，四季分明，热量适中，光照充足，平均日照时数3128.7，极端最低气温–27.9摄氏度，降水量97.7毫米，平均大风天数6天，沙尘暴3.2天，基本无干热风危害。和硕光照时间长，昼夜温差大，尤其是在葡萄成熟期内（8月、9月），适宜于葡萄果实生长时间长，有效积温高，而同期降雨少，干燥度大。足够的光照对葡萄成熟来讲，提供了极好的生态环境。与以阳光型著称的美国加州产区相比较，在葡萄成熟期的气温、降水等各项数值，和硕都可以与之媲美。这里的光照能满足所有晚熟葡萄品种对光照的需求，有利于获得成熟度较好的葡萄，色度好，香气物质积累丰富，有利于突出葡萄品种的风味、典型性、糖酸协调。

和硕具有沙砾结合型的土壤结构，不仅有利于葡萄根系生长发育，更是诱导葡萄果实多酚（葡萄酒的主要功能物质）代谢的逆境微环境。

和硕县地下水比较丰富，蕴藏量较大，水资源总量为2.1961亿立方米。地表水主要是北部山区冰雪融注的山溪汇入清水河、乌什塔拉河、曲惠沟三条河流，通过这三条水系调节着土壤养分。农业灌溉主要是滴灌式灌溉，这样保障了葡萄种植土壤能平均地吸取水分，湿度适中。

和硕人审时度势，充分利用自身资源，拉开了历史的新篇章。

当我叩开南疆的东大门 —— 和硕县，原来那遍野的白白的耀眼的棉花少了，首先映入眼帘的都是晶莹剔透的葡萄！2009年，和硕县紧紧围绕巴音郭楞蒙古自治州确定的"特色兴和硕"战略布局，"退白扩红"（退出棉花扩种林果），坚持走发展特色林果业的路子，通过不断调整和优化产业结构，加大林业科技力度，加快产业化、集约化经营进程，使林果产业得到迅猛发展。2009年，建立了19个四级林果示范园，其中：州级示范园1个、县级示范园2个、乡级示范园3个、村级示范园13个。仅仅新增葡萄种植面积就达5630亩，特色林果业面积达7.68万亩。位于历史沉淀悠久的和硕县曲惠乡的瑞峰葡萄酒庄是一家青岛来疆投资企业，瑞峰葡萄酒庄面对烟波浩渺的博斯腾湖，背倚连绵秀丽的天山，占地8000亩。酒庄引进法国的赤霞珠、梅鹿辄等名贵酿酒葡萄品种，严格控制产量不超过每亩①500公斤，控产时期与方法科学，确保了浆果的顶级品质。酒庄生产的葡萄酒，已通过IS09001国际质量管理体系认证。2008年又通过中国有机产品质检中心的"有机食品认证"，成为全国葡萄酒行业获得此证的两家企业之一。曲惠乡，葡萄的曲子酿出的美酒，定当惠及当地的民众！除瑞峰庄园外，冠龙果汁、芳香科技、裕格林葡萄酒加工企业年生产能力达到12000吨。冠龙果汁成为天津王朝葡萄酒的重要原料供应基地；裕格林公司将建成新疆酿酒葡萄科研中心。

现在的和硕，因为葡萄的浪漫情调，改变着这里的一切。在这里，姑娘找婆家，那要看男方家有没有几亩十几亩地的葡萄庄园；提亲、上门时候的见面礼，那是要拎上一件葡萄酒的！

蒙古族人爱说：把酒喝透！和硕的酒厂全部都是冒烟的。不像现今流行的那些所谓的名酒，全是勾兑的，喝下肚去立马变成了"头疼大曲"！喝了和硕的葡萄酒，保准教你：叫了就来，来了就喝，喝了不醉，醉了不走，走了还想喝，又回来！

我们听说过给乳牛、鸡鸭放音乐以利生长和产乳、产蛋，而在和硕的葡萄架下放柴可夫斯基的音乐，有助于葡萄的生长，这就是和硕人的创意了。我想，具有创新意识的和硕人，面对那一串串小小的精灵，一定还会演绎出万千的浪漫故事！

---

① 1亩约合666.67平方米。

谁能掀开新塔热遗址的神秘面纱?

　　博斯腾湖北岸,和硕县苏哈特乡肖若恩托勒盖村有一鲜为人知的幽静之处。村人的院落在这幽静之处的西南侧远远地止步,似乎有意不再拓展。是什么原因让村民们这么害怕?难道这里有什么秘密?我们到肖若恩托勒盖村中寻访时,村民们只是远远看着 —— 30多年前这里发生的一切似乎还让他们心有余悸。

　　这儿就是新塔热遗址。《和硕县志》记载,新塔热遗址位于县城东南8公里,苏哈特乡肖若恩托勒盖村,东西长400米,南北宽300米,面积为12万平方米。文化堆积层12米,出土过石器和褐色彩陶。1981年,经新疆文物考察队考证为新石器时代遗址,因位于新塔热附近而得名。遗址出土的彩陶与新疆东部几处新石器时代遗址相近,但其乳白的色质和构图的风格,都有着明显的地域特色。20世纪70年代,在遗址中找到碳化标本,文化和旅游部文物局测定,遗址为原始村落遗址,年代为先秦。

　　这儿曾是村民取土肥地挖出金子的地方,也曾是村民取土肥地挖出人骨头的地方。

　　挖出金子的地方肯定是让人趋之若鹜,挖出人骨头的地方肯定让人怯而止步。

　　它让人挖出了惊喜,也挖出了惊愕!

　　让时光回溯到20世纪70年代。当时村里有个叫哈力克的人首次在新塔热遗址上取土肥地,结果他家当年的苞谷长得非常好,这事儿一传十十传百，正好又赶上全国人民学大寨，大家一窝蜂地去新塔热取土肥地，后来演变为公社出面的积肥运动，那儿的土质确实不错，上到地里，第二年村民们的收成均不错。于是，新一波的取土肥地浪潮汹涌，据说连附近的和静县、焉耆县的人也参与了进来。和硕县新塔热乡的张孝武说，他从小就在新塔热遗址旁的包尔图农场长大，在他的记忆里，20世纪70年代，大家都在遗址上取土肥地。除此之外，他已记不起太多的事情。

之后，我们又拜访了和硕县新塔热乡83岁的侯素兰。据说她已过世的丈夫张维平是在新塔热遗址上发现金子的第一个人。

有不少见证者都证明在新塔热遗址上发现金子的第一个人是张维平。65岁的郑庆良就是其中之一。

郑庆良回忆说，20世纪70年代，哈力克首次在新塔热遗址上取土，结果他家当年的苞谷长得非常好。那时候能多打粮食是天大的事情，因此得到这个消息后，当地的人都一拥而上抢着到新塔热遗址去取土。郑庆良说，侯素兰老人说的工地，其实就是20世纪70年代他同张维平一起取土的新塔热遗址。到了20世纪70年代末，人们从遗址上挖出了上百个陶罐，多数陶罐都被拉土的车给轧碎了。郑庆良回忆到在和张维平一起取土的那天，张维平无意间从遗址的土堆里挖出个陶罐，发现里面有金耳环和珠子。后来，大家挖到陶罐，就打碎看里面有没有财宝。郑庆良也曾随手拿了两个陶罐回家给孩子玩，结果结局同张维平一样，让上边的人知道后收走了，还对他进行了批评教育。后来大家继续取土肥地，有一次，他们取土的时候，在一个老墙角下挖出了一个埋人的坑，里面全是人的尸骨，把取土的人们吓坏了。因此，大家都不去新塔热取土了。也因此，村落和小家都远远地回避着新塔热遗址。试想想：谁愿意把房子盖得离埋死人的地方近近的？

珠宝、金耳环、尸骨，这里发生过怎样的故事？

新塔热挖出陶罐、金子和尸骨的事情惊动了有关部门。

　　1979年，新疆文物考古研究所对新塔热遗址进行了发掘，从此，在遗址上取土的事儿被明令禁止。1988年5月的《考古》杂志上，发表了新疆文物考古研究所对新塔热遗址进行发掘后的"发掘报告"，报告称：1979年4月，解放军驻天山南某部的严文安送交新疆文物考古研究所一件他们在挖土时发现的玉石斧，玉石斧出土地是一个文化很深厚的古遗址，他们随即对其进行了调查清理。

　　发掘报告中还写到新塔热遗址是一个椭圆形台地，长径230米、短径160米左右，略高出周围1—3米。台地外围南侧可见一处残墙，由土坯构筑。土坯曾经被火烧过。台地的东北两侧有土阜遗存，大者长5米、宽3米、高1.5米左右，均为红烧土，中间夹有芦苇的痕迹。土阜连接成弧形，半包围于遗址之东北。遗址南侧不远处有一条宽百余米、东西走向的低洼地，似为古河道遗迹。

　　新疆文物考古研究所当年在新塔热采集了一批陶、石、铜器标本，并在新塔热遗址开了四条探沟，发现了灶坑、火炕。发掘报告认为：新塔热遗址出土的黑褐色陶器与罗布淖尔、阿拉沟、鱼儿沟、查布河沟的文物均不相同，就是彩陶与其他周边区域的也有明显的不同。

　　站在和硕县新塔热遗址的废墟上，我们久久搜索着，想努力拂去历史的迷雾，掀开她神秘的面纱！

一针一线总关情

金花和朗彩是一对蒙古族母女。母女俩的针线活在和硕县乌什塔拉乡硝井子村坐第一第二把交椅，母女俩手巧在整个和硕县都是很出名的。至今，朗彩还保留着一个珍贵的针线包。

在20世纪60年代，如果家里没有一个会缝缝补补的女人，那日子绝对过得不体面；你不能让丈夫穿着开缝的裤子去朋友家串门吧？那要是传出去，这家的人在村子里就会抬不起头；你不能让孩子的裤子一边露着半拉屁股去学校吧？那样有多少同学笑话啊，以后怎样抬起头？那时候的布都是土布，不结实——即使买布还要凭票呢！家家户户的孩子、特别是男孩子的裤子两个屁股蛋子处都补有两个圆圆的大补丁，裤腿前面都补有方方正正两个大补丁。如果补得对称，细密，还是很好看的。20世纪80年代中期流行过一阵子"丐帮装"，估计就是受了当时的影响。

金花的手巧，把家里的人都拾掇得利利索索，在外面风风光光。人们一提起她家，都夸她那双灵巧的手。别人家的男人骂自己家的女人：你看看人家金花的手，你看看你的手——羊蹄子嘛！

靠着自己一双灵巧的手，金花家活出了体面。

金花还把女儿朗彩教得很出众。朗彩的手指纤细、柔软，小巧玲珑，正是适合拿针头线脑的手。她的手配得上针头线脑，针头线脑在她的手上可谓天马行空，游刃有余。

那时候村里的姑娘媳妇互相之间串门，手里都攥着一个针线包。无论

坐在谁家的毡炕上，就拉着话匣子，纳着鞋底子，"吱啦"开了。幼小的朗彩就是听着这"吱啦"声入眠的。这声音真好听，那手势，开合有度，好像是在表演沙乌尔登（蒙古舞，多用手来表达各种动作）。朗彩耳濡目染，深得其中要义，一学就会。她偷偷打开额吉（母亲）的针线包，看看里面装的都是什么宝贝：有棉线（除了常用的黑线白线，就是与当年服装流行色相匹配的灰、绿、蓝三色线，后来随着生活水平的提高，衣服的颜色也逐渐多起来，线的颜色也多了起来），有缝衣针（大小型号不等，绗被褥的长针必不可少），此外还有顶针以及形形色色的纽扣等。

当时的国际形势严峻，国内又遭遇了三年困难时期。但尽管苦，全国人民苦中作乐，精神百倍，信心十足地进行社会主义革命和建设，处于西北边陲的和硕县各族人民也不例外。

那时全国上下学雷锋，崇尚"工作上向高标准看齐，生活上向低标准看齐"，穿衣服要"新三年，旧三年，缝缝补补又三年"。下至普通老百姓，上至国家领导人，日常穿着带补丁的衣服蔚然成风，不仅没人笑话，反而被视为学雷锋、见行动、继承发扬艰苦朴素好作风的表现，倍受世人尊敬。穿有补丁的衣服是一种时尚，如果谁有新衣服，都不敢穿出来，否则要受到别人的嘲笑。那个时候，衣服颜色十分单调，只有黄、绿的颜色，如果穿得鲜艳一点，也可能要受到嘲笑，更有甚者，可能会受到批判，说是小资产阶级情调。也只有在过年过节的时候，才给孩子们扯上一身新衣服。

节俭是中华民族的美德，但在那个年代，节俭也是一种无奈的选择。在和硕县，许多老百姓家都有个盛针头线脑的针线笸箩，以满足缝补衣服之需。据说这个传统是从红军年代传过来的，在这里屯垦戍边的生产建设兵团的一部分团场，当地的居民也是看了电影《豹子湾的战斗》，听了《南泥湾》的歌曲，才知道他们就是当年王震三五九旅的官兵：拿着针线包，缝缝补补，极度的革命乐观主义精神蔚然成风。就是受到这种感染，和硕县乌什塔拉乡的群众也拿起了针线包。虽然针线包里的东西并不丰富，但这也是那个时代"节约闹革命"的一个标志。有了就会感到满足和骄傲，没有的话就会觉得比别人少了一些革命精神或者说是少了一些光荣和自豪感。

朗彩那时已是一名年轻姑娘了，爱美之心人皆有之，但她从来不敢把喜欢五颜六色或者穿一些新衣服作为自己的追求，更不敢透露她爱美的心声。但她有了自己的针线包。

当年一位在包尔图牧场的知青就编了这样一首诗："小小针线包，革命真需要。破衣裳，亲手缝，烂裤子，自己补，用了针线传家宝，有了补丁也自豪。"虽然这个白话诗显得幼稚、简单，这也真实地反映了当时生活在和硕地区的人们对于针线包的思想感情，带有鲜明的时代烙印，是生活的真实一面。

当年有一支特殊的部队 —— 马兰部队技术团就在距硝井子村不到3公里的地方。当时，马兰部队在轰轰烈烈地开展"民拥军，军爱民"的传统教育。马兰部队技术团对"双拥共建"活动更是十分热心。部队领导经常深入牧民家里问寒问暖，送戏下乡，让牧民感到十分亲切。见到部队官兵就像见到了自家的亲人一样，关系十分融洽和谐。

那个时期马兰部队在村里搭建的简易舞台上先后上演了两出很有知名度的话剧，一个是《千万不要忘记》，另一个是《霓虹灯下的哨兵》。《千万不要忘记》批判一位青工贪图舒适享乐，指责他业余打野鸭子"挣外快"，花148元买一条毛料裤子穿，是走向"和平演变"的危险歧途（现在的年轻人一定难以理解这样的"危言耸听"）;《霓虹灯下的哨兵》歌颂"南京路上好八连精神"，讲述了进驻上海滩十里洋场的解放军指战员保持艰苦奋斗的优良传统，"香风臭气熏不倒""糖衣炮弹"打不倒的感人故事。这出话剧演出中使用了一件小小的道具，就是革命军人随身携带的针线包。朗彩特别喜欢看演出、看电影。记得第一次看电影由部队战士开着车，把她们拉到离村15公里以外的五四六医院，看过好几场电影。当时牧民文化生活极度贫乏，能看上一场电影简直是一种奢侈。她清楚地记着这些电影的名字，比如《红色娘子军》《小兵张嘎》《英雄儿女》等，谁是主角，谁演的，她至今记得。

部队把军民共建搞得红红火火，村里人也不能落后吧。当时村里的支书马宝德看在眼里，急在心里。他急的是他们村当时刚从山里搬下来，落脚的地方还没有准头，更别说与部队建立共建关系了。再说回来，也没有什么东西可以表达他们的感情。于是，他们就照着从电影里学到的东西，不仅给部队送鸡蛋，送茶水，还组织了一批村里的女社员去到部队里为战士们缝缝补补。

部队的服装在很长一段时间成为当地牧民的服装秀。这儿当时有一句谚语："俏不俏，马兰捎。好不好，部队闹。"部队一旦发什么衣物，别的地方没有，但一定会送为他们缝缝补补的妇女一些，部队对她们来说具有巨大的诱惑力和神秘感。戴军帽，穿军（便）服，背军（用）挎（包）、背水壶，打背包、绑腿，一度成为牧民生活的流行色。模仿解放军，"针线包随身带"这一条也不例外。特别是像朗彩这样的只有20岁的青年姑娘，就更有诱惑力了。

其实部队官兵也很苦，也很难。这让硝井子村的牧民感同身受。部队的建设很多，有很多活很费鞋。他们的鞋子、袜子、被子、裤子、衣服、帽子经常被磨得有许多窟窿。一双崭新的布底鞋，穿不多久，脚趾头就会从鞋尖钻出来——像叫花子的嘴巴。部队的官兵都很朴素和简朴，吃的、穿的、用的与当时的村民没有多大的差别。鞋子、衣裤破了都需要缝补，但许多战士都是新兵，有很多是刚刚告别城市告别父母走出校门响应党的号召远赴边疆的学生，在家大多数是饭来张口，衣来伸手，哪干过浆洗缝补之类的活？那个时候物资极度贫乏和稀缺，部队也是白手起家，缝纫机很少，牧民家里更是家徒四壁。入伍以后，以往从不在意的生活琐事不容回避地摆在面前，无人包办代替，小伙子们只有自己动手学着缝补。那可真是张飞拿绣花针——有劲使不上啊，为此还闹过很多笑话：衣服破了，扣子掉了，懒得脱下来，就在身上"做手术"缝补丁，不管什么"身上连，万人嫌"的说法（大概是忌讳"身受牵连"）；被褥拆洗后，调皮地模仿老大娘，用针尖在头发上蹭一蹭，粗针大线胡乱纫缝。再看纫出的线，歪歪扭扭，针脚稀密不匀，"揪成一个蛋"。有的结打不好，盖不了几天，就会脱线，里面的网套就要露出来，没法盖。战士们初学针线活，出尽洋相。有的人"鸭爪不分溜"，笨手笨脚捏不住细小的缝衣针；有的人纫一根线几尺长，被农妇们取笑为"拙老婆纫长线"；有的人铺在炕单子上纫被褥，好不容易"瞎撮鼓"完活，收摊一提溜现了丑，被褥与炕单子"零距离接触"连在一起，"亲密无间"打成了一片；有的人缝补裤褂，针线穿透了上下两层布料，袖筒裤管打上"隔扇"，伸不进胳膊蹬不进腿。为了防止犯同样的错误，笨人自有笨法：缝纫之前，先在被褥下面、袖筒裤管里边垫一层木板硬纸夹子隔离"防穿帮"，起到了预期的效果。有的时候他们就用领袖语录自励，"时代不同了，男女都一样"，"我们的同志在困难的时候要看到光明——"云云。

　　一次，马宝德到部队回访，发现了这一奇特景观。他心生一计，就组织了几个针线活做得好的妇女去部队，凭着灵巧的双手为战士们缝缝补补，没想到，受到了战士们的热烈欢迎。朗彩的母亲金花也是其中的一员。这时朗彩也长成了20岁的大姑娘，处在一个爱美的年龄。一来二去，为部队官兵缝缝补补就成了一项不成文的规定。硝井子村的针线队伍也越来越大，每星期为官兵缝补两次衣服，成了这些牧民妇女生活中的一部分。她们一到部队，就像到了家里一样，洗衣做饭，洒扫缝补，样样活都抢着干，她们一个扣子一个扣子为官兵缝补衣物，一个窟窿一个窟窿地为官兵打着补丁。干什么活儿都得有专用工具。后来针线包里又多了几样家什：针尖较粗、针鼻较大的缝鞋针，有槽或带钩的异型锥子，还有含蜡质的磅线，那是补鞋必不可少的工具和耗材。使用槽锥子和带拐弯的钩锥子补鞋，穿针引线得心应手，工效明显提高，既省力又省事。这样，她们就要自制各种各样的缝织工具，或者让人从一些厂子购买一些工具来使用。补鞋类似补自行车胎，是一样细活儿。如果你补的鞋补丁碎皮选配得当，补丁边缘修剪得圆滑美观，针脚匀称整齐划一，会让人感觉到这活儿地道，看上去舒服爽眼。同时，她们还手把手教战士缝补技术。几年后，战士们或多或少都学会了做针线活。有的居然"须眉不让巾帼"，缝、挑、绗、包，样样在行，针脚细密；熟能生巧，甚至会飞针走线钩织毛衣，让女同胞刮目相看。

　　年轻的朗彩巧手俏模样，战士们也喜欢让她来缝补衣服，她以此为骄傲。有一次，她利用农闲到部队为战士们缝补衣服。由于她跟自己的母亲学会了不少蒙古民族的织补手法，偷偷地从母亲那儿拿了一些五颜六色的线，当时就异想天开地在一位叫王军的战士的衣服上，把磨烂的两处后背缝补起来，并在中间绣了一朵鲜艳吉祥的花朵。她是出于什么目的？为什么这样做？她以为这样一定会得到同伴们的羡慕、得到部队领导的夸奖、得到村干部的表扬、特别是得到王军的欢心吗？没想到，她等了半天，却得了村干部的批评。为什么？原来，部队纪律严明，战士的衣服上不能有其他的装饰，更不能有五颜六色的花朵。还批评她给战士缝的衣服根本穿不成，由于她的过失，王军还挨了处分！同时，村干部也当即向她讲明了部队对她的深情厚谊十分感谢，但她的表达方式不正确。对她的好心换来了批评，她心服口服。但是她的心里还是有点不舒服的地方——王军为此背上的处分。于是，她连夜找到了部队领导，执意向部队领导说明自己缝补的用意，她绣花是为了使衣服更加漂亮，没有其他意思，是一种朴素的民族感情，至于给王军缝补带花饰的衣服是她自己做出的决定，要批评，应该批评她朗彩，和王军无关，不应该批评王军。部队领导听了她的解释以后，认为她的话有道理，当时就把王军叫来，向王军作了自我批评，并当即取消了处分决定。为了感谢她，王军专门给她买了一个针线包，留作纪念。这个单调的针线包不仅没有让朗彩感到失望，反而让她感到了快乐。如此的一个时尚"礼包"，让当时的姐妹们十分羡慕。

就这样，硝井子村与技术团官兵结下了深厚的友情。这个传统一直延续了40年，直到生活条件好了以后的20世纪90年代。朗彩说，现在生活条件好了，部队也不需要缝缝补补了。说话间，语气中透着一种惆怅和失落。

我突发奇想：是不是那个当兵的小伙子很漂亮？她刻意给他缝补的漂亮花朵，是否表达了情窦初开的她对这个当兵的小伙子有了爱慕之心？

当我把这个问题向她提出时，已经60多岁的朗彩露出了不易察觉的笑容 —— 是20岁时作为姑娘的羞涩笑靥。

她仅仅是笑了一下，而没有回答！那笑里，藏着多少秘密和美丽的情思啊！我看到那个针线包被她攥得更紧了。

天上人间和硕夜

在南疆的东大门和硕县，由于经历了几天的颠簸劳顿，加之白天的风尘和始终呈灰黄色的天空，我的心情始终是无法开朗的。

2010年4月17日晚，当我和江南饭后漫步和硕街头的时候，突然发现和硕的夜色竟然会如此澄明，这样的夜晚并不多。我和江南欣赏着天空中的美景，突然发现和硕的夜色也是如此辉煌灿烂。

那大路上空悬挂着的彩虹灯，每隔一段不是中国结和船儿造型的，就是"福"字和船儿造型的，闪闪烁烁，我们还以为是天上的星星呢。路两边的矮树上也缀满了彩虹灯。彩虹灯根据不同的树型，编织成不同的灯型图案。有的彩虹灯上有各种水果：草莓、苹果、葡萄等图案。彩虹灯光时而如火箭飞跃，时而如瀑布飞流，树上灯光荡漾，再现了郭沫若笔下《天上的街市》般的美景："远远的街灯明了，好像闪烁无数的明星；天上的明星现了，好像点着无数的街灯——"

一种色彩就是一份期待，一重光焰就是一份祝愿。路上的街灯高挂，跃入苍穹，连接天圆和地方，贯通天上与人间。五彩绽放的夜灯，展现了和硕的魅力，辉映出和谐的和硕，照亮了缤纷的和硕。火树银花的夜晚啊——我想：这是和硕的热情在燃烧。

我仰望星空，俯瞰人间灯火。和硕的灯光在星夜的烘托下，光、色、影的组合幻变，我好似置身于蓬莱仙境。

在这样的夜晚，天上人间和硕夜，实在是可入画、入诗、入词的唯美一景，有着独特的美感。和硕的夜景，塑造出了小城的个性，把和硕城映照得脱俗、大气，让我真切地看到了一座城市文化与生活的缩影。

没有风，没有云，天空清澈如洗，那种深幽的蓝，恰似一汪泉水。西部上空那一弯上弦月格外明亮，像一叶扁舟，在这汪湖水里徜徉。她的南边一颗金色的星星始终不即不离地跟着她。

我们不知道，天上发生了一件对我们人间来说的大事：夜幕降临后，蛾眉月来到了金星的身旁，两者相距很近，金星在月亮的南面。金星来与月亮会合，像一对久别重逢的姐妹。

金星是距离地球最近的内行星，当她升起在黎明前的东方，中国古代的人们称她为启明星；当她出现在日落后的西方，中国古代的人们又称她为长庚星。在中国，弯月代表婵娟，西方则称金星为维纳斯女神，她俩可算是东、西方美人的象征吧！

值得庆幸的是，我和江南在和硕的夜空无意中看到了金星与皎洁的月亮在苍穹"深情相望"，为春日的和硕夜晚增添了无穷情趣。

想想自己小时候真是傻到家了，竟然不知道我们所居住的地球也是悬浮在空中的。看着太阳落山，真是如歌里所唱：没有人能够告诉我，山里面有没有住着神仙？后来上小学了，爸爸给我买了本《十万个为什么》，那一本全是关于天文知识的。我由此得以学到一些天文知识，特别喜欢仰望星空。我知道猎户星座就在北极七星下 —— 它犹如猎人拉开的一张弓。我还可以指认狮子、大熊星座等多种星座的位置。在小时候学校组织的一次拾棉花劳动中，我给同学们讲宇宙飞船是怎样上天和落地的，同学们听得都直起了腰，而忘了弯下腰去拾棉花，还招致了老师将下一颗青青的棉桃向我飞去：你小子学习那么差，不好好拾棉花，还想上天咧！

虽然我没有能够上天，但我从此以后还是喜欢仰望星空！

这时候，更为绝妙的事情发生了：江南的手机有了信息提示。江南一看，高兴极了。

我说：收到什么好段子啦！

她激动地说，她的巴图·巴雅尔给她来信息了。巴图说他也看到了空中的月亮和那颗星星。她把手机举到我眼前，让我分享巴图给她的信息：你是那弯月亮，我就是你旁边的那颗星星。我愿意始终跟随着你！

我只见过巴图一面，高大、魁梧，不善言辞。现在在和硕县一处看守所当干警。

我想，巴图要感谢这美丽的星空赐予他的灵感。

江南是个清静如水的女子，也是一个才华出众的作家。近年来，她辞去了一家报社首席记者的工作，脱离了那弥漫着浮躁之气、铜臭之气、尔虞我诈的地方，净身投入大自然，主编和写出了十余部文化书籍和关于大自然的作品。

她庆幸她跳出了那种世俗的地方，回归大自然使她找到了自我。

很多老一辈的作家和她同龄的作家都这样评价她：江南是一个没有被污染的作家。

江南的心态好像始终停留在孩童时期，眼睛里始终闪耀着婴孩般的纯真。世界在她眼里就如这和硕美丽的星空。

我或多或少地听江南讲过自己的经历：她很小的时候，爸爸就离开了妈妈。去年，她的家庭也遭遇波澜。对她来说，这些都算不了什么！勇敢面对就是了！要是沉湎在痛苦之中，那么生活就只剩下痛苦了！后来那个"他"又想回来，江南没有答应。其他理由不说了，最主要的是：她又遇到了她爱的人和爱她的人。

所以，江南心中只有爱、唯有爱，始终快乐地活着。一棵不知名的小草、一只小羊羔都可以让她心中荡起涟漪，充满柔情，快乐地跳起来。

我想江南肯定读过诺贝尔和平奖得主、修女德兰的诗篇：当你心爱的人背叛了你：没关系，爱他！当你的好朋友伤害了你：没关系，爱他！当你的生活中遇到的都是小人：没关系，爱他！

我明白了：德兰有天空一样的胸怀！她胸怀宇宙！江南是大爱无疆。

有普希金的诗句在耳边萦绕：假如生活欺骗了你，不要悲伤，不要心急。忧郁的日子需要镇静。相信吧，那愉快的日子即将来临。心永远憧憬着未来，尽管你现在常常是阴沉的。一切都是瞬息，一切都会过去，而过去了的，将会变成亲切的怀念。

我的心中像天空一样开阔起来！

相信生活，相信自己、相信美、相信爱，这种简单而坚强的信念让我立足于浊世，能够始终让我不堕青云之志。仰望星空，我总可以找到属于自己的那盏灯，我也愿意为他人点亮一盏灯！

仰望星空，才知道宇宙有多大，才知道人类多渺小。有了敬畏大自然的心，才有了豁达的心境。

今晚的和硕之夜，由于月亮和金星的光芒，缀满繁星的银河若隐若现，虽然暗淡，但依然在闪烁；它们有序地在自己的位置上，旋转、发光，群星共舞。

夜深了，我们要回去了！我和江南仰望星空，看着街市上的灯光，心中无限眷恋！望着江南远去的背影，辛弃疾的诗句突然跃入脑际：蓦然回首，那人却在，灯火阑珊处……

献给江南的《燕子》歌

江南像只燕子，已经飞走十几天了。

我亲自参加了她的告别仪式，我看到了身穿蒙古服饰、躺在棺木中的江南。

但是我就是觉得江南还没有走！我在新疆辽阔的大地上、荒野中、草原上，仿佛看到了江南像燕子一样，轻捷、愉悦地飞翔！

这么好的一个人儿，她怎么会走呢?!

棺木中的江南眼睛是微睁的，依然是亮晶晶地闪着柔和的光。我仿佛听到江南笑盈盈地对我说："二小，你来了！"

我的脑际始终回旋着那首哈萨克族民歌《燕子》的旋律。这首歌，由江南创建的新疆野马风流文化采风团的成员都爱唱。有一次，江南突发奇想：把这首《燕子》作为采风团的团歌吧！

于是，无论我们是去阿勒泰地区的吉木乃、富蕴、青河、布尔津、北屯，还是去东疆的哈密、伊吾、巴里坤，还是去博尔塔拉的温泉、精河、博乐，《燕子》这首歌伴随我们飞跃了天山南北，飞跃了整个新疆。

燕子啊，听我唱个我心爱的燕子歌，亲爱的听我对你说一说 —— 燕子啊！

燕子啊，你的性情愉快亲切又活泼，你的微笑好像星星在闪烁。

是啊，这不就是唱的江南吗？

江南对任何人都是真诚的，她的笑靥始终在脸上闪烁！面对这么真诚的笑脸，江南也得到了很多美好的回报：近十年来，她在新疆经济报系工作了多年。其间，创办并主持《都市消费晨报》人文地理栏目7年，成为新疆人文地理写作的创始人。她比较自由地、深度地游遍了新疆，乃至中亚一些地方，重走了土尔扈特部落的东归之路，为她今后的成长奠定了坚实的基础。她创作出版了《野马的低语》《荒野笔记》《阿勒泰笔记》等个人文集，主编出版了《江格尔故乡》《童话布尔津》《蓝色福海》《胜景吉木乃》《青青和硕》《十三种毛色骏马》《胡杨王》等20余本著作，为传播民族地域文化做出了巨大贡献。面对这些散发着油墨气息的书籍，她的心情是愉悦的！可喜的是，今年她的《动物亲朋》等3本书即将出版。在野马风流采风团这个群体中，不论老幼，全部都是以兄弟姐妹相称。由于有了侠骨柔肠般的江南，欢笑声自然是不断的。记得在阿勒泰，美女作家小七为我们接风，大家喝酒唱歌跳舞，别提多高兴了。由于上火，程万里老师的上嘴唇裂了一条小口，刚刚愈合，结果由于高兴，把上嘴唇刚刚愈合的伤口又给笑裂了；记得在巴里坤，与本地的文人相聚，又是程万里老师，笑落了两颗假门牙。现在我的眼前依然闪现着江南唱《燕子》歌的情景：

啊，眉毛弯弯眼睛亮，脖子匀匀头发长，是我的姑娘燕子啊！

这时候的江南就像一位哈萨克族姑娘，晃动着脖子，表演得出神入化！

在她的带动下，大家就一起晃动着脖子，齐唱：

脖子匀匀头发长，是我的姑娘燕子啊！

　　江南齐耳短发，圆圆的脸上一对大眼炯炯有神，她会不时露出孩子般的微笑，像婴儿般圣洁；她对人非常敬重，老的、少的，她都会露出灿烂的笑容；不管是认识的，不认识的，由于她的笑，她会很快地被人接受！她喜欢拥抱，这成为她对人爱戴的一种固定的表达方式。可惜我不善于"拥抱"，总是矜持地远离，因此就没有享受到这份殊荣；她是多么的坦荡、敞亮、磊落！她保有一颗善良的心，对人如此，对动物亦然。她写过鸟，可以说出新疆上百种鸟的名字，有些鸟是怎样飞翔的，她都可以学得惟妙惟肖！今年8月在富蕴采风的时候，我们被可可托海美丽的景色所迷醉，她却在林中跟着一只小鸟，边观察，边记录，还扬手与小鸟对话。那小鸟好像与她是老朋友了，引着她往前走。小鸟驻足在枝头，她就坐在路边的石凳上，仔细记录；她爱马，曾经跟踪普氏野马3年，写出《野马的低语》，成为她的成名作而获得"地球奖"；她爱所有的动物，笔下写过羊、蚂蚁、棕熊、牧羊犬，还有新疆北鲵，江南热爱大自然，山川、河流、荒野、草原都是她心向往之的地方。9月2日，我们采风团成员相聚乌鲁木齐巴州大酒店，畅谈公司发展前景，江南信誓旦旦表示，要把我们的文化团队打造成西北地区乃至全国的一流文化团队！

　　江南啊，你就这样走了吗？这个世界上还有那么多的恶人、衣冠禽兽，信口雌黄，当面是人，背后是鬼的家伙，这些人为什么还在这个世界招摇?! 难道他们活着就是为了展示他们拙劣的表演和卑污的灵魂吗？

　　江南啊，你飞走得早了点吧？急了点吧？

　　燕子啊，不要忘了你的诺言变了心，我是你的，你是我的 —— 燕子啊！

　　江南走的半个月前的9月13日，她的丈夫巴图·巴雅尔开车，拉着她及程万里老师、张淑萍老师、陈霞老师专程到一二八团来看我。我和我的小狗米奇热情地迎接着他们的到来。米奇那时候正处在忧郁期，那天却格外地高兴，开心！好像知道远方来了贵客，走起路来也是迈着轻盈的步子，尾巴摇着，一会儿跑到前面带路，一会儿又闪回来，扑江南的裤脚。江南这个大自然的孩子、环保主义者、动物保护者，更是对米奇喜欢得不行！我就介绍了米奇的一些举动：见到衣冠不整的人就会狂叫不止，好像说：汪汪，坏人，坏人；见到在草坪薅草的人，就两只前爪着地，耳朵直竖，尾巴翘着，好像大声责问：汪汪，好好的绿草，你薅掉干什么？江南听了大感兴趣，说一定要为米奇写篇文章。江南还非要去我妻子的连队看看她，这时候我的妻子正在参加连队的三秋工作，她负责场院工作，脱不开身。妻子得到我的电话后，专门骑摩托车回来，与江南见了一面。江南给她送了一条丝巾作为礼物。当江南从一二八团离开，临别前她拥抱了我。我当时手足无措、诚惶诚恐。江南就埋怨我：笨啊，连拥抱都不会！要好好练习，以后看看有没有进步！

　　江南离开一二八团后，就到了南疆的塔什库尔干，并且一下子爱上了那里。她只身前往一个古老的村庄，认了一个塔吉克族老妈妈作自己的母亲，她在母亲家里住下，开始进行采访写作，并决定在那里陪着母亲过完两节。她在给陈霞的信息中说："塔什库尔干太美了，我打前站，联系好了我们一块儿去。"

　　这是江南留给陈霞的最后一句话，竟成了永诀。

　　9月28日20时40分，在从喀什通往塔什库尔干塔吉克自治县城不到20公里的公路上，因为车祸，她的生命止于40岁。江南出事的地点，是在海拔7546米的慕士塔格峰下，那是帕米尔高原的标志和代表，是山峰最迷人的景观。

　　江南啊，你怎么说话不算话啊！

　　我接到程万里老师的电话，得知江南罹难的消息，是9月30日。这一天是中秋节。我如雷击顶，浑身战栗！江南啊，竟然没有看到像她脸一样圆的月亮啊！我急忙回家，准备赶往乌鲁木齐与野马风流采风团的成员汇合。在回家的路上，我看到路边白蜡木的金色叶子在秋意中哆嗦着，洒下一地金黄；有蜻蜓艰难飞翔，挣扎着抖动着翅膀；有一只金黄的蜜蜂飞着飞着就掉落地下，翻着滚，再也没有起来。啊，这就是肃杀的秋景啊！

10月1日是国庆节，也是我的生日。这一天的早晨下着冷冷的急雨，我们采风团一行乘坐大巴赶赴和硕县，为江南送行；江南的"鲁迅文学院十四届高研班"的宁夏文友阿舍知道她不幸离去的消息，也赶到了和硕，与江南告别；小七从布尔津乘车到阿勒泰飞往库尔勒，又乘车赴和硕，与江南告别！10月2日上午，是江南的告别仪式，当自治区作家协会原常务副主席赵光鸣老师致悼词时，他那饱蘸悲情的倾诉，让我们涕泪横飞！我是从来不流泪的，从小就认为流泪是懦弱的、耻辱的表现，在人生的路途中，时常遇到打击、委屈甚至屈辱，我都没有流过泪，而是斗志弥坚地坚持下来，让自己变得更加坚强。但是面对江南，我的眼泪止不住地流淌。

江南被安葬在和硕县的一片荒野里，那里背靠天山，前方是博斯腾湖。

这个大自然的孩子，毕竟回归自然了。

诺亚堡上空飘扬五星红旗

20世纪60年代初在山东菏泽当公安兵的付学言，接受了支边的任务，带着刚刚4岁的儿子付华，踏上了来新疆的路途。

于是一颗小小的心灵就有了漂泊的印记。

人们说灵魂没有故乡，每个人的灵魂都在漂泊。

当时的农十师垦区，都是蛮荒之地，没有马路可走。付学言跋涉200多公里，把挑担里的付华挑在了一个叫北沙窝的沙窝窝里 —— 农十师186团6连，安顿下来。在这个沙窝窝里，漂泊者终于有了归宿 —— 这就是现在我们耳熟能详、闻名遐迩的诺亚堡哨所的所在地。诺亚堡民兵哨所从成立的那一天起，一个排的民兵战士就承担起边境"别尔克乌争议区"护边守防、巡逻值勤、潜伏御敌和"代管、代耕、代牧"任务。哨所经历、见证了中苏关系剑拔弩张的紧张对峙时期，也经历了苏联解体，世界格局向多极化的和平发展岁月。

如今，作为诺亚堡哨所哨长的付华仍然对那远去的往事记忆犹新。

诺亚堡作为186团民兵的值勤点，屈指算来已有45年历史。从哨所建成那天起，父亲就是这所哨所的所长，付华经常跟在父亲的屁股后面，帮着做了很多事情。父亲总是在太阳升起的时候，带着他一起升国旗：每当鲜艳的五星红旗缓缓升起的时候，父亲的表情总是那样的庄严、凝重，那种对国旗的热爱深深扎在他幼小的心灵里。早上，父亲迎着朝阳在五星红旗下间苗、锄草；下午，背着落日的余晖撒药、施肥；傍晚，小心地把国

旗降下来，仔细地铺展叠平压在枕头下面，第二天再升起来。耳濡目染，付华从小就懂得了国旗的深刻含义。就是因为有了付华及父辈们的坚守，当苏联解体后，1997年中哈边境划界，中华人民共和国的版图上，争取回来了92.2平方公里的土地！

父亲2001年走了，带着对国旗依依不舍的深情，让付华懂得了自己肩上神圣的使命更加深沉 —— 他要把诺亚堡哨所当作一生的事业来延续。

每一天，付华都会踏着父亲的足迹，沿着乌勒昆乌拉斯图河行走。这不是一条普通的河，而是边防军民日夜守护的中哈界河。河的对岸就是哈萨克斯坦共和国，一不小心就会跨出国界。而离国界不到50米的地方，就是自己的家。说是家，但又不是个普通的家，它就是诺亚堡哨所。对付华来说，诺亚堡哨所就是自己的家。

二十世纪六七十年代，哨所孤悬在荒野中，远离人群和喧闹。哨所的生活枯燥而又单调，付华每月的收入并不高。他是基干民兵，却每天要赶着羊群放牧巡逻。他是承包职工，却要承担起许多原本属于军人履行的职责。186团北临褐里格库木沙漠边缘，自然环境恶劣，戈壁荒漠广布。经常突发沙尘暴。加上冬天暴风雪频发。从66号界碑由南向北到60号界碑，大约有40公里长的边境线。冬天，边境线上人迹罕至，白雪皑皑，车辆无法通行，付华就骑着马巡逻，每走一个来回就得7个多小时。一年四季中，这儿最难挨的要数冬天，一天到晚刮不完的"闹海风"。通往团部的路随着暴风雪的肆虐被堵塞，"闹海风"还要卷着大雪带着沙子，劈头盖脸地扬过来，于是付华就有个毛病：爱咳嗽。不咳嗽不行啊，因为风吹来的一般都是细小的沙，你一吸气，就进嘴里，直入你的肺管子，你就要冷不丁打个喷嚏！在这20多公里的边境线上，他和妻子两个人长年戍守，住在低矮潮湿狭窄的土坯哨所里，房顶用土草覆盖，辛辛苦苦巡逻回来，一进哨所，里面黑洞洞，霉味扑面而来，令人作呕。一次，他半夜睡得正香，脚趾头不觉凉了起来，他蹬了蹬被子，发觉被子也是凉的，他点上油灯，一看才知道"屋漏又遭连夜雨"，土炕上的被子浸湿了一大片。那时候，哨所里没什么娱乐活动，别说看电视了，就是听收音机也是奢望。巡逻只能靠双脚，由于经常巡逻，团武装部发的黄胶鞋不够穿，更没有制式迷彩服。

后来，随着生活条件的好转，他们住进了砖制哨所里，但哨楼多是木架结构，有十七八米高，放哨站岗时沿着盘旋的木梯直冲塔顶，上面摇摇晃晃，大风吹起仿佛置身"比萨斜塔"，倾斜欲坠，望而生畏……

夜晚，他一个人清瘦的身影时常穿过月光，映在诺亚堡哨所的墙壁上。目送着自己的青春在这里点点滴滴地流失，他从不后悔。梦里，哨所是他最甜的酣梦，醒来，五星红旗是他心中最美的一道风景线。他情愿默默无声地忍耐边塞的荒寒，和诺亚堡哨所孤独枯燥乏味的生活。

为了排遣寂寞，他就一个人跑到界碑旁，看看界碑上红彤彤的"中国"两个字，看看鲜红的五星红旗，一种神圣感油然而生。在付华的家——诺亚堡哨所的墙上，镶着两行醒目的大字：面对蜿蜒的界河，背靠伟大的祖国，我们种地就是站岗，我们放牧就是巡逻。这就是付华的生活写照和人生缩影。

悉数匆匆流逝过的岁月，付华依然还是那么执着，每一天的升旗、降旗、巡逻、守护已成为他生命中不可缺少的一部分。

一些外来人看到付华升国旗，感到不可思议，问付华说，怎么像孩子一样，每天升升降降，有啥意思？他却自豪地对他们说："国旗代表咱中国，这是祖国的象征。每次外出放牧巡逻时，我看到鲜艳的五星红旗，就看到了家，心里就踏实！"是啊，如果祖国安宁了，父亲就不可能挑着担子来到新疆啊！五星红旗映在他粗黑的脸上，映着他一颗挚诚跳动的心。在他心中，升国旗不仅是一种爱国情怀，更是国家的标志、祖国的象征和一个国家的尊严！

边界上总是不平静的，2008年12月17日，付华通过望远镜发现63号界碑附近，有我方马群抵边，他立即骑摩托车行程10公里将抵边的21匹马赶回。2008年9月20日，付华在巡逻中发现中哈65号界标处界河施工人员作业离开时，没有把铁丝网拉好，他立即骑车赶到30公里远的吉木乃县，自费购买铁丝进行维修，维修好回家已是深夜。还有一次，付华正在地里打草，忽然发现有3个陌生人在铁丝网前转悠，这立刻引起了他的警觉。付华便走上前进行盘问，才知他们打算越界偷挖大芸，付华立刻进行阻止，并给他们宣讲边防法规，讲明越界和偷挖大芸造成的严重后果和利害关系，这3个人听了付华的讲解后，齐声说："我们不能越国界挖药材了。"这样就避免了一起群体越界事件的发生，他用他的实际行动保护着这一方的安静与和平。

不言云无心，不语水无情，边界的一草一木都注入了付华的真挚情感。在哨所，他没有演绎生命的传奇却展现了生命的风采，这里，是他要用生命捍卫的家园，他找到了自己要实现的人生价值。

2011年，186团以诺亚堡哨所为依托，在这里建起集旅游、教育、休闲为一体的诺亚堡公园，并规划了团场职工别墅区，同时将诺亚堡哨所纳入规划之内。经过半年的改建，哨所变成了名副其实的别墅，而且内部设施齐全，不仅通了水、电、暖，还进行了装修；冬天不冷，夏天不热，观察器材也换成了高倍夜视望远镜，观察的距离和范围越来越远越来越广。不仅看上了电视，互联网也接进了哨所内，足不出户，便可一览天下之事。哨所内还建有史馆，见证着诺亚堡哨所的变迁和守防历程。

哨所是个四合院，面积不大，但更有了家的气息。"家"门两侧分别挂着"边境民兵第一哨"和"诺亚堡民兵哨所"两块牌匾，哨所正对着院子大门之间是一条水泥马路，中间是一个旗台，鲜红的国旗在哨所上空迎风飘扬。

付华的妻子周梅花是与他一起长大的军垦第二代。结婚前都是团里的民兵骨干。她与付华一起升旗、放牧巡逻、察看铁丝网、站岗执勤……成为诺亚堡哨所唯一的女性。他们的两个女儿付丽娜、付丽英，从小就耳濡目染父母亲的升旗活动，对国旗、国土有了很深的理解。如今，姐妹俩不仅都上了大学，而且在内地参加了工作。但是，两个孩子的爱国情结已经深埋心中。

人说：有追求是美丽的，有追求是幸福的。付华的追求与幸福就是让诺亚堡上空每天飘扬着五星红旗。

诺亚堡上空飘扬的五星红旗，成为付华心中永远的守望。

独立营

其实在兵团，很多团场都已经没有了营的编制。

而在183团，我面对的却是独立营营长阎豪胜。

突然的见面，我觉得他有40岁，后来才知道他才38岁，就是头发少了点，活得有点着急罢了。

其实，说起独立营的前世今生，是很有点说头的。

根据我手头看到的《青河农场志》和《一八三团简史》的记载，我对独立营的历史沿革有了了解，看后掩卷，唏嘘良久。

1962年9月成立青河边防农场，是个正团级单位。到了1963年的3月，兵团正式下文，去掉了边防两字，成立了青河农场，是中国人民解放军新疆军区生产建设兵团农十师青河农场。1969年7月27日，兵团统一农牧团场番号，青河农场更名为农十师青河独立营，又变为正营级单位。1975年3月25日。兵团撤销，农十师变更为阿勒泰地区农垦局，独立营成为农垦局的下属。1976年归青河县管理，改名为国营青河农场。1978年3月，又回归农垦局管理，恢复了独立营的名称，成为阿勒泰地区农垦局青河独立营。到了1981年的12月3日，兵团恢复，独立营又变更为农十师青河独立营。又到了1986年，这个曾经的正团级单位又降了一格，成为副团级单位。又过了13年，独立营升格为正团级单位，名称又回到了1969年的农十师青河独立营！

到了这里还没有停步：2006年2月，在实行中心团场改革中，青河农场被撤销，并入183团，但是青河农场的番号由183团保存，对外还是称为独立营！

哎呀，是不是有点像绕口令啊！就是独立营的人，想把自己的前世今生搞清楚，也是很不容易的啊！

面前的阎豪胜就是现任的独立营营长。他对独立营的感情可以说是很深的。他给我谈起独立营的来龙去脉，如数家珍。根据他的述说，我的脑际首先出现了一群跃马扬鞭的军人形象。那时为了稳边、固边、守边，独立营的将士们立下了大功。

当初县城民众见来了解放军，都奔走相告，纷纷走出家门列队欢迎。他们亲切地称这些民兵为"胡子兵"。由于这些民兵年龄都在30岁以上，加之当时条件艰苦，洗漱、理发、刮胡子等都无法解决，个个都是胡子拉碴的，故被老百姓称为胡子兵。

1962年7月份，边境一线的东风公社一大队（查干郭勒乡科克玉依村）的巴颜毛墩地区又发生侵边，根据青河县委的紧急请求，詹洪立即带领三排抄近路翻越高山峡谷，徒步急行军60多公里赶到出事地点。使这一地区的局势稳定下来了。当时，三排住在公社的粮站，老百姓便把军垦战士住的粮站叫"小兵团"。虽然三排在公社粮站只住了半年多时间，但"小兵团"的名字却叫响了。就是现在，很多人都不知道公社的粮站在那里，一提起"小兵团"大家都清清楚楚。

为了显示我军军威，进驻青河不久，场里举行了一场军事马术演练。参加演练的指战员骑着光背马，在飞驰的马上用步枪和手枪射击，个个弹无虚发。马上劈杀更是令人生畏，骑在飞驰骏马上的勇士高举马刀左砍右劈，在喊杀声中把一个个比胳膊还粗的木桩一劈两半……他们能从飞驰的骏马上轻轻跳下，跟着马跑上一段伸手抓住马鬃或马鞍飞身上马，在马背上上蹿下跳，时而匍匐在马背上，时而藏在马肚子一侧，观看的人们只见马跑，不见人影。正在人们惊诧之际，藏身于飞驰战马一侧的骑士抬枪从马肚子下射出一颗颗子弹。随着枪响，放在桌子上的酒瓶一个个被击得粉碎。高超的骑术和武艺不仅让汉族观众拍手叫绝，连在马背上长大的哈萨克族、蒙古族牧民也啧啧称叹。他们竖起大拇指，由衷发出："胡子兵太厉害了！"

边境地区稳定了，独立营得到了各族人民的拥护，也加深了民族之间的感情。1963年8月，詹洪从县城骑马到东风公社（查干郭勒乡），经过三道海子，米尔特肯，又到阿尤布拉克夏牧场。那天实在走累了，便下马走进一个哈萨克族毡房找点水喝。没想到这个毡房竟是火箭公社（阿热勒乡）主管牧业的副社长、党委副书记季能拜。这位哈萨克族副社长见到他的马便说："你怎么能骑这样一匹马呢，还能走回青河吗？我有一匹伊犁马，这匹马好得很，一天能从青河跑到奇台，我用这匹快马跟你换。"马是牧民的宝贝，从某种意义上说是他的生命，詹洪怎么能要他的这匹宝马呢。见他不同意，这位哈萨克族副社长真诚地说："你们为什么来到青河，还不是为让哈萨克族人民过上安宁幸福的生活，我骑这匹马放牧太委屈它了，只有你骑才能发挥它更大的作用！"詹洪见季能拜如此真诚，只好把马换了。就这样，詹洪和季能拜成了好朋友。

这匹高大俊美的枣红马果然是匹好马，比他原来那匹快一倍。这匹马伴随着詹洪走遍了边境一线的山山水水。

当时有民谚云：阿勒泰山72沟，沟沟有黄金。青河农场成立时，除乌恰沟农场和畜矿队以外，连块立足的土地都没有。戍边没有屯垦作为支撑怎么能进行下去？1963年春天，詹洪找到县委书记王贵清，请他帮助解决八连的耕地问题。王书记为难地说青河县耕地很少，目前只有赛布尔台有一块旱地，那里海拔1400米，前两年县上种过，只要经常下雨就有收成。

第二天詹洪和王书记先乘车后骑马来到赛布尔台，一看是一个没有石头的山，王书记说就是这块地。回来后詹洪向师里汇报，经师里同意后，这年4月下旬他到乌恰沟农场动员，挑选出13名青壮年的职工，经两天长途跋涉来到赛布尔台。赶到目的地已近黄昏，当务之急是找个避风处休息。经分头寻找，发现一处土坎下可避风，于是便一齐动手把地创平，铺上毡子、褥子准备睡觉。临睡前有人说狼来了咋办，这句话提醒了詹洪，便命令大伙蒙着头睡。睡到半夜，有人喊下雪了。被惊醒的詹洪觉得身上沉甸甸的，掀开被子一看，上面盖着十几公分厚的雪，厚厚的雪如同一床巨大的白棉被盖在他们身上。有人还乐观地说："好暖和呀，舒服极了！"

经过十多天的艰苦劳作，詹洪带着13名垦荒战士露宿在野外，终于做好了1400亩①春小麦播种的各项准备工作。之后，进驻科克玉依的三排在海拔1316米，坡降30%的古山洪冲击地带抠出上万立方石头，开垦出2500亩耕地，并在石头地里创出亩产千斤小麦的奇迹。

后来，几经变化、变迁、变革，这个昔日的独立营，已经物是人非了，但是独立营的牌子还依然响亮。

独立营的跨度也是很大的。独立营的营部在青河县青河镇，一连有耕地700亩，随营部驻扎在青河镇。

二连有耕地2300亩，离国境线只有20公里，驻足在查干郭勒乡，离营部有100公里的路程。

三连有耕地3500亩，离营部130公里。驻扎在塔克什肯镇，离边境线不足500米。

可见，在独立营当差，没有超强的体力，能拿下来吗？

1990年的时候，独立营三连只剩下了一个民兵首汉新，他当年是个24岁的小伙子，一个人站在瞭望塔上，看着脚下潺潺流淌的布尔根河水，一边守护，一边劳作！因为首汉新的爸爸首云财就是第一代军垦战士，在这里守护过边防！在这里，两天刮的是蒙古风，三天刮的是中国风。

① 1亩约合666.67平方米。

没有很强的抗击打能力，在这里待得住吗？

这简直有点像天方夜谭吧？但是这都是真的！这是一种什么样的精神呢？这就是兵团精神。它已经融入了军垦两代人的血液里！

阎豪胜告诉我，如今独立营参加过第一次剿匪的人员只剩下17人了。他给我说了个故事：去年他亲自主持了退休老职工何克明的葬礼，何克明年轻的时候是一名复转军人，转业到了独立营当老师，去世的时候82岁。她去世前的遗言是：死后一定开个追悼会，把骨灰撒到她曾经战斗过的地方，她要去陪伴长眠在这块土地上的战友！

阎豪胜对我说：阿勒泰山沟沟有黄金，我们这里沟沟都是石头疙瘩！但是我们这里真正的金子是什么？就是我们无私奉献的军垦战士！你可以在独立营看到他们处处在闪光！

我看着眼前的阎豪胜，突然觉得他变了。他变得是那么年轻、俊朗！

四号渠上的爱情树

西部边陲有一个吉木乃，从地图上看，吉木乃在"雄鸡"的尾巴上。而兵团农十师186团现在的所在地就是老吉木乃城。

美丽的老吉木乃城被绿荫环绕着。爱上一座城，只在瞬息之间。清澈凉薄的空气中，散着淡淡的香，远远望去，那落叶松、胡杨、毛柳、榆树、白桦、白蜡、银胡杨随风飘摇，如一道道绿色屏障，阻拦着急风骤雨。这里流传着许多美丽动人的爱情故事，在吉木乃，随处可见"相亲树""爱情树"，每当爱情来临时，情人们以栽树的形式作为他们白头偕老的永久象征，哈萨克族的姑娘、小伙子们把相爱、定情、结婚视为两棵树的缠绕。

在吉木乃的哈萨克族人，他们的爱情总与树有关。这里的每棵树记载着情人们追逐缱绻的浪漫，树是哈萨克族人爱情的见证。

走进186团，湿漉漉的空气里总有尘埃游荡，在黄昏的树林里，兵团人也在演绎着自己浪漫的爱情故事！

兵团从一个辉煌迈向另一个辉煌，军垦战士们在这里既书写着守边的忠诚，也收获着甜蜜的爱情。播撒着梦的种子，他们的爱情在这里开花、结果，孕育着兵团后代。

天地万物皆有灵，何况这儿的树呢？树木有情有义，而且有灵性。在185团边境第一连桑德克哨所，就有一棵"将军树"，"伊塔事件"发生后的1962年5月，张仲瀚将军巡视刚组建的边防站点时，亲手栽下了一棵小白杨，希望这棵树代替他守卫边防，并嘱咐站点负责人，要像爱兵一样管好这棵小白杨。在兵团鼎盛时期，这棵小白杨郁郁葱葱，花香四溢。1980年，张仲瀚将军去世了，也许是天地有灵，这棵小白杨也渐渐枯萎了。这样的结局，让人有种莫名的伤感。

这儿还有座眼睛山，也是很通人性的。山上的眼睛就是爬地松，长了圆圆的两圈。中苏交恶的年代，远远望去，那"眼睛"睁得大大的，好像一双警惕的眼睛。在和平年代里，这双"眼睛"微闭，安详宁静。

在186团四号渠上有两棵奇特的柳树，两树紧紧缠绕像一对难舍难分的情人，树干虽然斑驳，但是枝繁叶茂，显示出勃勃生机。人们都叫它"爱情树"，两棵树纠结在一起，浓郁的情化也化不开，听老人说，这两棵树的树龄已有百年。

据传，在二十世纪六七十年代，大批内地知青带着"到边疆去，到祖国最需要的地方去"的梦想来到边境186团安家落户。

当时，青年男女彼此羞涩的爱情并不敢完全公开，情侣们总是悄悄地躲在四号渠这两棵柳树下约会、定情。由于树叶繁茂及周围青草茂密、远离人群，加之这两棵树本身就是一对热恋中的情侣，更有象征意义，情人们无不把这里作为谈情说爱的理想去处。一传十，十传百，热恋中的男女纷纷来到树下，缘定终身，没有一对不走到一起而结为幸福的伴侣。这里，已成为青年人互诉衷肠，追求幸福生活，期盼爱情长久的圣洁之地。

两棵老柳树不仅见证了爱情，也经历了186团的创立、建设和发展的全过程。1997年9月，中哈两国根据两国政府协议，重新勘界立桩，"别尔克乌"90多平方公里争议地区由于186团军垦人事实上的驻守，划入中华人民共和国的版图，成为当之无愧的"共和国永不移动的有生命的界碑"。

逝去的岁月，始终溢着陈年的暗香，186团曾有这样一个故事：连队一对青年春节结婚，男的叫李守边，女的叫余欢歌，两个青年人都是第一代军垦人的子女。俩人从小青梅竹马，高中毕业后又子承父业，双双留在了连队，一边守边，一边务农。两人在这棵"爱情树"跟前海誓山盟，私订了终身。为了他们爱情能够永远长久，决定这棵爱情树就是双方的娘家。结婚那天由男方去这棵爱情树跟前接亲！男方婚宴摆好，宾客都到了，接亲的迟迟不回，最后电话联系才知道一场"闹海风"卷起的雪把路给封了。

186团的人谁没经历过闹海风呢？闹海风，又称诺海风。蒙古语，意思是疯狗的狂叫声。闹海风是一种回流性大风并伴有吹雪、雪暴等天气。在吉木乃县城以东，自北向南依次排列着哈土山、马斯阔孜山、加勒哈甫山和萨吾尔山。这些山体均是自东向西，两山之间的峡谷，就是闹海风区。

北方的冬，总是来得那么早，苍茫而又冰冷。一到冬季，气温骤降，蒙古高原都会持续形成高压天气。蒙古高压的释放过程，向西就会形成越过准噶尔盆地的东风。在准噶尔盆地广阔的大地上，东风成不了什么气候。可向西，到了吉木乃县闹海风区，经峡谷挤压，风力骤然增强，加上沿途夹带的沙雪，形成了闹海风。闹海风的风力有多大？1982年，吉木乃县气象局的工作人员到闹海风区实测风力，这种测风仪最大只能测到12级风，一测，测风仪一下就到了头。可以想见闹海风有多厉害吧！

迎亲的队伍很热闹，从爱情树出发的路途中，却遭遇了闹海风。新郎只好打电话给新娘家解释，但是新娘家的亲戚朋友聚在一起，就等着新郎到家举行仪式吃喜宴。怎么办？客人来了，桌子摆了总不能不吃饭吧？守边的父母决定：没有办成结婚仪式也开席，不能让亲戚朋友饿着肚子回去，吃饭的同时婚礼主持人宣布过3天再举办仪式。

新郎新娘在难过中等待着风停雪止，期盼着路通后再举办仪式。雪纷纷而落，仿佛是爱情树惆怅的眼泪。

这个消息被连长知道了。连长就大骂闹海风，召集在家的连领导开

会，他动情而激昂地说，我们的守边接个亲竟然这么难，那以后谁还敢到我们这里来，没有人我们谈啥发展谈啥屯垦戍边。立马命令机务副连长，把农机户的一辆铲车和一台推土机开来，"给老子推出一条路来！给老子铲出一条路来！今天就是要和老天斗一斗！这个婚结定了！这个酒一定要喝！这些费用连里掏了！"斩钉截铁的话语，让领导业务和农机手群情振奋，硬是在茫茫雪野里推开一条十几公里的路，铲车在前面铲，推土机在后面刮，牵引着婚车到团部的一家饭店，为新郎新娘举办了婚礼。

这个婚结得不容易啊！坐在车里的新郎新娘流泪了，因为他们看到，路边的雪比推土机还要高！

时光飞逝、落叶依旧，大树下轮回上演着一个个新的爱情故事。风来了，拂一下飞舞的叶，朝着心的方向，摇曳的情意更真切，撩拨的思念更绵长……

四连的童年

在184团副政委张明远带领下，我们采风团来到了4连。这是一个军垦特色的旅游连队。一进入4连，一下子就把我拉回到了过去。

4连，让我永远用一种怀旧的眼光来打量它，这里到处洒着我童年的影子，在秋阳的亲吻下，我不停地撒着欢儿地跑。

这是一个回到过去的连队，我们看到了一个复制的年代的缩影，一个复原了过去的场景。还是那两道笔直的青杨、高高的水塔、悬挂的马灯，家家户户的烟囱上炊烟缭绕。

在老连部跟前，这座二十世纪六十年代的土混建筑物散发着那个时期的味道，连部的门脸上方是红漆喷刷的毛主席的教诲：为人民服务。连部的顶端的三个广播喇叭支在几根木头搭制的架子上，正在播放着那个时期的革命歌曲，当听到是《大海航行靠舵手》这首耳熟能详的老歌，我们的眼睛有些湿润，曲子在瞬间又把我们拉回了那个年代。

走到连部中央，又看到了对面高耸的钟塔，只见它直插蓝天，它既可以敲钟上班、集合、开饭，睡觉，又可以当瞭望塔。春去秋来，年轮多了一圈又一圈，我仿佛看见我的父母亲就在钟塔下站着、坐着，听指导员做思想政治工作、宣传动员，听连长和各排排长、班长安排生产工作。晚上的时候，就是在钟塔下，爸爸牵着我这个三岁的"跟屁虫"，妈妈怀里抱着嗷嗷待哺的妹妹，听报告，学文件，"忆苦思甜"……

钟塔下面的广场上，用石头摆成了一幅斑斓的中华人民共和国地图，

昭示着：祖国就在我心中。

尽管多年来我始终在外奔波，四连仍是我心中最美好的风景。在这里徜徉，我看到一盏马灯，这是进入四连的一个标志性的符号了吧。这盏马灯坐落在一米多高的墩子上，马灯有两米多高，它像一盏灯塔，可以让人找回回家的路。

黑色锁住了记忆的壳，我想起我的父亲母亲，晚上手里掂着马灯去浇水，把马灯先是挂在待浇地附近林带里的树杈上，然后再浇水的情景；夜幕迷漫，妈妈总是晚上点亮马灯，在棚子里做饭，我们围坐在马灯下，吧唧吧唧吃饭的情景。饭后，我们兄弟姐妹就着马灯写字的情景，历历在目。小时候我喜欢看书，看《艳阳天》，看得如痴如醉，以致看到马灯自动灭掉——没有油了！我清楚地记得，我家一年要用180公斤煤油。因为我家门前有个大油桶，可以装180公斤的煤油。

连队很安静，一些房子已经久无人居。马灯的东边，是几排职工住房，在原址的地方按照老营房的样子重新复原的房子。这种兵营式的住房我太清楚了。我的家最早住过地窝子，大哥便出生在地窝子里，我及下面的弟弟妹妹是在这样的兵营式的房子里出生的。黑夜来临的时候，我们和所有的小伙伴总是迫不及待地在门前、屋后追逐、嬉戏、藏老摸（躲猫猫）。有时候，我还会一不小心钻进别人的家里。房子是一模一样的格局，稍不留意便进错了门。这样的房子的构造、前后左右、门窗都是一样的。我们单位有两位老职工，几十年了，就是不说话。为什么呢？就是因为这样的房子啊。晚上出去方便，结果回来进错了门，产生了误解，这个疙瘩至今没有解开——现在想想，多大点事啊！

回想流年，我嘴角禁不住微微泛起苦涩，我又看到了马灯西边几座用芦苇建制的粮仓。见到粮仓，我的胃一下子就有了痉挛的感觉。我挨过饿啊！那个年月挨饿的人很多，挨饿的滋味真不好受啊。"半大小子吃跑老子"，像我们这些逐渐长大的孩子正是长身子的时候，对吃有种近乎疯狂的向往，总觉肚子一直是空的。不像城里人，吃着国家的商品粮，那可是"皇粮"啊，端的都是国家的饭碗，风吹不着，雨淋不着，太阳晒不着，不管老天爷怎么翻脸，他们都旱涝保收，从来都没有觉得吃饱饭会成为问题。后来我们发现，我们父亲母亲每年种的粮食都是丰收的啊，春天的时候是绿油油一片啊。我们一头扎进苞谷地，偷偷掰着嫩玉米烧着吃，薅过青青的麦子用火烧着吃 —— 真香啊，那种穿透心肺的香味至今还让我记忆犹新；秋收的时候是黄灿灿一片啊：到了7月份麦收季节，群雀在麦田里飞舞，父亲母亲挥着镰，顶着炎炎的烈日，挥汗如雨地割麦。当康拜因呼呼隆隆地呼啸而过，成片的麦子顿时倒了一片，麦粒被吞进了康拜因的肚子里，它们吃了麦粒，屙出来成堆的麦草，丢在地里。更为壮观的是：成麻袋的麦粒被一辆辆卡车运到了城里，那些麦子被磨成了白面，进了城里人的肚子里。据说那叫"商品粮"，而我们的口粮却是每月32斤，其中只有20%的白面。这样计算一下：32斤也就是16公斤定量，其中80%是苞谷面，20%的白面，折算下来才3.2公斤白面。这是职工的定量，家属和孩子都是10公斤的定量。记得很清楚，我们刚建场的当年，打下的麦子够全场人吃10年。结果是城里人把麦子拉走了，父亲母亲们把地里的麦草拉回了连部场院：盖房子，和草泥；喂牲口，铡草料。我们的肚子就咕噜噜叫啊！

迎着懒洋洋的太阳，在一面有百米长的宣传墙上，我看到了兵团100位的道德模范人物的画像。虽然神态各异，但个个都栩栩如生，我认出了桑德克哨所的马军武和诺亚堡哨所的付华，还有军垦作家韩天航。我想，184团的领导真是有大气魄和大手笔啊。凡事都可为，就看你作不作为！宣传墙的对面是一块童年乐园吧。备置了我们小时候的玩具：铁环、沙包等。有几个采风团的作家情不自禁地就拿起铁环推了起来，而我却拿起了沙包。我发现地下还画了一个跳房的格子。这个格子我再熟悉不过了！我们小时候玩的是什么呢？你不要瞧不起啊。现在我都可以扳着手指头给你说出来：打拐、跳房、砸沙包、"丈尺寸"、抓骨头子、扇烟纸、打纸牌等等，不一而足。其中跳房、砸沙包、"丈尺寸"都与沙包有关。

比如跳房，这是我们童年时光里留下的最美最亲切的年华。我们是跳出来的童年，我们的童年是强身健体的童年，是绿色的童年，是环保的童年。

跳房的玩具就是一个沙包。所谓沙包就是小拳头那么大，用六块布组成的一个布包。布的颜色可以是清一色的，也可以是五颜六色的，那样更漂亮。别看我是个男孩，我还亲自做过沙包呢。找到妈妈做针线活留下的布绺子，剪成大小相同的六块布，纫上针，密密连上，剩下最后一条缝的时候，就要停下来。因为里面要装东西啊！装填什么好呢？根据以往的经验，我知道装桃子花最好。因为沙包里装进桃子花既软和又有点重量，用脚发力的时候使多大劲，沙包基本上不会开缝和迸裂。那时候的粗土布质量是很差的，如果沙包里装进去的是纯纯的麦粒，沙包会开缝，踢着踢着，麦粒会从沙包里流出来；如果装的是苞谷粒，沙包就重、沉，踢的是远，但是可以把脚踢疼，关键是布太脆弱，一脚踢出去，沙包就"炸"开了，布烂了，苞谷粒顷刻间便满地乱滚。那些过往的曾经，足够我回味一辈子。

我拿起地上的沙包，面对地下的格子。我的心曾在喧嚣里迷失，找不到出口，在这里我又找回了我的快乐。这是个方形的格子，四面围着，中间一条线标明了是两方人员在角逐。横着相通的5个格子，如果你在右边跳房，另一个人就在左边，双方往对面跳。一个格子是一局，直到第十局算完。第一局是：把沙包撩进第一格里，右脚（根据自己的情况，也可以是左脚）放到沙包跟前，金鸡独立，右脚一使劲，从第一格要直接踢到最顶上一格，也就是第五格，然后单脚一格一格蹦到第五格沙包跟前，调整好角度，把沙包踢到对面（不能出线、不能压边），单脚蹦过去，这时候双脚才可以落地了。然后用脚把沙包踢到房外，单脚一格一格地蹦回来，算是赢了第一局。第二局就把沙包撩进第二格里，一直到第五局。第六局的时候就要撩进对方的第五格里，单脚蹦过去，把沙包踢出去。第七局、第八局、第九局依此类推。最后一局最复杂，要看脚力怎么样了。第十局叫"弯花"，从自己这边的第一格开始，单脚踢进对面第二格，从对面第二格踢向自己这边的第三格，踢到自己第五格的时候，再踢向对面第五格，然后从对面第五格踢向自己第四格，这种交叉踢法，就是"弯花"，直到最后踢到自己的第一格，把沙包踢出房外，就算全赢了。这第十局之前由于经历了九次搏杀，双方都可能累了，因此定的规矩是：中途可以在任何一个格子里，有两次休息机会。

离别二十年，记忆却犹新。跳房的跳法我虽然烂熟于心，但是我那臃肿的身体让我大汗淋漓。我气喘吁吁只跳了三局，就败下阵来了！

连队在夕阳下依然恬淡、静谧，我虽然没有跳下来，但是我跳出了我的童年。

忠魂永驻凤凰山

青山处处埋忠骨，何须马革裹尸还。

（一）

阿勒泰别克多克群山里，位于中蒙边界1号界碑至2号界碑之间的一座无名高地，有一个好听的名字：凤凰山。

一天，正在高地巡逻的小伙子接到上级领导通知，一个叫梁红英的带着两个姑娘的牧羊组来此处放牧。得到这个消息，小伙子们开心地跳起来，连连在草地上打了几个滚。这里方圆几十里，见到个人本身就是件不容易的事，见到一个姑娘更属稀罕了。原来这儿还有个笑话呢：一天，一个小伙子早上小解，看见一个蓬头垢面的"人"正在树跟前站立。小伙子睡眼蒙眬，走过去，哈，谁家的大姑娘啊？伸手就摸，那"人"猛一甩自己的头发，露出了自己的脸，原来是一只哈熊——熊瞎子！

小伙子就落荒而逃。这只哈熊可能当时心情好，或者吃饱了，就没有计较小伙子的举动。

听说要来3个姑娘，小伙子们能不高兴嘛！为了迎接即将到来的姑娘，小伙子们慷慨大方地将原来扎好的帐篷让给姑娘们，自己则迁移到别处安营扎寨。

很快，3位牧羊姑娘进山巡逻的消息，像缕缕春风吹遍了美丽的别克多克群山。最高兴的还是小伙子，有了姑娘们做邻居，小伙子再也不感到孤独与寂寞。远远地见到姑娘们的身影，一高兴起来，小伙子们便站在高处大声地喊一嗓子，整个群山回荡着小伙子那高亢的声音。听到小伙子的呼唤，姑娘们也毫不示弱，在山的另一边与之遥相呼应，那些激情的吼声在大山此起彼伏，余音在山间缭绕。

高地顶部近百亩的天然池水，从西侧崖壁飞泻而下，形成一道迷人的瀑布。有了年轻的小伙子与美丽的姑娘，可以说是有凤有凰了，由此"凤凰山"的名字被风声传得老远，吹进了军垦牧区和散落山脚下的哈萨克族人的毡房里。

从此，边境巡逻不再是一件枯燥乏味的工作，相伴着青山绿水，成了一件浪漫而又有意义的工作。

（二）

梁耕田是这边境线上第一代守边人。

20世纪50年代初期，阿勒泰山下迎来了一支特别的队伍。这是阿勒泰山下第一支屯垦部队，持枪巡逻，扶犁种田，打破了别克多克群山的寂静，他们与大山为伴，日夜坚守在边境线上。

梁耕田就是其中一员。这位黑瘦的男人虽然貌不惊人，到了这里却成了一名身经百战的边防战士。刚刚解放的新疆，形势极为复杂，中华人民共和国成立前遗留下来的土匪依然十分猖獗。一次，驻扎边境的梁耕田的小分队突然遭遇了土匪，这群土匪想穿越国境线，逃到国外去。

土匪仗着人多势众，气势汹汹，情况十分危急。这是一场敌众我寡的战斗，可无论如何也不能让土匪逃到国外去。眼看匪徒就要突破边防线，面对野蛮凶残的土匪，梁耕田与战友们毫不畏惧，冲出掩体，随着一声怒吼，子弹雨点般地射向匪群。只听战马嘶鸣，枪声不断。随着一声枪响，

梁耕田应声倒在地下，血迹染红了地面。在战友们的沉重打击下，敌人终于被击退了，几十个土匪越境的阴谋终未得逞。然而，梁耕田在这场剿匪战役中，却身负重伤。

几个月后，梁耕田终于出了院。他出院后才得知，在这次战斗中，两名年仅20多岁的战友，献出了他们宝贵的生命，他们把年轻的躯体永远地留在了别克多克群山，忠魂日夜与边境相伴。

（三）

1954年10月，这支驻守阿勒泰山下的屯垦部队，遵照中央军委主席毛泽东的命令集体转业，转入新疆生产建设兵团的序列。大山里卫士不再是戴着领章帽徽的现役军人，但梁耕田与战友们，作为军垦战士，肩负的屯垦戍边使命并没有改变。从此后，他们依然守卫着边境线，成为一支赶着羊群放牧的边境守卫者。一个个牧羊小组，就是一个个流动的岗哨，时刻守卫着大山里181团52公里边境线的安宁。

梁耕田从一名战士转换为一名牧民，在别克多克的岁月里，他又多了一份责任，除了放牧外，巡逻守卫成了他另一项工作。在渺无人烟的大山，梁耕田并不感到孤独与寂寞，在这座大山中，还有两个倒下的战友与他为伴。一有时间，梁耕田便来到两位烈士墓前，一个人与他们静静地对话，他把边境上发生的事一点点说给自己的战友听。尽管他们都沉默无语，可他知道，他们与他共同守着祖国的边防线。

春去秋来，漫天的蒲公英飘荡在阿勒泰山上，它们把根深深地扎在了别克多克群山上。梁耕田也如同蒲公英的种子一样，把根扎在了边防线上。他在这片土地上成家生子。重重叠叠的大地上，到处是身着黄军装，赶着牛羊群的牧民。在这支队伍里，除了梁耕田的身影，他的身后，还有他的妻子与他的女儿梁红英。

秋去冬来，北雁南飞，驻守在大山里的梁耕田已是年逾五旬的人了，在这条边防线上他已经驻守了二三十个春秋。连阴多雨的别克多克，让这个曾经身体健壮的男人满身疾病。由于山上气候潮湿，早晚间凉气袭人，每到阴雨天气，梁耕田的几处伤口疼痛得无法忍受，特别是变天的时候，梁耕田更是痛得彻夜难眠。边境线上的医疗条件非常差，缺医少药是常有的事，得知他的身体状况，领导和同志们多次劝他回到山下垦区。一听到要他离开边境线，梁耕田说什么也不肯。在别人看来，他只是一名普通的牧民，而对他来说，这却是他终身坚守的一份事业，只要能看好边境线，他哪都不去。

他的这种行为许多人都不理解，看守边境线既枯燥又艰苦，可女儿梁红英理解，再枯燥、再艰苦，祖国的大门也需要有人坚守。十七岁的她，毅然选择了上山接替父亲的岗位。一个女孩子在深山里放牧巡逻不同于山下垦区，领导考虑到梁红英的困难，便动员两位姑娘与她共同组成一个牧业组。

（四）

兵团二代的梁红英便成了第二代边境守边人。

从"凤凰山"营地到中蒙界碑，有六七公里路程。梁红英和其他两个姑娘每天清晨赶着羊群出发，到达离界碑还有一公里多的地点。为了放牧、看守两不耽误，3个姑娘进行了分工。留下一人照看羊群，梁红英带着另一位姐妹，前往1号界碑至2号界碑执行巡逻任务。离开羊群再往前走，就是山冈，冈上乱石密布，寸草不生。巡逻的环境极其艰苦，冬天冷风刺骨，夏天风吹日晒。由于十几公里的面积没有水源，姑娘们常常在出发时，水壶里灌得满满凉开水，到了中午点滴不剩。夏天，火辣辣的骄阳晒得姑娘们脸上的皮肤如同黑炭，半天巡逻下来，嗓子干得快要冒火。午饭没有水，上海姑娘林芳只好掏出驮在马背上的生土豆，随便擦了擦便大口啃了起来。生土豆很难下咽，但水分能够缓解如火在喉的干渴。梁红英也学着林芳姑娘，像吃苹果一样嚼咽下两个土豆。不管条件多么艰苦，姑娘们只是相视而笑，谁也不喊一句苦。

星移斗转，岁月更替，"凤凰山"的姑娘换了一批又一批，梁红英的身影始终穿梭在别克多克边境线上。那一批批姑娘，有的难耐大山里枯燥的日子，有的结婚生子，她们一个个含泪告别了别克多克山，含泪告别了像母亲般呵护她们的大姐梁红英。日月像日历纸一般张张撕去，留在大山里的梁红英，那一年已是四十出头的年纪。结婚生育以后，只有两年暂别别克多克山区，待到儿子两岁后，她把孩子交给父母，重又回到"凤凰山"营地！

（五）

与父亲的重逢竟在这别克多克大山上。那天，没有什么征兆，日子似乎与平常一样。

这天，梁红英如往常一样带着新来两个多月的姑娘，赶着羊群下了"凤凰山"，去往边境巡逻放牧。大山的天，像美人的脸，说变就变，早晨出来时还是晴空万里，酷热难忍。突然间雷鸣电闪，大雨倾盆而下。梁红英早有准备，多年来她早已熟悉别克多克的气候与地形，就像熟悉自己的指纹。她立即掏出驮在马背上的雨衣，给同来的姑娘披上。

暴雨很快蔓延了整个边境线，在漫无边际的大雨里行走，姑娘们相互搀扶前行，膝盖跌破了，也顾不上包扎，往日只需要四五个小时，便可踏越山石路程。可今天的雨，根本让人无法行走。待梁红英她们完成巡逻任务时，夜幕已经降临大地。整个山谷漆黑一片，晚上回到"凤凰山"营地已经不可能。梁红英和姑娘们又冷又饿，她们先将羊群赶进山林，然后又搭起了简易的帐篷。没有柴火，姑娘们只好捡些牛粪块燃起炊火，经雨淋湿的牛粪不起火苗，3人只好轮流吹，吹得个个腮帮子麻木，总算摸黑烧开一壶茶水，3个姑娘就着茶水啃干粮，总算是垫了一下肚子。

夜晚，两位姑娘进了帐篷休息。而梁红英不能睡觉，一群羊还需要有人看守，累了一天的她却怎么也无法入睡。漆黑的雨夜，人们早已入睡。空旷的山谷只有梁红英一个人披着雨衣，怀抱枪支，坐在硕大的天庭下独守着羊群，空气里到处是羊群发出的阵阵膻气与青草芳香。听着两位姑娘均匀的呼吸，一阵酸楚顿时涌上心头。她抚摸着沉睡的姑娘不由得感到心疼起来，十八九岁姑娘正是花一样季节，其他如同她们一样的姑娘，此刻也许坐在温暖的房间里在看电视，也许正依偎在情人的怀抱里谈情说爱，而她们却跟随她这位40多岁的老大姐，宿营荒野山林。岁月在她们年轻的脸上留下风霜的痕迹。

梁红英一想到这里，忍不住起身给姑娘们披一披被子。

夜渐渐过半，风雨时断时续，白日的劳累和夜间的困乏，让梁红英竟忍不住沉沉睡去。忽然，一阵叫声惊醒了她。她睁开眼睛一看，只见羊群一阵骚动。她定睛一看，才发现几点绿幽幽的亮光，在羊群周围闪动。这是狼的眼睛！梁红英顿时睡意全无，她迅速打开枪支保险，瞄准狼群。

她正准备朝狼射击时 —— 猛然间她的手从扳机上挪了下来，她清醒了：每支半自动步枪只配备有15发子弹，那是在边境线上对付突发事件使用的。万一此时有人越境，后果不敢想象。想到这里，梁红英把枪搁到了一边，她猛然又想起老牧工传授的对付狼的办法，立即拿起牧羊鞭使劲敲打铁盆，并发出"噢……噢"的吼叫声，狼果然徘徊着，一直没敢靠近。

正在这时，两位姑娘闻声跑出帐篷，两个有知识、有文化的姑娘知道野兽惧怕火光，两人急中生智，撕破被子掏出棉絮，蘸上食用油点着……闪烁的火花终于让狼群望而生畏，狼一只接一只逃窜，羊群安静下来。

　　两位姑娘又很快进入梦乡，而梁红英却早已睡意全无，她想起了自己的儿子李建疆，建疆今年刚满20周岁，这些年一直跟着父亲住在山下垦区，只有冬天一家人才有几个月短暂的团聚。儿子前年考上内地一所大学，明年毕业即将面临寻找工作。她多么希望儿子毕业后也能回到大山，继承姥爷和母亲的岗位！可是，大山的孤独与寂寞不是常人所能忍受的，儿子真能承受这么枯燥乏味的工作吗？可是除了儿子，谁又能继承自己的守边事业呢？想到这里，梁红英怎么也睡不着觉。

　　第二天，天空中仍然飘着雨点。梁红英吃过早饭，叮嘱完两位姑娘，继续赶着羊群顺原路放牧。下午，当她赶着羊群返回营地时，远远地看见木屋前竟然聚集着一群人。梁红英心头一惊，差点从马上摔下来。她远远看着暑假归来的儿子抱着姥爷的遗像正朝着她走来……

　　父女俩竟然以这种方式相逢在别克多克大山上，梁红英满脸泪痕。她怎么也不肯原谅自己。

　　两天后，在父亲的坟前丈夫请求她原谅，之所以没有将老人去世的消息通知她，这是父亲弥留之际的叮嘱，父亲太了解自己的女儿，对父亲和她来说守卫好边境线就是天大的事。父亲临终前叮嘱：一定要将骨灰安葬在别克多克大山，他要像他牺牲的战友一样永远守在这边境线上！

　　看着梁红英伤心的样子，儿子走上前说："妈，我想好了，等我明年毕业就回来，这大山就是儿子就业的单位，你和姥爷走过的路，就是我今后要走的路！这几年儿子身在内地，心却留在家乡，耳边不时传来远山的呼唤！"李建疆声音不大，却透出发自肺腑的铿锵。

　　泪水再次盈满梁红英的眼眶，接着她又欣慰地笑了，望着重重叠叠的别克多克，她仿佛看到了儿子正一边骑着马放着牧，一边端着枪守卫着边防线，成为第三代的守边人，书写着对共和国的忠诚。

青河武工队寒极傲雪霜

1958年8月，新疆生产建设兵团主持工作的副政委、镇边将军张仲瀚为即将恢复重建的十师师部选址定点。"天骄铁骑惊世界，儒将屯兵镇乾坤"。张仲瀚吸取了一代天骄点将西征的灵感，授予十师这支"中国西北，屯垦重地"的队伍一个响亮的名字——北屯。1959年5月，十师抽调基建人员从巴里巴盖前往北屯，拉开北屯建设序幕。1959年11月1日，农十师师部正式迁址北屯。自古以来，原名"多勒布尔津"的北屯，既是兵家必争之地，又是草原丝绸之路的重要驿站。在亚欧大陆这个世界最大的大陆板块中，它还是连接亚欧的重要通道，是中西文明的交汇点。在历史的长河中，它也历经沧桑与战乱，见证着中华民族的屈辱与繁盛。

遵照自治区党委的命令，农十师基干民兵紧急进驻青河县城和边境乡镇，武装保卫人民群众生命财产和党政机关等重要部门。詹洪率领一支武装民兵，从巴里巴盖出发，翻越了阿尔泰山的一道道山岭，急速赶到巴颜毛敦，在近百公里长的中蒙边境布下了防线。

遵照自治区党委的指示，十师党委决定将原32团在富蕴县乌恰沟（时为十师司令部矿处乌恰沟农场）的3个连队，部分机关干部，29团在青河布鲁克的畜矿队，并从29团抽调一批干部和值班连共5个连队，于1962年9月组建青河农场，场部驻青河县城，从此，青河农场的全体职工进入人工开荒、造田、马拉犁、人背肩扛的艰苦创业的历史征程。

回忆起那段经历，这位白发苍苍的青河农场首任政委激动得无法抑制自己，他反反复复地说着这样一句话：太苦了，太难忘了……

是的，太苦了，太难忘了。

他们戍守的那段边境深掩在阿尔泰山的沟谷中，几乎与世隔绝。和外界相通的路只是一条转场的牧道，纤细而又陡峭。詹洪每次到青河县汇报工作，都要骑着马在这条小道上翻山越岭跑一整天。民兵们一直住在牧民的羊圈里，夜夜听山风的尖啸和野狼的嗥叫；一直吃黑豆和野菜，单调、苦涩、没有多少营养的食物让吃饭变成了一种折磨。因为生活条件艰苦、生活质量低劣，许多同志都患了严重的胃病。詹洪的体重下降到30多公斤，而且多次胃出血，险些丧失了生命。

尽管他们的躯体变得瘦弱了，但是筋骨依然坚硬、挺拔，这样一支队伍伫立在边境线上，对方军人的脚步再也没敢越过边界线一寸。

青河县被称为中国的寒极。

这儿也有一位清瘦、弱小的女子，也是当年著名的新疆生产建设兵团的"花木兰"，她还被誉为《林海雪原》里的"小白鸽"——白茹。

"伊塔事件"后的一天，朱汀逦等36人赶了五天三夜的路，从呼图壁垦区先期到达了青河县，星夜立即赶到青河县委报到。

"敲了半天门，喊了半天话，县人武部参谋才抱着机枪出来开大门，县委书记王贵清见来的是自己人，这才带着十几个人，七八条枪，出来迎接。"

县上的同志见到他们，就像见到了救星。县委书记说，他们已经20多天都没吃过一顿热饭了，从4月8日，县委机关食堂就没开过伙。好在青河这地方不缺柴火，不缺肉。当锅里的羊肉要滚的时候，坚守县委、县政府的十几个干部也都集合起来了。大家集合在会议室里，边等那锅羊肉，边开会，县委书记给他们通报了情况之后，他们的带队干部，从农六师来的一位副主任就接着传达了自治区和兵团的"三代"命令，介绍他们的情况。可是他们30多个人，是从几十个大大小小的单位抽调来的，加上当时组织得也太乱，管你是不是一个单位的，只要是去一个方向就行，等满一车，走一车。要介绍情况了，都还不知道你叫啥，是男是女。就说，我们这一车人就是一个"三代"工作队，具体任务由县委决定。

县委书记王贵清听到这里，高兴得几乎叫了起来："太好了，太好了。这下我们就有力量了。你们是第一批来青河的工作队，所以你们的任务不能只是'三代'，可能是'八代''九代'，但现在关键的关键是先要维护好县城的治安，恢复县委、县政府的工作和职能。"

每人一碗羊肉汤，就算是青河县委县政府对他们的热情招待了。

天快亮的时候，从阿勒泰和克拉玛依方向，又赶来了90多人，县委书记王贵清就让所有的人在院子里集合，按大小个儿站成三列。随后开始发武器，每人一支枪，一百发子弹、四个手榴弹。接下来，县委书记就宣布，第一排留下来保护县城，第二排去县城附近的两个乡，第三排去中蒙边防巴颜毛敦山口设防，建立哨所，封锁通外山口。

朱汀逦记得清清楚楚，她当时就站在第三排倒数第二个的位置上，就这样她被分到了边防工作队。队长就是詹洪。但是，当队伍出发之后，朱汀逦才发现，她是这支队伍中唯一的女性。

他们从青河出发后，经巴里巴盖进入阿尔泰山区，在雪地里急行军四天三夜，才赶到了边境小镇巴颜毛敦。随后就在近百公里长的中蒙边境线上设卡布防。

朱汀逦回忆起那段经历时，这位白发苍苍的青河农场副政委激动得无法抑制自己，反反复复地说着这样一句话："现在想想，也不知道自己是怎么挺过来的，当时真是太苦了，太难了。"

朱汀逦说："从巴里巴盖到巴颜毛敦，一百多公里的路，我们骑着马走了四天多，有时候夜里还要行军。当时虽说是春天了，可是阿勒泰的春天来得晚，要等六月份，雪才能化光。我们来的时候，正是白天大中午化雪，太阳一下山就结冰的日子。一路行军几乎都是白天泥里水里走，晚上就踩着冰渣子走。加上当时又没带马料，路上又没有放马的时间，到第二天下午，马就都走不动了，人也是又饥又饿，坐在马背上，裹着皮大衣，戴着大皮帽子都冻得浑身打哆嗦，就像身上啥都没穿一个样。实在不行了，就下来拉着马尾跑一阵子，等身上有点热乎气了，再上去，马就在路边上找点草吃。再后来是越走越慢，到第三天，马干脆就不走了，我们只好找了片快化光雪的草滩，放了大半天马，让它们都吃饱了，这才又上了路。到第四天可坏事了，县上找来给我们带路向导，一位蒙古族猎人，腿摔坏了，说什么也不走了，非要回去不行。队长詹洪给他做了许多工作，说我们全是外地来的，没有一个人知道路，请他再坚持半天，我们用担架抬着他走，等到了驻地再派人送他回县城，可他就是不干。这可怎么办？他不去了我们谁也找不到地方。于是詹洪就来硬的了，让人把他的腿固定好之后，把他捆到了担架上，硬是给抬到了巴颜毛敦。当我们在早先国民党部队留下来的几间连房顶都快要塌下来的老营房里，安顿下来之后，詹队长还真派了四个身强力壮的队员，把向导送回了县城。"

武装工作队到达边境哨所的第二天一大早，詹洪队长就集合了全队人马。凛冽的寒风中，他说："同志们，我们克服了重重困难，终于到达了边防前沿，从现在起，我们的主要任务就是守好这段118公里的边境线，现在我们宣布召开工作队第一次中共党员大会，是党员的同志请向前一步——走。"

朱汀逦和其他12名共产党员，随着詹洪的一声命令，齐刷刷地站在了队伍的前列。会上，每位党员向组织汇报了自己的基本情况，轮到朱汀逦时，她站起来说："我是1950年入伍的湖南兵，1954年加入中国共产党，先后在北疆地区剿匪战斗和开荒生产中，立过乙等功、丙等功各一次，来'三代'工作队之前，任呼图壁垦区农场三营共青团团委书记。"

"等等。"还没等朱汀逦介绍完，詹洪就站起来大声问道："你是女的？""是女的。"朱汀逦答道。

"女的？那你为什么不早说？你知不知道我这里是武装工作队，不是托儿所，你一个女人跑这里干什么。告诉你我们是来守防的，是来打仗的，你一个女人……"詹洪大声地训斥着。

"女人怎么啦？没有女人能有你吗？"朱汀逦听到这里，也大声地叫了起来："你凭什么看不起女同志，谁规定女的不能来边防工作队了？再说，你们谁问过我是女的了吗？"

朱汀逦激动地哭着说："你是队长怎么了？这是党的会议，你没有权力玩大男子主义……"

她这一哭，把詹洪震住了。半天，他才对身边的一位党员说："你现在马上把其他人全部集合起来，再清点一遍，看看还有没有女的，等送向导的人回来，马上把她们送走。"

清点的人很快回来报告说，外边人没有女的了。

詹洪气得瞪了朱汀逦一眼说："接着开会。"但是会上选举支部成员时，朱汀逦却出乎詹洪的意料之外，以高出他两票的结果，当选为支部委员。詹洪"马上送走"的命令只好自行"流产"。但是詹洪还是坚持保留个人意见，决定将朱汀逦的情况上报，由青河县委决定她的去留。在分工时，詹洪决定让朱汀逦暂时负责后勤工作。

"什么后勤工作？说穿了就是让我吃闲饭。"朱汀逦知道，当时哪有什么后勤啊，连口锅都没有，做饭用的是喂马的铁桶，切菜用的是马刀，全队30多号人，把干粮袋收到一起就是了。只有一个冻伤了脚的老刘归她照料，就算是后勤了。一直等到五月底，大队人马来了，他们才有了锅。

青河方面指示，关于朱汀逦的去留，应尊重她个人的意见。

当詹洪再次征求她的意见时，朱汀逦表示坚决留下来。詹洪也就不再坚持个人意见，重新将她的工作进行了调整，在分管后勤的基础上又给她增加了一项任务，负责全队的卫生工作。这倒难不住她，因为她参军之后，曾在22兵团卫训队，接受过半年多的卫勤训练，结业后又在生产部

队当过两年的卫生员。1955年，她和一位"9·25"起义（1949年陶峙岳将军率领国民党进行的一次起义）的老营长结婚之后，才改行当了营部书记员，干起了抄抄写写的文秘工作，所以自从她分管卫生工作之后，全队的内务卫生有了很大的变化，几乎所有的男人，包括詹洪在内都被他拾掇得利利索索。

平时不洗衣服的现在开始洗衣服了，不洗脚的洗脚了，不刷牙的刷牙了。个人卫生上来了，疾病明显就少了，队伍的战斗力也就提高了。

可是，后勤工作也很难做。俗话说，巧妇难为无米之炊。当时詹洪让她管后勤时，全队的粮食全部集中到一起，还不够一周吃的。县里供给的粮食一时又送不上来，她就和老刘天天外出挖野菜、打猎，千方百计节省粮食。就这样也不行了，到第13天武装工作队断粮了，可县里派出来的送粮队，已经出发5天了，还没到达。怎么办？不能天天让人饿着肚子去巡逻执勤呀，詹洪决定先杀两匹马，解决眼前的危机。同时又从三个哨位上抽调6个人，让副队长张建涛带着到附近的冬牧场，找老乡借粮。

有一天，指导员带队巡逻的路上，有3名战士饿得昏倒路边了。他就命令大家就地寻找野菜充饥。大家在挖野菜的途中，又捡了一只被老鹰吃的只剩下半拉子的野山羊。大家就用马料桶煮起了野菜和野羊肉，一个班的人马围着一口盛清汤的大锅，饥饿的眼睛不停地眨着。指导员心里明白，这样下去还会有更多的人倒下，部队将无法承担起巡逻警戒任务。等汤快好时，他突然发现，锅里有几棵从没有吃过的野菜。他就说："大家现在谁也不能吃，这种菜咱们都没见过，也没吃过，不知有没有毒。现在你们必须再坚持一会儿，等我吃了一个小时后，如果我没事，你们才能再吃。"

说完，指导员将锅里那种没见过的野菜，捞到了自己的碗里。大伙儿全都瞪着饥饿和恐慌的眼睛盯着指导员。当指导员把最后一口野菜咽下去不久，大家就耐不住了，开始向锅边靠拢。指导员就命令他们再坚持一会儿，说他感到不舒服，大家这才又停了下来。但是指导员的脸色已经开始发青，喘气也急促起来，接着是鼻子出血。等大家明白指导员中毒了时，七手八脚将他抬上马背，赶起马就往回跑，可还没等送到哨所，指导员就永远地闭上了眼睛……

朱汀逦含着泪用热毛巾，一点点地擦去指导员脸上的血迹，为他系上了风纪扣……

战友们在绵绵春雨之中，抬起指导员的尸体，向着哨所背后的山坡走去……巴颜毛敦武装工作队，是在断粮九天之后，才接到县上送来的第一批粮食。

原来送粮队在来巴颜毛敦的路上，遇到暴风雪迷了路，在山里转了五六天才找到他们的巴颜毛敦哨所的。

就是这条深深掩埋在阿尔泰山的沟谷之中的边境线，几乎与世隔绝，唯一和外界相通的只有那条纤细而又陡峭的转场牧道，每次到县里汇报工作、领取药品、给养，都要骑着马，在这条小道上翻山越岭跑两三天。朱汀逦他们就是在这样的环境中，吃黑豆、玉米等粗粮和野菜，在单调、苦涩的生活中等到1963年10月，青河县中蒙边防大队成立。

此后，他们的生活条件才有了改善，再也没有发生过断粮事件。但是由于长期生活条件艰苦、生活质量低劣，许多同志都患了严重的胃病。到1963年10月，朱汀逦第一次从巴颜毛敦返回山下时，体重下降到30多公斤，而且多次胃出血，最后还导致了不育症。

朱汀逦回忆起那段生活时，深有感触地说："……我们的边防部队进驻这一地区，我们开始建立青河农场时，兵团和部队一样，只要在这一块生产生活的人，连世世代代生活在这里的牧民，也知道战备是怎么回事了。备战备荒是经常性的，一天两三次不等。有时，我们的人，在田里正种着地，或是在半路上走着呢，就战备了。而有时候下班回来，面条还没下锅，战备又开始了。还有的时候刚刚走到连队，娃娃还在托儿所都没接

回来，那边的战备又开始了。总之，那时战备是家常便饭，到后来真的不搞战备了，边境和平了，我们都适应不了，总是放松不了那根绷了多少年的战备弦。"

说着朱汀逦顺手拾起一根红柳枝子，在地上画了一个圈，又在圈里画了一条线，说："就这样，这个圈里的地本来就是我们的地方，我们的羊群过去来来回回都从这里走，也必须要走这个路，那是我们的领土，我们的地盘呀，我们就得争，不就是为了这块地吗，因为这地叫国土呀，国土就得讲究个完整才行。就像我这园子，本来是我自己家的，种什么都是一个统一的，可你非要从那个角上抢一块去，在这好好的一块菜地里，你种出一片苇子来，那怎么行，我就是拼了老命也得给你拔个干净。扛膀子，就是在这一条线上，你争我夺，我们的羊群要转场，从这儿路过，你不让我们走这个地方，要弄我们，我们就弄你，你要动手，我们就用肩膀去顶去扛。人家是部队，是当兵的，手里都有枪，所以我们一般都是先说理，说不通了就开始对骂，再不行就只有扛膀子了。一个人不行就俩，再不行就上一群，弄成一个人墙，几十个人围成一个圈，手拉着手，你要过来进我们的地盘、抢我们的羊，除非从我们头上跳过去。"

在所有的"三代"工作队中，朱汀逦他们的青河武装工作队，是最后一个结束"三代"任务的。

1965年他们将边境线和哨所移交边防部队之后，就地组建青河农场，詹洪是第一任青河农场的政委，继续屯守在那片边地上。

这年，朱汀逦的爱人汪宏疆，也从农十师机关调到青河农场，任机耕处长。后来，夫妻俩在当地领养了一对哈萨克族孤儿，两个孩子分别从新疆大学和中央民族学院毕业。女儿被分配到了伊犁哈萨克自治州党委机关工作，儿子被新疆部队特招入伍，现在某边防部队任翻译。一双儿女都十分孝顺，每年冬天都要接老两口到外地去过冬，因为青河的冬天实在是太漫长、太寒冷了。

2000年秋天，79岁的汪宏疆去世之后，朱汀逦又让儿子将他的骨灰从乌鲁木齐抱回青河，安葬在了离家不远的那片山坡上。

她说，她已立下遗嘱，去世之后也要葬在这里，陪着老伴一起过日子。

是呵，他们和众多的兵团战士一样，自从1962年离开他们熟悉的城市和垦区，奉命编入边境团场那天起，就一生永远地留在了远离城市、远离繁华、远离文明的荒僻、冷寂的边地。

青河县是中国大陆上的寒极，青河的边地是冰冷的。冰冷土地上，安葬着的却是一群一生热血激荡的忠魂。

185团：最前沿的边境团场

2012年的时候，我随野马风流采风团来到十师。我们将用一个星期一鼓作气跑完阿勒泰和塔城两地区的十师的181团、182团、183团、184团、185团、186团、187团、188团8个团场。我们的首发之地是185团。

我们顺着中国唯一一条向西北流并最终注入北冰洋的河流 —— 额尔齐斯河的流向，在它冲出中国的国土流向异国的那一个小小点上，确认185团的位置。

185团和外界的唯一通道是一条不宽的石子路。缩在路边的小小的养路道班挂着一块巨大的牌子"中国西北第一道班"。185团1连的连部平房上也顶着几个鲜红的大字：西北边境第一连。

一进185团，接访人员一句"你们吃了吗"，让我们仿佛掉进了"河南窝子"。

"吃了吗?"185团人彼此相遇，都会互相用"吃了没有"这个大部分中国人已经摒弃的方式打招呼，口音是河南话。

陪同我们的一个工会干部，说的话就像调频收音机一样可以换台：每当他向我们介绍情况的时候，就调到略带点新疆口音的普通话，而和团场人说话的时候，用的是河南口音。

185团的官话就算是河南话吧。但185团却不仅仅有河南人，甚至河南人在这里并不占多数。

据当时统计：185团4400口人，来自山东、河南、甘肃、湖北、江苏、上海、天津等17个省区市。来自不同地方的人互相融合着生活，谁的生命力强大，谁就占据主流位置。"可能是河南话好学吧，还逗人。"那位工会干部如此解释，他的父母都是山东人。

最初来到这里的是山东的退伍军人。1962年的"伊塔事件"使他们分赴边境。

185团退休干部张照汉回忆，当时他从原济南军区炮兵5团退伍，坐着闷罐火车奔赴新疆。"当时非常紧急，被子里外全是白布的，都来不及做上被面。从乌鲁木齐到这里日夜兼程地赶，我们要执行'三代'任务"。

"一来了就发了枪，从此就背着枪种地，常常是前面安排人种地，后面有潜伏哨埋伏着。"

张照汉的妻子向记者描述了当时的生活：家里炒很多炒面，放进小布袋里，一紧张了就捆在身上，背着抱着孩子躲到大沙山背后去，男人们就扛着枪冲到边境线上。晚上在沙山露宿一夜，白天还照样下地干活。

"那时候'老修'天天制造紧张空气，探照灯把这边照得一根针掉地上都能看见，飞机常常飞到房顶上来，吓得孩子们直哭啊。"

张照汉一直背了40年枪，到1990年退休为止。他曾当过15年民兵值班连的连长，值班连里都是高中毕业的团场青年，全副武装，当时没有武器库，所有的武器弹药都放在张的家里："一间小屋子，住着一家人，墙上挂着一个排的枪。"

张照汉说他们这些人"民不像民，兵不是兵，是兵不拿饷不换岗，是民却要扛枪"。

"乐不乐意？"他反问自己，"不是你乐不乐意的事，来了就得这样干。"他自己回答自己。

当时的185团所在地，根本就不具备人类生存的起码条件。

曾经的兵团女劳动模范解见礼，现在已到了白发苍苍的晚年，她向我们回忆起当年情景还忍不住泪水涟涟。

当年，辗转两个月才从山东老家到达185团的解见礼见到了丈夫，眼前的人她已经认不出来了。"他穿了件破黄棉袄，又小又短，那件衣服破得哟，哎！就是一条一条的。人的脸焦黄焦黄的，他来的时候可是又白又胖的，我问，你是刘玉生吗？他说，我是啊。我再问，你真的是刘玉生？他说，我咋不是呢，你不认得我了？我问他，你的房子呢？他说，哪有什么房子！我说，没房子怎么住？他说有地窝子。"

地穴里是柳条编的床，床上铺着草，一个大通铺上睡几十个人，"我当时就哭了，一边哭还一边说，共产党到哪里不是革命?!"她就此留了下来。解见礼18岁入党，是山东老区的女干部，来的时候县长给她送行，让她记住一句话：共产党员到哪里都要革命。她问县长知不知道新疆的185团在哪里，这位县长也不知道。

男人女人一样地劳动，白天种地，晚上打过冬的柴，还要打土块，每一项工作都要争小红旗。冬天也不闲着，大家要比赛着往地里拉粪。"冷啊，近零下50度，雪有1米多深，人穿着羊皮大衣、毡筒子，拉着冰爬犁。我一趟拉200多公斤，比男同志拉得还多，身上出汗热气冒上来，在衣服的表面结成硬壳。一停下就得赶紧往家跑，一停下来身上的汗就凉得冰似的。"

185团的第二代人很多就出生在终日没有光的地窝子里。用一张白羊皮把孩子包起来，放在一个筐里，吊在地窝子的顶上，下面生上一盆火，大人们就出工了。一个孩子有时候从出生长到1岁多都没见过太阳。

解见礼在一次劳动中严重摔伤，失去了生育能力，一直没有孩子。

现在地窝子出生的一代已经长大了，45岁的彭学涛就是一个地窝子孩子，此时他就在他出生的9连当连长。在30岁以前他从来没有走出过185团，那时候外面的世界对他来说是不存在的。他认为自己继承了父辈留下的东西，并感觉自己守土有责。"我们不守总得有人来守，我们熟悉这里，和这片土地有了感情。"他说。

当年的艰辛经过时间的酿造变成了一个个有趣的故事，从军垦第二代的嘴里讲出来。这些40来岁的人正在团场挑大梁，他们很乐意将这些故事讲给从外面来到团场的我们听。

"我们这里大夏天有一种针尖大的小飞虫，军垦第一代把它叫'黑寡妇'，它能咬得人鲜血直流，乌鸦在天上飞着飞着突然一头从天上栽下来，就是被它咬得神志不清，它能咬得牛羊乱蹦，疯了一样。军队专门派来专家进行研究，专家说它的学名叫作'蠓'。"

对付蠓的办法，一开始是往身上抹泥，干了之后形成一层壳，但人一活动，甚至笑一笑，泥巴断裂，就不顶用了，后来是在脸上头发上抹柴油，但人的皮肤受不了。一位军垦第二代向记者讲述的时候语气里透着一点骄傲。

在中国的行政图上，一个县甚至一个乡都可以标识，但没有标识一个兵团团场的，尽管按行政级别来说它也是一个"县级"行政区，尽管某些团甚至比内地的几个县占地面积还要大些。每个团场都有一个地名，地图上都标地名，不标部队番号。185团的所在地地名：克孜勒乌英克。

我们从乌鲁木齐到阿勒泰，从阿勒泰到北屯，从北屯路过布尔津、哈巴河、福海县，然后再穿越荒野，涉过河流，才感觉到自己的脚是踏在中国版图"雄鸡"的尾巴尖尖上了。

一条浅浅的河蜿蜒流过，河滩里长着挺拔的白桦，树冠上正挂满金币一样灿烂的叶子。大片大片平整的田畴上，偶尔看见一台"康拜因"在收割油葵。四处都是静悄悄的。

毫不知觉地，一辆军车出现了，车上坐着七八个荷枪实弹的军人，为首的一个跳下车来向我们走近。此时路边上的一块"边境管理区，请出示证件接受检查"的牌子再次提醒：这里是非常地区。

枪声。在空旷安静的地方枪声显得不那么真实。是部队在打靶。

铁丝网。那湾美丽的小河全部被1米多高的铁丝网封着，它是中国和

哈萨克斯坦的界河，这条河叫阿拉克别克河。

界碑。一块标明为32号的界碑，上面写着威严的"中国"两字。在这块界碑的对面，河的那边一根蓝色的柱状物，是哈萨克斯坦的界碑。

"我家住在路尽头，界碑就在房后头，界河边上种庄稼，边境线上牧牛羊。"这是"西北第一连"房前立着的一块碑上写的，另一块和此相对应的碑上写的是"割不断的国土情，难不倒的兵团人；攻不破的边防线，摧不垮的军垦魂。"

1连的指导员韩继忠穿着一身迷彩服，他指着连办公室房后说："后面就是国界了。"在他身前，是一条200米不到的水泥路，路两边各立着6排簇新的平房，白瓷砖墙红琉璃瓦顶，整齐得像一排排列队的士兵。这就是全连32户人家的住所。韩指导员解释，之所以将农工的住所如兵营般排列，就是要做到"在短时间内能召集起所有的人"。

一大片田地的尽头，是界河，那边，隐隐约约显露出另一种生活。阿连谢夫卡，哈方最靠近边境的一个小镇。韩指导员说，小镇原有3万多人口，近年哈方将边民往后方撤离，因此小镇现在有9000来人口。

隔河相望从不往来，但双方对对方的情况都了如指掌。"那就是瞭望塔，双方都有，上面是高倍的望远镜，每天对对方过往车辆人员进行观察登记。"韩指导员说。

在兵团，35岁以下是基干民兵，45岁以下的男性都是普通民兵。但是，现在35岁以下的年轻人很少，45岁以下的普通民兵挑起了大梁。他们定时巡逻在边境线上，每年至少有三个月的训练时间。

有两件事，令我感动：

一件是：1连有一个上海知青叫沈桂寿，1964年来的团场，他种的一片玉米地就在国界的铁丝网下，每天早晨他都会看到哈方升国旗，于是就步行30多公里到团部去买国旗，但跑遍团部也没有，于是就用自家的红被面自制了一面，每天太阳升起的时候，他就用一根杨树的木杆升起自制的国旗，从1979年到1994年退休回上海，15年如一日。

沈桂寿回上海时给伙伴留下一句话："每天太阳升起的时候，就把国旗升起来。"

另一件事是1988年界河发大水，由龙口桑得克向地势低洼的中方土地上冲来，按照国际惯例，如果河水改道，国界就将重新划分。185团全体职工家属奋战8个昼夜，终于将界河憋了回去，保住了55.5平方公里的土地。

阿拉克别克河在哈萨克语里是"少女的耳环"之意，中国的国界也随着这条河拐了一个大大的弯，185团的12个连队就沿着这个大环一字排开，陈列在国境线上。185团的军垦战士们把这个称作"三前"：我们的耕地在边防哨所之前，我们的民兵在边防哨兵之前，我们的连队在边防连队之前。说这话的是一位老军垦，语气间有一种骄傲。

"铁打的营盘永远的兵，永不移动的生命界碑。"185团的宣传材料上有这么一段话。

我的耳边始终萦绕着：种地就是站岗，放羊就是巡逻。

桑德克哨所

　　提到185团，就不能不说说马军武。在祖国"雄鸡版图"的最西北角，有一个名叫桑德克的民兵哨所，十师军垦战士马军武20多年如一日驻守哨所，用青春和生命守护着中哈边境的32号界碑，不让祖国损失一寸国土。

　　提起自己的坚守之路，马军武黝黑的脸上闪过一丝羞涩："我家住在路尽头，界碑就在房后头。界河边上种庄稼，边境线上牧羊牛。"这首从小就会唱的歌真实反映了家乡艰苦的环境。1988年，他19岁，一直梦想着到外面去见世面闯世界，但在作为军垦第一代的父亲的严厉劝导下，他"勉为其难"在团里当了一名军垦战士。然而，这一年团里发生的一件事，彻底坚定了马军武为国守边的人生信念。

　　离桑德克哨所仅几十米处，就是我国和哈萨克斯坦共和国的界河阿拉克别克河。1988年4月23日，界河洪水泛滥，淹没田地，冲毁道路，越过桑德克龙口向185团部直奔而来。按国际惯例，界河是国与国的自然分界线，如果界河改道，国土归属也就随之变化。在这一危难时刻，马军武与全团父老乡亲连续8个昼夜抗洪抢险，终于把洪水逼回故道，保住了国土，从此他也认识到自己职责的神圣。

　　抗洪守土战役结束后，为了保证国土的安全，185团党委决定在阿拉克别克河边建立桑德克哨所，负责巡边守水。马军武毅然报名当上了哨所的民兵，然而满怀信心的他却遭遇了严酷的现实：桑德克哨所只有他一人，而且远离城镇和村庄，不通电，几个月见不到人，白天观察河水、巡边护林还好打发时间，到了夜里，陪伴他的只有孤独和黑暗。

1992年，马军武认识了同是军垦二代的张正美。性格开朗、善良勤快的张正美喜欢马军武的老实憨厚，桑德克哨所从此成为温馨的夫妻哨所。尽管哨所依然不通电，不见人烟，但马军武夫妇却能想方设法排解寂寞，下棋、看书、聊天。"实在没话题了，我们就吵架，看到什么就吵什么，为一双鞋子都可以吵半天，直到1993年儿子的诞生才为我们增添了更多的快乐。"张正美说。

当地蚊虫肆虐，那种被称为"小咬"的"蠓"无处不在，让人无法安宁。每年六七月份蚊虫肆虐，蠓虫个小毒大，最多时每立方米能达到1700多只。遮天蔽日的蠓虫咬得母鸡不下蛋，公鸡不打鸣，奶牛不产奶，狗儿不护院，马军武养的四条狗都被"小咬"活活咬死了。在这里生活了多年的185团新闻中心干事陈晓琪谈蚊色变，一说起"小咬"，依然是不寒而栗："咬死树上的乌鸦麻雀落地，咬的是鸡狗不敢出窝。你只要在大街上走的时候人人跟前都围着一堆'小咬'。'小咬'多的时候，就在你面前形成一道黑压压的一片。毫不夸张地说，女人出来看不清她的面目，因为戴的有防蚊帽，但是它还是见缝就钻。"

除了防蚊帽，大家还用长衣长裤把自己裹得严严实实。结婚时马军武给妻子买的裙子，至今还压在箱底呢，张正美从来就不敢穿裙子出门。为了防蚊子咬，马军武夫妇在野外巡边护河时，就穿上养蜂人使用的防护罩，并在身上涂上废柴油；冬天桑德克的雪厚达1米多，马军武早上带上干粮和铁锹巡逻，渴了就吃几口雪，晚上回到哨所，裤子、鞋子、袜子粘在一起冻成硬块，妻子要用木棒敲打才能脱掉。在这样艰苦的条件下，马军武夫妇每天坚持升国旗、登瞭望塔、观察分水闸、巡视河堤、检查植被、加固铁丝网……

工作中除了困难，危险也如影随形。1995年5月的一天，大雨造成界河河水暴涨，马军武乘着用轮胎自制的简易筏在界河中加固河防，张正美在岸边拽着绳子保护丈夫的安全。突然，一个浪头将马军武打落在湍急的旋涡中，不见了踪影。吓坏了的张正美只能沿着河岸无助地奔跑和呼喊。跑了好几公里，当远远看到抓住树枝艰难地爬上岸的马军武时，她一下子就瘫倒在河岸上："当时我一下扑到他怀里，号啕大哭，好多人都问马军武掉河里你那一刻想什么，啥都不想，只想让他活着。"马军武直到现在都说："是妻子撕心裂肺的哭喊激发了我求生的决心。"

2002年9月20日下午，在界河边放羊的马军武突然发现河对岸哈方境内的树林不时有浓烟飘来，他准确判断为山林失火，便立即向派出所报告，派出所迅速组织人上山扑救。一支由300多人组成的民兵应急分队火速赶到现场时，火势已蔓延到我方界内，大家经过1个多小时的奋力扑救，终于扑灭了大火。

由于巡边路线长，马军武每天都要揣上一块干粮，饿了，啃几口，渴了，喝几口河水，特别到冬季，带的馍馍有时冻得硬邦邦，也没有水喝，他就咬一口馒头吞一口雪。

受丈夫20年来的影响，张正美也成长为优秀的边防民兵。2010年4月30日晚10点，阿拉克别克河突发洪水，怀抱粗的大树都被连根拔起，张正美值班时发现险情，立即打电话通知团领导。正是她的及时通报，当3小时后洪峰来临时，由于一切防范准备已做好，流量超过1988年洪灾3倍的洪水几乎没有造成什么损失。

185团干部统计，20多年来，马军武在界河和巡边小路上走了近20万公里，相当于绕地球5圈，磨破了270多双胶鞋，穿烂了40多套军便装，记录了27本边情值班日志。他和妻子报告并排除各类边境险情近百次，哨所辖区没有发生过一起违反边防政策事件和涉外事件。

新疆桑德克哨所旁边有两座瞭望塔，一座是木质结构，建于20世纪80年代，另一座是钢结构，有90级台阶，是2006年新修的。无论风霜雨雪，两座瞭望塔始终相对而立，见证着马军武的艰辛、困苦和崇高使命。

桑德克30多公里的边界路段，自然环境极其恶劣。当地人深有感触地形容这里的环境是：春天被风刮死，夏天被蚊虫咬死，冬天被冰雪冻死。哨所跟前就是无垠的沙海，春天一个多月的沙尘暴刮得让人睁不开眼，冬天滴水成冰，积雪最厚达1.8米，给巡边带来重重困难。

虽然困难重重，但马军武把它们都踩在脚下，为保证自己在恶劣的环境中能够出门巡逻。他有时戴防蚊帽，再加上一片浸满柴油、来苏水、薄荷油混合物的布片，虽然能驱散"小咬"，但脸上皮肤却被柴油"蜇"出一片片小红疹。

最让人难以忍受的是看不到尽头的形单影只和难耐的寂寞。远离城镇、远离村庄、远离人群，没有电灯、没有电视。有时候为了排遣寂寞，这位坚强、沉默的男人就会爬上20米高的瞭望塔，面朝苍茫的沙海和一眼望不到边的戈壁荒原大喊几声；或是默默地行走在界碑前和界河边，去体会父辈们创业的艰难："我们这里生活环境很单调，每天要出去巡逻到边境上看看，觉得心里踏实点。但这种精神也是继承我们父辈们的一种影响，让我们才能在这个边境上坚守到现在。"

时代在变，185团在变，新疆桑德克哨所也在变，2001年，国家投资对阿拉克别克界河实施了两期加固工程。2006年，185团在桑德克建起了一栋新哨所，安装了电灯、电话，通了电视，哨所的院子里种上了花草果树。生活在变，但是兵团人屯垦戍边，保家卫国的崇高精神没有变。

2010年马军武被评为"全国劳动模范"，2011年被评为"全国道德模范"。

2014年4月29日，是马军武一生中的难忘时刻。习近平总书记来到新疆生产建设兵团第六师，参加了在五家渠市召开的兵团座谈会。一身戎装的马军武最后一个发言，讲起他在中哈边境桑德克哨所屯垦戍边26年、建设夫妻哨所的感人故事。总书记由衷地感叹："真了不起，我非常敬佩

你们。"发言最后，马军武郑重地给习近平总书记行了个军礼，坚定地说："请总书记放心，我会一生一世在桑德克哨所守护下去。一生只做一件事，我为祖国当卫士!"总书记带头鼓掌，全场响起了热烈掌声。

总书记握着他的手说，"了不起""非常敬佩"，并叮嘱他代向他妻子问好。

卞建梅——唱一曲爱的赞歌

我面前的卞建梅今年49岁，是2000年度的兵团劳模，2001年度的兵团十大杰出青年之一。

卞建梅告诉我：她是土生土长的187团人。1979年初中一毕业就分配在10连工作，再也没有"挪过窝"！作为兵团第二代人，他们的根就是连队。所有在连队出生的人都会这样认为。卞建梅说自己是幸运的，因为自己离根很近；反过来说自己也是不幸的，因为连队的历史很短，自己扎得还不深，根的意蕴不足。于是自己在这里坚守，就是为了使自己的根扎得更深，更牢固吧！

我的脑际突然闪现出艾青的诗句："为什么我的眼里总含满泪水？因为我对这土地爱得深沉！"

10连，就是卞建梅根的沃土。兵团故事都是以连队为主线，离开连队的故事就少了兵团味道。

卞建梅的故事就像那额尔齐斯河泛起的涟漪，荡起一朵朵浪花，唱响一曲曲爱的赞歌。

每个人的青春都是充满理想和浪漫的。1979年，正值18岁花季年龄的她受父辈们的影响，初中毕业后扛起了铁锹承包大田，当上了一名"庄稼把式"。她梦想在绿色的田野里实现自己的人生梦想，"我想只要能吃苦，就能在土地里刨出'金娃娃'……"说起当时的天真，卞建梅笑了。

但理想代表不了现实。

1986年她承包种植的66亩小麦，从播种、田管到收获尽心尽力，年底一算账，结果不但没有挣上一分钱，反倒亏损一万多元。那时候是什么生活水平啊，月工资就是几十元，一下子落下一万多元的饥荒，家庭殷实的职工尚且受不了，何况对一个刚出校门的小姑娘呢？

面对生活的压力，卞建梅彷徨过，失落过。但在兵团长大的卞建梅有着兵团人骨子里的倔强。面对失败，卞建梅没有灰心丧气，而是擦干眼泪重新开始追逐梦想的旅程。

经过认真总结教训，卞建梅发现之所以种地亏损，是因为种植技术水平不够，在田间管理上不到位。为了全面掌握食葵、甜菜、打瓜高产栽培技术，她自费前往石河子进行"充电"，积极参加团、连举办的"科技之冬"职工实用技术培训班，像小学生一样认真听讲，跟着有经验的职工学习，遇到难题积极求教。通过学习，她全面了解了农作物特点特性，掌握了农作物高产栽培技术。第二年，她将所学的知识运用到承包种植的150余亩食葵地里，实现纯收入3万多元，一举摘掉了亏损帽子，尝到了科学种田的甜头，而且每年经营的土地越来越多。

没有人能随随便便成功。春天的风，夏天的骄阳以及秋天的严霜……这些都让一个女人由美丽变得憔悴。但看着日子一天比一天好，卞建梅的黝黑健康的脸上露出灿烂的笑容。她说："有梦想的日子是幸福的！"

1998—2004年，是卞建梅的巅峰时期。她每年承包土地300余亩，7年累计种地2100余亩，共生产粮食油料33万公斤，上缴国家粮食油料30.9万公斤，个人承包收入达到35万元。一时间，卞建梅成了远近闻名的"致富明星"。

2005年，种地的人越来越多，而连队的地还是那么多。面对这种情况，她响应团党委号召，主动将自己改造为良田的117亩地让给新职工，自己家就留了150亩职工"身份地"。身边的人都说她傻："这么好的地让给别人，那就是白白把几万块钱送给别人啊！"面对一些人的不理解，卜建梅笑着说："看到大家都富起来，这才是让我最高兴的事。"

2008年春季，团里大力推行加压滴灌技术，当时，大多数职工担心运用此项技术会给生产经营增加成本，持观望态度。卜建梅认为实施加压滴灌技术，具有节约用水、提高产量及农产品品质、降低田管劳动强度的特点，她积极向职工群众宣传加压滴灌技术的优点和实惠，自己带头运用了加压滴灌新技术，当年，打瓜单产突破190公斤，在收回成本的同时，实现收入9万余元。在她的示范带动下，2009年，连队职工纷纷出资购买加压滴灌首部设备，运用加压滴灌技术的职工达到80%以上。

2009年初，她被十连职工推选为工会主席。连队工会主席没有纳入连队干部编制，每年只拿1000元津贴。

1000元对一年收入十几万的卜建梅来说，真的不算什么。但她说："人这一辈子不光是为钱活着。"

她满脑子装着连队发展、种植业结构调整、职工增收等连队重大问题，积极协助连队党支部开展各项工作。利用业余时间走家串户宣传兵、师、团政策，广泛听取职工群众意见建议，去年利用冬闲时间组织连队职工收割芦苇，育肥牛羊创收，每个劳动力月均收入2000余元。

她家的小四轮拖拉机，让众邻乡亲当作"拉拉车"使用。农忙时节，会开拖拉机的职工往地里运送化肥，或从地里拉农产品，来到她家借拖拉机，她二话不说，将拖拉机借给别人去用，每年油料开支达到3000余元。婆媳之间发生矛盾，夫妻之间拌嘴，职工间发生纠纷，大家都喜欢找她评理，她总是苦口婆心地做说服工作。

富了口袋还要富"脑袋"。作为连队的工会主席，她积极组织连队妇女举办文化活动，陶冶了情操，丰富了职工业余文化生活。农闲时间，职工群众喜欢到她家请教农业技术难题，她毫无保留地将自己积累多年的致富经验传授给职工群众，职工群众形象地称她家是职工"业余技校"，是

修复爱情、加深亲情和联络感情的"温馨家园"。

富起来的卞建梅心里一直有一个朴素的念头：那就是带领着连队上更多的职工群众走上致富路。

在连队，卞建梅有个外号叫"及时雨"，这个看似玩笑的称谓里，不仅包含了卞建梅对大家的关心和帮助，也蕴藏着大家对她的感激之情。

新职工张雷廷1995年从内地迁到连队，在老家种惯了一亩三分地的他，看到一眼望不到头的80亩地，一时心里没了底。卞建梅看出了张雷廷的心思，主动做起张雷廷的"科技顾问"。田管期间，不管自己地里多忙，只要张雷廷有事找她，她放下手头的农活儿，来到张雷廷承包地里，耐心细致地教他浇水、施肥、打药技术。在她的帮助下，张雷廷收入逐年增加，2009年，张雷廷的收入已达到10万元，还购买了小车，全家人过上了幸福生活。

1998年4月，耿万和一家从东北来到连队定居，当卞建梅来到耿万和住处，看到他家只有一张铺，三套碗筷，其他生活用品什么都没有时，她鼻子一酸，眼睛噙满泪水，当即回到家中，与丈夫一商量，将自家的沙发、碗柜、水缸等家常日用品送给耿万和家。每逢春节、中秋节等传统节日，忘不了把耿万和一家人叫到自己家过节，让耿万和一家人备受感动。1999年冬天，耿万和的孩子突然生病，经连队卫生员诊断要求孩子必须住院，当耿万和为孩子无钱看病感到万分焦急时，卞建梅及时送来1000元，解决了耿万和的燃眉之急。

多年来，卞建梅不图回报、不计名利，总是如同对待自己亲人一样地为连队职工群众排忧解难，奉献自己的一片爱心。

2007—2009年，连队职工何清全、邵生育、叶卫东因经营不善种地连续亏损，导致家中经济非常困难，卞建梅共拿出12300元，对这3个家庭在校读书的7个孩子进行帮助。新职工代文峰因经营不善，生活比较困难，卞建梅就像对待自己亲兄弟一样，为他们送去大米、面粉、清油等生活用品。2009年，代文峰的孩子考上了大学，却苦于无钱交学费，当一家人一筹莫展时，卞建梅立即送去3000元现金，解决了孩子无钱上大学的实际困难。职工华修国2009年种地无钱交水费，卞建梅为他送去了2000元，让农作物及时得到灌溉；职工余进喜春天无钱交机耕费，卞建梅从自己家中拿出2500元，使农事没有耽误。

连队孤寡老人郑玉德，体弱多病，需要照顾，卞建梅从2003年开始，利用闲暇时间去看望老人，为老人洗衣服、提水做饭，老人逢人便说"卞建梅就像亲闺女一样对待我"。2012年，职工袁吉荣无钱购置薄膜，为了解决他暂时的苦难，卞建梅又拿出了2000元解了他的燃眉之急；杨树雨开小四轮出了车祸，当时由于手头紧，凑不够医疗费，卞建梅当时拿出1000元。

187团10连是个小小的地方，但在这个小小的连队，卞建梅却用自己的执着活出了别样的精彩。她用朴素的热情和执着的奉献，书写了一个团场普通职工对家乡、兵团、祖国的热爱。

卞建梅说："10连就是我的家，连队上的职工群众就是自己的家人，我热爱自己的连队，我希望在自己的带动下，连队能够变得更美好，大家的日子能够团结富裕。"

阿吾斯奇盛开小黄花

2016年的端午节放假3天，我有幸参加了由七师文联、阿吾斯奇文化旅游公司、137团联合组织的兵团第二届旅游文化摄影大赛户外采风活动。

我们前往阿吾斯奇牧场进行拍摄创作。阿吾斯奇为蒙古语，意为开满小黄花的地方，位于和布克赛尔蒙古自治县与哈萨克斯坦共和国的边境线上，有89.5公里的边界与哈萨克斯坦接壤。阿吾斯奇的萨吾尔山南支有两个面积百亩左右、相距不足五百米的湖泊，人称大双湖。距大双湖两公里处，还有两个相距不到百米的小双湖，东湖水面15亩，西湖不足10亩。大小双湖像人的眼睛一样，与哨塔一起警惕地守护在边境线上。

阿吾斯奇旅游风景区位于禾丰县城西北方向60余公里处。景色秀丽壮观，如一块绿色的翡翠镶嵌在群山怀抱之中，四周铁布克山、托落盖山、赛木斯台山峰峻石异，中央广袤的草原，水草丰美、羊欢马嘶、牧歌荡漾、草原辽阔、地势平坦、气候湿润、降水量高，年平均气温3摄氏度，7月平均气温16摄氏度，无霜期为120天。草地上野花争奇斗艳，有松树、苦杨、爬地柏等植物点缀山坡，有旱獭、大头羊、盘羊、猞猁等动物，使这里形成了天然的景色公园。高山、松树、泉水、山花、毡房、牧群，共同组成了一幅牧歌式的生活画面。到了夏季，漫山遍野的山花，尤其是野玫瑰竞相开放，宛如到了花的世界。游耍其间，妙趣横生。

是的，我们已经抵达今天的目的地 —— 双湖。湖畔鲜艳的迎风招展的火苗 —— 小黄花，编织成了一张辽阔的地毯，就这么望去，如同一个人的漫步，走向地平线，走向无穷的天边！它们一尘不染，孑然独立。

这微不足道、渺小的花朵，每一朵都像一个小太阳，光芒辉映着自己的灵魂，不然为何那阵雨路过，它们却在舞蹈。相比于那些趴在地上的小草，我依恋这种渺小隐喻的力量，不一定和伟大有关，足以震撼一个人心中最柔软和最坚硬的部分。

你不可能将目光更多地放在它身上，但每一次看到总会凝视一会儿。你蹲下来、或匍匐在大地上，你相信这时的你们是一样的。当你用手抚摸它，你看到一个仰起头微笑的生命，风阴阴凉凉，你瞬间站起来，冷峻的气氛，让你感觉自己犯了什么错误。其实，你没有错。只是我们的内心被神圣掠过，虽然更多的岁月中我们不谈论这些，甚至不相信。

在这片开满小黄花的地方，有一个常年工作生活在牧区的边防14连。连队里有三名年轻漂亮泼辣的蒙古族姑娘，给我留下了很深的影响。她们仨大学毕业后，放弃了去城市工作的机会，毅然回到了养育她们的故乡——阿吾斯奇牧场，奉献着青春和才华。

乌仁才次克，一位22岁的蒙古族姑娘，第三代兵团人。乌仁才次克的祖父、父亲一直生活在阿吾斯奇牧场，她也出生在这里。2007年，乌仁才次克到阿勒泰学习畜牧兽医知识，中专毕业后，她回到阿吾斯奇牧场，在14连从事兽医工作，2013年破格提拔为14连连长，是137团最年轻的连级干部。团场机关有位科长非常欣赏她的灵性，要调她到团场机关工作，都被她拒绝了。她告诉记者，她就是喜欢在阿吾斯奇牧场工作，"在这里工作，天天走着父辈们走过的路，心里踏实。"

乌仁才次克，身高1.68米，身材修长，长发飘飘，浓眉大眼。别看她是一介女流，长得清秀柔弱，但对工作非常严谨。带领着牧区的战友们克服蚊虫叮咬、风霜雨雪的恶劣天气，巡逻在边防线上，在维护家园稳定的同时，与牧民们一道建设家乡。

乌仁连长所在的14连有上万只大小羊只和上千头奶牛，平日里，不仅要把牧区的生产抓好，还要走访牧民点，一年四季不同时节的牲畜防疫和两次羊只的洗澡工作，是生产上的大事。她手里的小本子记满了牧民在生产生活上的琐碎事情：2013年7月8日，牧民其其格家的114只母羊再有一周就要产羔了。2014年4月13日，乌力罕家的300多只羊要打防疫针，要想办法解决他家劳力不够问题。2015年12月22日，寒冷的冬天，白雪皑皑，中哈边境萨吾尔山下气温降至零下20摄氏度，驻守在这里的牧区阿吾斯奇边防连，充分利用练兵的好时机，结合担负的使命任务，将民兵连官兵拉至陌生地域，开展严寒条件下的适应性训练，提高遂行任务的能力。她与孟可拉生、布衣其其克三人参加了牧区冬季训练，这是一项锻炼体能磨炼意志的活动，虽然很辛苦，每天要走数百里的边防线，但，她们的心是热的，激情不减。因为这不仅仅是走在有界碑的边防线上，而且是一个国家尊严的象征，她们感到很自豪。2016年6月17日，这天，她来到牧民哈丹巴特尔家里，得知他妻子生病住院，俩孩子住校，70多岁体弱的老母亲躺在床上需要人照顾，看到这些，她急忙放下肩上的背包，帮着把家务整理干净，给老人洗漱穿戴好，临走时，老奶奶抚摸着她的脸，慈祥地看着她说："善良的姑娘，牧民的贴心人。"

多年来，乌仁用她的美丽、善良、热情、豪爽、干练的品质和工作作风，赢得了农牧民的信赖。一分耕耘一分收获。2012—2014年三年里，乌仁才次克分别在137团党建带团建工作中被评为"优秀大学生"，在基层动物防疫工作中被评为先进个人、第七师民族团结进步模范个人等。2015年参加在石河子大学举办的兵团2015"三区"科技人员培训，被评为"优秀学员"。

今年27岁的蒙古族姑娘孟可拉生，初次见到她还要从2014年7月下旬的一次去阿吾斯奇牧场的户外采风活动说起。我跟随七师文联一行从奎屯出发，驱车数百里来到牧场。第一次来阿吾斯奇牧场，我被牧区清新的空气、湛蓝的天空、朵朵白云和青山绿水的环境深深吸引，太美了，简直就是人间仙境嘛，手中的相机不停地咔咔咔地拍摄着，不经意间一个跑前跑后为大家服务的"小伙儿"闯入了镜头，见她满头大汗也顾不上擦一把，一会儿为摄影师们端茶递水，一会儿又去招呼其他游客，说话十分干脆且洪亮，我的相机快门记录下了她干练的样子。

山里的天气真"个性"，尽管进入了伏天，但，只要头天下雨，第二天清晨，气温一定非让你打个"冷战"，浑身打战不可，我就亲自感受到了这一点。去的时候奎屯这里高温到37摄氏度朝上，一行的美女们都穿着纱裙，美丽可人，谁承想到了之后，兴许是老天爷高兴吧，下了一夜的小雨，早晨，天放晴了，却"凉快"得叫人不敢出"被窝"。反差咋就这么大呢？我们住在一个大院子里的一排由石头砌成的招待所，外形看上去很古朴的平房。我和小赵窝在被子里都不肯出来，领队的文联副主席耿新豫已差人喊了三次了。这时候，又传来了敲门声，我裹着被子下去开门，"大姐，这是牧区王书记让我给你俩找来的军棉大衣，穿上它就暖和啦。"我一边接过大衣，一边打量了一下眼前这个留着齐耳的短发，穿着迷彩服，细眉细眼，露着微笑的蒙古族姑娘。她个儿不算高，约1.60米，看着貌似胖，却很壮实，像个"虎妞"。她自我介绍："我叫孟可拉生，以后的这几天有啥事情就找我，这是我的手机号……"就这样我认识了小孟。

孟可拉生于2013年3月参加工作。当年大学毕业原本可以去城里谋份职业，但倔强的她喜欢这块生养她的热土，回到137团电视台担任记者工作，每当她跟随团领导来到养育她的阿吾斯奇牧区检查生产时，孟可的心里总有一种冲动，一种激情燃烧着她，一个念头在脑海里萌生——放弃电视台记者的工作，申请调回了阿吾斯奇牧场担任政工干事。

两年多的基层锻炼，使孟可拉生无论工作还是生活都更加成熟了，她成了牧区的业务骨干，工作中雷厉风行的她哪里像个大姑娘啊，简直就是个标准的"爷们儿""女汉子"。她说："我母亲家族世代生活在阿吾斯奇，我是第三代牧场人，我爱这份职业，更爱这里的一草一木和熟悉的牧民，

从小到大是父辈们淳朴忠厚的品德感染着我，教育着我，我要沿着他们的足迹走下去，扎根牧区，建设牧区。"

2015年1月，随着旅游业的不断发展，孟可担任了新疆阿吾斯奇文化管理有限公司发展经营部业务员。她的工作更繁忙了，除了办公室业务，还要负责旅游项目开发、收集整理红色旅游资料，每年度的旅游文化"红色热土、秘境凉都"摄影大赛筹备、设计制作展板等工作，把特色产业展示给游客。她的出色工作，得到了干群的认可。她先后被团党委和牧区党支部评为优秀工作者，还在去年五月的民族团结教育月演讲比赛中，获得第二名的好成绩。"阿吾斯奇是我长大的地方，这里拥有我太多美好的回忆，也是我为之奋斗一生的家乡。"这是孟可拉生的誓言。

26岁的蒙古族姑娘布衣其其克，2014年7月毕业于伊犁师范学院法学专业。怀着对家乡的钟爱，她决定回团工作。当年11月担任阿吾斯奇牧场政工干事，工作之余，她为了熟悉牧区环境，尽快投入工作，主动与乌仁连长一起走访牧民，了解民意、民声，把党的好政策宣传到牧民心中。有一回，布衣下班走在回家途中，忽然一阵风吹过，大雨滂沱。草原的夏天雨说下就下，说晴满天乌云即刻跑得无影无踪，瞬间就蓝天白云啦。

布衣在雨中飞快地跑着，猛然看见路旁一位牧民大叔很费力地把一袋子掉到地上的饲料往车上装，她赶忙上前帮着抬上车。看着车子稳稳地开走了，她也淋成了"落汤鸡"。生活中，只要遇到有困难需要帮助的牧民，布衣姑娘总是随叫随到，从不马虎。左邻右舍的长辈们竖起大拇指夸赞她"眼快腿勤，是个好苗子，牧场的未来靠她们了"。女连长乌仁说："布衣其其克是我们草原上盛开的又一朵小黄花，虽然娇小却柔中带刚，交代给她的工作从没出过差错。"2014年12月，137团成立了旅游公司，她被调任办公室业务员。

只要来过阿吾斯奇的游客都会由衷地感到这里的牧民热情好客，这里风景怡人。但，又有多少人知晓这里变化无常的气候特性呢——夏天三个蚊子一盘菜，即便是到零下3摄氏度左右，蚊子照样我行我素，见缝插针地叮你一口。冬天暴风雪肆虐，时常是十天半月下不了山。能在这里世代繁衍，吃苦耐劳地长期生活下去，守土固边，献了青春献子孙，本就是一种奉献。这种奉献精神，是值得我们永远学习的榜样。

夕阳在牧场蒙古包传出的乐曲声中徐徐下落，天边出现了一片火红的晚霞，把牧区辉映得更加绚丽夺目。我站在高处，眺望着牧区的红顶房，头上飞过几只不知名的鸟儿，一阵微风拂面，心情格外舒畅。多么幽静的环境呵，我陶醉在梦幻中，手里捧着一束小黄花，闻着淡雅的清香。心中更加敬佩这三位蒙古族姑娘，她们就像这小黄花一样，顽强地生长着，我赞美阿吾斯奇的风土人情，更为盛开的三朵小黄花点赞。

愿她们像雄鹰般翱翔在蓝天白云间，用智慧和汗水谱写出华丽的人生乐章。

东大塘异事

　　晚上散步，不想进家。暴晒了一天的墙体正在散发着热量，房中奇热难耐。

　　外面凉风习习，很爽，使我想到东大塘。

　　因此，十二点了，我还在夜里游荡。

　　由此看到了天上很特别的月亮。

　　首先是它不圆不方，像地核。其次是亮，亮晶晶的，透明。再其次，上方有少许阴影，呈扇状，竟然活生生衬托出一个侧坐的大佛的影像来。大佛端坐着，双手合十，眼睛微闭，俯瞰人间。

　　真是太奇异了。

　　我立即打电话给谢平，说，你赶快出门看看月亮，里面有个大佛！

　　这时候的谢平，正在看电视。挂了电话，我感觉到他出去了。几分钟后，电话回过来，说是没有看出个所以然，他倒是会安慰我："可能是所处位置不同，角度不同吧！"

　　其实，我的内心真是希望谢平面对月亮的时候和我是一个感觉！

　　我为什么给谢平打电话呢？

　　因为他是东大塘景区的总经理。

　　他的过人之处竟然是"异想天开"地在东大塘水沟景区的高山上，自己建了座大佛像！

　　我就是才从那儿回来，所以，看着月亮上的大佛，我就想到了东大塘的大佛。

那就说说东大塘吧。说起东大塘，就绕不过去这个人：谢平。

谢平是石河子市正丰旅游开发有限公司的老总，今年五十岁出头。他在改革开放初期就开始从事自营经济了，到目前为止，他属下有好几家公司，东大塘景区只不过是他众多公司中的一个。他现有的资产过亿，算是个亿万富人吧！

认识谢平缘于一次偶然的机会。在一次和朋友的聚会上，我的朋友认识了谢平。知道谢平为了东大塘景区的发展，急需一个人给他进行文化策划。朋友一下子就想到了我。因为我近年来一直在一家文化工作室为地方做文化策划和宣传。

就这样我就见到了谢平。

谢平就开车把我拉到了东大塘景区。

去东大塘，一路崎岖，路况还不是特别好，为了让谢平保持最佳的驾车状态，我只能见机说上几句话，根本无法切入正题。谢平告诉我，他是个"没有文化的人"。我心里就想，这个人怪啊！做旅游就是做文化啊，哪有一见面就称自己没有文化啊？我想：现在的事情很难说，"有文化"和"没文化"就像那句说人"是个东西"或者"不是个东西"一样，不好说啊！说你有文化，原来是"臭老九"，现在成为酸腐的代名词；你说他没文化，是骂他。现在，我遇到一个说自己"没文化"的谢平！

东大塘位于新疆沙湾县南部山区，属天山支脉，依连哈比尔尕山北麓，距县城80公里。东大塘海拔逾千米，四周翠松参天，草甸碧绿。路一直绕着山涧走，我们的车停在了群山之间，翠松之下的一块山间草坪上。这天的游客有2000多人，以致发生了堵车现象。东大塘景区入口处的警务室的全体警察出动，疏通道路。谢平自己也下了车，和自己的员工把一辆停在路上的小轿车硬是抬到不碍事的地方！

到了东大塘我才知道，东大塘景区分为东、南、西三区，有着三种迥然不同的风光景致。我现在的位置在东部，属于水沟景区，是因山脚下一条流淌的水沟而得名。就是这个时候，我突然看到一尊镀金大佛立于山崖之上，蔚为壮观。大佛坐落在苍翠的松林之间，大佛右边百米处，有瀑布从崖头飞流直下，直泻沟底深潭，浪花泛起、白雾弥漫；沟畔林下乱石突兀，珠玉飞溅。

我沿草坪上行，左边群峰壁立，一条人工修建的台阶蜿蜒向上，直通大佛。大佛依山而凿，在斧劈刀削般的山峰中部，佛身高达二十三米，宽十六米多，它坐落在天山支脉，人们俗称它为：天山大佛。

这尊镀金大佛雕刻的是释迦牟尼佛祖，金佛与四野的群山和林莽浑然一体，让山更显庄严，让大地更显宁静。

谢平告诉我，这尊镀金大佛由他从1999年开始筹划，耗资数百万元于2000年建成。

于是我知道了建造这尊大佛所发生的一些灵异事件。

进入21世纪，谢平的事业做得很大，急于发展其他项目。于是他与沙湾县签订了承包东大塘景区30年的合同。

在东大塘水沟景区，他被东面一座大山所震撼。在烦琐的生意场上，他感到了这儿的清静自然。他发现，松阵环绕处，裸露着一边荒瘠的山体。就像一个人老了，前额谢了顶吧。谢平称这是一座老山。他发现那里总是缺了一点什么。后来，他琢磨了几天，对东大塘这个地界的人文地理进行了了解和梳理：这儿曾经是蒙古族人的居住地，还有鞑子庙的遗迹和遗址。他的脑子突然就开窍了：这儿应该有座大佛像！由此，第一年他就拉开了修建大佛的序幕。

海拔1000多米的高山，怎么修建？当时谢平的脑子里在算账：如果用人工倒运土方要20多万。他盘算了一下觉得还不如买回一辆小型的装载机合算。当县领导莅临检查工作时，发现装载机在大山的脖颈处隆隆轰响，大吃一惊，装载机是怎么飞"到"山上的？原来，谢平在山坡上安装了一个卷扬机，旁边修了铁轨。他组织人力把装载机给拆卸掉，分块把装载机给"卷"上山，然后再重新组装起来。就这样，减少了用工，也减轻了工人的劳动强度，又加快了工程进度。最后工程完工后还得了个装载机！

在修建过程中，大佛的定位在什么位置？这是道有难度的题目。他聘请了很多专家来调研，对大佛的位置很难定夺。正在谢平抓耳挠腮的时候，在施工放炮的过程中，从山上滚下一块石头，不大不小，正好在山体上砸出一个白印出来。天意乎？谢平当场决定，那就是中心点！

大佛的轮廓已经描画好，施工人员中有些懂得一点"道行"的人，先是看了风水，然后用松树在四周进行围障，然后跪拜点香。其实围障也是点香的一种形式，只不过围障的规模要大得多。此时，东南方向飘来一大块祥云，翻滚着、腾云驾雾一般涌来！在场的几十名工人惊呆了，祥云过来，仿佛护佑大佛，让参与的人平安顺利！

大佛的整体效果图轮廓出来后，大家在山顶上休息。有两个施工人员钻进了山顶上的水帘洞，这个水帘洞里的水从山顶流下，就形成了蔚为壮观的瀑布。当时是停水期，洞里没有水。这俩工人休息了十几分钟，就出来了。他俩刚一出山洞，洞里突然就溢满了水。两个人惊吓之余，无不对正在修建的大佛怀有感念之心。

修大佛像就是为了积善行德，几年下来，谢平投入了数百万元。大佛像雕刻竣工后，景点很受游客的推崇。只是这儿的路况差一些，谢平就决定修一条简易的山路。规划后，根据实际情况要把一个小山包掀掉。于是，施工人员在五个地方，不同角度，打了五个炮眼，每个炮眼里放几管子炸药，炸药里面放三四个雷管。炸山头的时候，有一个人负责把雷管的引爆线路连通，由另一个人负责引爆。没想到的事情发生了，由于线路里的余电没有完，在连接过程中，突然就爆炸了。当时负责连接线路的2人就在炸点跟前！当时的谢平吓坏了，想：完了完了！要出人命了！结果那个人居然从烟雾中站立起来，安然无恙 —— 只是扑了一脸的灰尘。谢平在惊吓之余当即决定给了这个工人1000元，让他歇息5天。

修大佛像，出了那么多的异事，竟然是有惊无险！

大佛像建好后，引来了无数的善男信女。在这优美的环境中，人们尽享安宁，安谧。其中可能也有很多怀有各种心态的人，他们面对大佛，耳边传来瀑布轰击山体的隆隆轰鸣声，心中可能也会掀起阵阵波涛。波涛过后，心灵可否得到一点慰藉？一丝安宁？

2011年12月底，我与文友新荃赴奇台参加"新疆乡土文学编创恳谈会"，休会期间逛了奇石店，花2000元买了两个拳头大的戈壁玉雕琢的"金蟾"。民间说法：金蟾是招财的。刚买下，女儿从乌鲁木齐打电话说：爸爸，我得了奖学金1999元，还有一元钱是打卡的钱。天！够神奇的吧！我不禁心里念叨：心怀善意，诸事顺利！

随后，谢平开车沿林间崎岖小道将我带入西面主景区：东大塘。而要真正进入东大塘，须从山底驱车而上，经过天然植物园 —— 一处围有栅栏的林子 —— 自治区级天然野生动物保护区，内有马鹿、鹅喉羚、盘羊、棕熊等国家二级保护动物，还有野鸡、豺、野猪等其他野生动物上百种。翻过数座绿茵如毯的小山峰，中间几处僻静的山涧草甸，几户哈萨克牧民，有新鲜的奶疙瘩晾晒在毡房前的草地上，鸡在林边寻找虫子，狗在闲逛……车子在松林与草地之间穿行，忽然，眼前豁然开朗 —— 东大塘到了：南边群峰耸立、林木葱郁，一片黛青延伸至视线不及之处；西边丘陵草原，同样是郁郁苍苍，辽阔无际。草原上羊群踏着碎步，牧马凝神远望，天边薄云飘浮 —— 一幅牧歌画面，静谧而温馨……

哦，这就是世外桃源般的东大塘。

谢平告诉我：修建大佛是出于缘分，更是出于使命感，让人们都怀有一颗善良的心，从善的心。东大塘有数百年的历史，别人都没有做的事，他做成了。他还告诉我，如果比有钱，他可能比不了别人，算不了一个老板；但是，他追求人格的升华，在精神上算是个老板。他有想法，干了自己愿意干的事情。而且是在干积德行善的事，是要给后人留下点什么。

谢平对我说，他干事就是根据自己的实力，想一步干一步，边建设，边发展，边推介。他建设东大塘的愿望还没有完，也许永远都不会完吧。现在做的一切就是为文化打基础，他只是东大塘的建设者，建设中的成绩就是以后的文化。明年他要在东大塘的最高峰建一座30米的佛塔。

我从东大塘回来后，始终在想着谢平这个人。这个自称没有文化的人；这个亿万富人；这个干自己愿意干的事的人。

因此，在2012年7月29日的夜晚，当我看到了月亮上的大佛后，我给一个喜欢摄影的朋友打电话，说月亮上有个大佛，你照一下。朋友以为我是在梦魇——其实他正在梦中，被我惊醒，不想动，就说照相机不在身边。

我给电视台打电话，看谁在那里。副台长接的电话，我告诉她，月亮里有个大佛。她正在值班，正是无聊至极的时候。我感觉到她推开了窗户。听她说：我怎么看不出来有大佛啊。我说：你把摄像机扛上，试一试。两分钟后，副台长说：我的摄像机功能不行。拉近了，看不出是什么。

我心里很失落，挂了电话。

自己跑回家，拿起自己的傻瓜机。可惜，月亮在我的机子里一个劲地晃荡，根本不听使唤。拉近，拉近——就是一团晃晃的影子！随意地拍了几张，自己也懒得看。

还是自己的肉眼看着像啊！由于每个人眼睛的亮度不一样，所看实物就有了差异性。

其实有些东西是在自己心里的，看到看不到已经无所谓了。

小城伊吾的美丽

我这个人从小就有点忧国忧民，为国家的前途和命运担忧，年纪轻轻就谢了顶，几岁的娃娃见了我这张苦大仇深的脸，以为别人欠我钱了——张嘴就叫我"爷爷"。

我还常常地、不自觉地、在自己都不知道的情况下，长长地出口气。朋友见了我就说："你活得太累了！你不能开心点吗？"

是啊，我不能开心点吗？同在一片蓝天下，踩着同一块巴掌大的地方，朋友为什么就活得阳光灿烂呢？

但是我总觉得生活太不如意了。朋友那阳光灿烂的脸，不也就是张猪八戒的脸吗！

说良心话，我真是高兴不起来。

国家的忧就免了，有中央领导呢，而我的忧又怎能让我开心呢！

我居住的小区经常遭小偷哥哥惦记，记不清我已经丢了几辆自行车了。前几天还丢了辆豪爵摩托车呢！报了几回案，竟然没有一丝音信，也懒得报了——公安破了案，竟然要送锦旗的，我们要千恩万谢呢！你让我咧嘴笑吗？我哭都哭不出来。

上了一天班回到家，正是做饭的时候，拧开水龙头，竟然不来水！自来水公司停水也不告诉你一声。我吃不上饭，我还笑吗？那不是神经错乱才怪呢！这阵子天热，想洗个澡，没有水。一身黏黏糊糊的，你笑吗？

晚上，要看电视了，信号竟然中断了！喜欢上一个电视剧容易吗？就这样给废掉了。它废掉的可是你的好心情啊！你还要照样给它准时交去收视费，差一天要罚滞纳金若干呢！家门前的那条修了三年的路至今没有通，天天都是咣咣当当的。为了修这条路，旁边的那条新路已经给压坏了。敢情是这样的，等把门前这条路修好了，又开始修旁边这条路了！他们不停地挣钱，我们不停地受煎熬。

我能笑吗？

我虽然说的是我家门口，其实就是你家门口啊！我家发生的事也在你家发生过啊！真的没有发生过？等着吧，迟早要发生呢。

我看着你笑吧！

7月16日这天，我有幸偕同自治区文坛和文化界的几个顶尖高手和宿将来到了一座小县城——伊吾。我们的这次采风活动的名称是"作家走进哈密"，他们是新疆文坛大腕赵光鸣、诗人郁笛、著名编剧程万里、楼兰专家何德修、清史专家周轩、旅游专家老鬼等一干人马。

在小城伊吾，我的整个心境发生了变化。

我们是在半途被伊吾县的美女副县长高丽红在盐池乡的幻彩湖接上的。幻彩湖的神奇之处在于，它随着天气的变化会呈现出不同的色彩。晴朗的日子，湖面像大海一样碧蓝，日落时分，晚霞映照，绿里透红；当要起风时，湖面呈粉红色，要下雨时，湖面呈紫色。当地牧民有趣地称它为"天气预报"湖，常言是"出门看天气"，盐池牧民是"出门看幻彩湖"。

哈哈，我那郁闷的心情也随着幻彩湖在起着变化。

听高副县长的介绍，我对这座县城有了点了解。我记住了她说的"三个没有"。

这儿没有小偷。说明她安宁，稳定，能不叫美？

这儿没有"牛皮癣"。说明她干干净净，清清爽爽，能不叫美？

这儿的楼房没有森严壁垒的防盗窗，防盗门。说明这儿肯定是安静祥和的地方，能不叫美？

哦，美丽的小城 —— 伊吾。

不是诗人的我，心里酸酸地发出了这样的感慨！

伊吾确实很小，近似于一个弧形的三角形，它西邻巴里坤，隔天山南眺哈密，东北274公里国境线接壤蒙古国。

高副县长介绍说：一个人唱歌，从这头唱起，没有走到头，歌声就飞出界外了。也可以这样说：歌没有唱完，就走出界外了。

是啊，伊吾小城总计才有20000多人口，散居在不足两万平方公里的草原、山地上。县城伊吾镇是人口集聚之地，也仅3000来人。因此啊，小城由于小，人口少，相互之间真是"低头不见抬头见"，基本上都认识。如果来了陌生人，大家都知道 —— 因为他的言谈举止和小城里的人大不一样。如果其中有人行窃，就会被人立即"拿下"。所以，这儿不是小偷"伸手"的地方，也可谓"伸手必被捉"！

这儿没有我们在其他城市常见的"牛皮癣"，没有人散发小广告。哪像其他城市里，脚底下贴的都是小广告，怎么医治也不见效！在这里，人们对付小广告，就像对付小偷一样，让那些制造"牛皮癣"的人无从下手！

我和诗人郁笛走进几家店铺，里面竟然没有见到"老板"。原来由于没有顾客，"老板"到附近的店铺"谝传子"去了。郁笛就用他那固有的、雄壮的声音大吼一声：嗨！就有人不慌不忙地进来，脸上挂着淳朴的笑颜。

我的脑子里就想起"路不拾遗"和"夜不闭户"的成语来，引申一下就是"日不关门""天下无贼"啊！

在伊吾，我随时感觉到安全。我看到县政府以及其他部门的办公场所，都没有院子，大门都可以随便进。所有的商店、住户，也都没有安装防盗窗，伊吾人根本不用安装防盗窗，很多人心里都基本上没有偷盗的概念。我倘佯在伊吾县城的大街上，看到很多摩托车、电动车随便往大街上一丢，根本不用担心被人偷走。我还看到一个小伙子把摩托车一停，也没有熄火，也没有拔钥匙，直接进了商店 —— 我估计小伙子烟瘾犯了，买烟去了。因为我看他出来了，腿一骗，架在了摩托车上，摸出一根烟，点着，叼在嘴上，手一加油门，轰一声就疾驰而去了。

伊吾的社会治安如此之好，令我心旷神怡、心向往之！高副县长介绍说，除了全县人口基数较小外，更重要的原因是这里民风淳朴，就算小偷偷了东西，外运也很难，因为这里离哈密市很远。伊吾不仅社会治安好，而且这里的民风更好。据说有一次，一位来伊吾做生意的人，将装有17万元的包丢在伊吾县，结果被伊吾县盐池乡一位居民看到，这位居民原封不动地将包交给了派出所。还有一次，一位福建来的记者，将装有现金、身份证件、银行卡、出国签证等物件的包放在伊吾桥上，在去哈密的路上突然想起，但此时已经过去了4个小时。想不到，这位记者返回后，她的包还原封不动地在桥上呢。后来，这位记者专门给《新疆日报》写了一封信，就此事向伊吾人表示感谢。

伊吾是座山城。它夹在两座大山之间，中间有条伊吾河流过。河是伊吾人民的母亲河。它穿过伊吾县城后，向东流去。我看见很多工人沿着河岸正在修公路，这条路取名为滨河路。路的旁边，修了长长的汉白玉栏杆，人行道上镶了彩砖。虽然还没有完全竣工，但是这里已经成了人们休闲散步的去处。我和诗人郁笛在滨河路上散步，脚步敲打着清洁宁静的马路，看着伊吾河的水清凌凌地流过，我的心情自然也清澈宁静起来。

我发现我的心情好多了。对着伊吾河水，我看到了我自己的脸庞，清爽，红润，文质彬彬。伊吾河里的水是柔美的，泛着涟漪。我看到我的脸在这水里变得耐看了许多。是不是郁笛的大胡子把我衬得好看一点了呢？

不是的！

高副县长对伊吾的概括又浮现在我的脑际：伊吾不是最干净的地方，但肯定是最安静的地方；伊吾的饭菜不是最可口的，但是肯定是最安全

的；伊吾人民不是最热情的，但是肯定是最真诚的。

一个小城，它改变了我的心境，甚至我的容颜！我真不想离开你，伊吾！

可是，我毕竟要回到自己的安身之所啊！

在哈密的采访结束了。我们乘坐夜火车回到乌鲁木齐，我又坐了300公里的火车和班车，出了一身的汗，回到了我的家。

首先是洗澡吧，洗涤洗涤我一路的风尘吧！

脱衣的过程中，电话来了。朋友对我说："给我办个证吧？"我说："你是不是吃错药啦！我哪有那个本事?!"朋友说："我看见你家一楼阳台上有办证的电话号码啊。想着你出去几天，是不是办营业执照去啦？"原来朋友是在调侃我啊！由于进家心切，我竟然没有发现自己家的阳台已经被人喷了办证的小广告！

放下电话，开始放水冲澡。开始时水很适宜。洗着洗着，滚烫的水下来了，我就一声惨叫，我一个猛子冲出来。

这让我，让我又一次想起了美丽的小城 —— 伊吾！